Bibliothek der
phantastischen Abenteuer
Herausgegeben von
V. C. Har

Über dieses Buch Das Geschehen entwickelt sich vor dem Hintergrund der französischen Kolonialherrschaft in Nordafrika. Der Oberleutnant André de Saint-Avit und der Hauptmann Jean-Marie-François Morhange, ein Armee-Geograph und Gelehrter, unternehmen einen Erkundungsritt in das nordafrikanische Hoggar-Massiv. Als sie vor einem Unwetter Schutz suchen, entdeckt Morhange in einer Höhle eine geheimnisvolle Inschrift, die in den Schriftzeichen der Tuareg den griechischen Namen Antinea bildet. Während des Unwetters retten sie einem alten, majestätischen Targi das Leben, der verspricht, Morhange zum Dank weiterere Höhlen mit Inschriften zu zeigen. Schließlich finden sich die beiden Offiziere in einem unheimlichen Palast im Innern eines hohlen Berges wieder. Begeistert entdeckt Morhange eine gigantische Bibliothek, verwaltet von einem greisenhaften Männchen, dem französischen Universitätsdozenten Le Mesge. Dieser erklärt den beiden, daß sie sich in der Gewalt Antineas befinden, die alle Männer haßt und einen tödlichen Zauber auf sie ausübt. Auch sie werden nicht verschont werden...
›Die Königin von Atlantis‹ ist Benoits phantastischster und auch bekanntester Roman. Er erschien 1919 und erreichte in kürzester Zeit hohe Auflagen und ungewöhnliche Beliebtheit. Er wurde viermal verfilmt, bereits 1920 als französischer Stummfilm, 1932 als deutsch-französisch-amerikanische Gemeinschaftsproduktion.
Interessant an diesem Roman war zunächst Benoits ganz neuartige Atlantis-Theorie, nach der das Inselreich nicht völlig im Meer versunken, sondern teilweise durch Bergauffaltungen angestiegen und sich in der Sahara als Felsmassiv verfestigt haben sollte. Abgesehen von der aufregenden Genealogie Königin Antineas, die sich direkt vom Meergott Poseidon herleitet, fesselt den Leser auch der ungewöhnliche Zuschnitt ihres Reiches, einer Mischung aus archaischen Formen mit Felshöhlen und wilden Tieren und modernistischem Plüschpomp der Jahrhundertwende – Benoits ganz persönliche Note.

Über den Autor Der Franzose Pierre Benoit wurde 1886 in Albi geboren und starb 1962 in St. Jean de Luz. Er schrieb eine Vielzahl spannender Abenteuerromane, die sofort ungemein populär, in viele Sprachen übersetzt und zum Teil auch verfilmt wurden. Das Geschehen in seinen Büchern kreist häufig um geheimnisvolle Orte oder sagenumwobene Gegenstände wie etwa einen geheimen Raum mit der Leiche eines Verschollenen in ›Königsmark‹ oder dem heiligen Gral in ›Montsalvat‹.

Pierre Benoit
Die Königin von Atlantis

Roman

Aus dem Französischen
von Widulind Clerc-Erle

Fischer Taschenbuch Verlag

Deutsche Erstausgabe
Veröffentlicht im Fischer Taschenbuch Verlag GmbH,
Frankfurt am Main, Februar 1987

Die französische Originalausgabe erschien 1919 unter dem Titel
›L'Atlantide‹ bei Albin Michel, Paris

Umschlaggestaltung: Die Titelillustration von Claus-Dietrich Hentschel, Konstanz,
zeigt einen Ausschnitt seines Acrylbildes ›Durchblick‹ (1985, 49,5 × 36 cm);
die Typographie besorgte Manfred Walch, Frankfurt am Main.
Gesamtherstellung: Clausen & Bosse, Leck
Printed in Germany
1080-ISBN-3-596-22720-8

Für André Suarès

Nur noch eine Kleinigkeit muß ich meinem Bericht
voranschicken, damit ihr euch nicht wundert,
wenn Fremde griechische Namen führen...

Platon, Kritias

Die Hauptpersonen

Oberleutnant André de St. Avit	ein junger französischer Kolonialoffizier, der im nordafrikanischen Hoggar-Gebirge eine seltsame Entdeckung macht
Hauptmann Jean-Marie François Morhange	sein Begleiter und Freund, ein Mann von Ehre und Charakter und ein Wissenschaftler von hohen Graden
Antinea	Königin von Atlantis, Urenkelin des Gottes Poseidon
Segejr-ben-Scheich	ein geheimnisvoller alter Targi, der seinem Lebensretter nichts schuldig bleibt
Le Mesge	ein französischer Universitätsdozent
Reverend Spardek	ein englischer Geistlicher
Graf Bielowsky	ein polnischer Hetman (wie Le Mesge und Reverend Spardek ebenfalls in Antineas Diensten)
Tanit-Serga	eine junge Sklavin, die sich in St. Avit verliebt und seine Retterin wird, wenn auch nicht für immer

Einleitender Brief

Hassi-Inifel, den 8. November 1903

Wenn die folgenden Aufzeichnungen einst ans Licht der Sonne kommen sollten, werde ich dieses Licht nicht mehr sehen. Die Frist, die ich für ihre Veröffentlichung setze, bürgt mir dafür.

Man täusche sich nicht über meine Absicht, wenn ich eine Veröffentlichung ins Auge fasse, ja auf ihr bestehe. Mich treibt gewiß kein schriftstellerischer Ehrgeiz zu dieser fiebrigen Niederschrift. Von all diesen Dingen bin ich schon weit entfernt. Doch ich halte es für sinnlos, daß andere den Weg einschlagen, auf dem ich nicht zurückgekehrt sein werde.

Vier Uhr morgens. Bald wird das Morgenrot die Hammada* in feuerrotes Licht tauchen. Der ganze Vorposten schläft. Durch die halbgeöffnete Kammertür höre ich André von Saint-Avits ruhigen Atem.

In zwei Tagen werden wir zusammen abreisen. Wir verlassen den Vorposten, um nach Süden aufzubrechen. Die Kabinettsorder ist gestern morgen eingetroffen.

Selbst wenn ich wollte, wäre es jetzt zu spät, mich anders zu besinnen. André und ich haben uns um diese Mission beworben. Die Erlaubnis, um die ich, im Einverständnis mit ihm, nachgesucht habe, ist inzwischen zum Befehl geworden. Sollten wir alle Instanzen durchlaufen, alle Verbindungen zum Ministerium spielen lassen, um im letzten Augenblick ängstlich vor dem Unternehmen zurückzuschrecken?

Ängstlich, sagte ich, aber ich weiß, daß ich keine Angst habe. Als

* Felsiges Wüstenplateau (A. d. Ü.)

ich eines Nachts im Gurara* zwei meiner Wachtposten ermordet fand, mit dem gräßlichen kreuzförmigen Schnitt der Berber auf dem Bauch, hatte ich Angst. Ich weiß, was Angst bedeutet. Und so weiß ich auch, daß ich jetzt nicht vor Furcht zittere, wenn ich in diese dämmrige Unendlichkeit schaue, aus der schon bald unvermittelt der rote Sonnenball auftauchen wird. Ich spüre, wie in mir der Zauber des Geheimnisvollen und die heilige Scheu davor miteinander kämpfen.

Nichts als blauer Dunst vielleicht? Die Hirngespinste eines überreizten Gehirns und eines von Trugbildern geblendeten Auges? Vielleicht kommt der Tag, an dem ich diese Zeilen mit einem verlegenen, mitleidigen Lächeln wiederlesen werde, dem Lächeln des Greises, der alte Briefe zur Hand nimmt.

Blauer Dunst, Hirngespinste? Aber ich hänge an diesen Gespinsten. Hauptmann de Saint-Avit und Leutnant Ferrières, so besagt die Kabinettsorder, werden im Tassili stratigraphische Untersuchungen des weißen Sandsteins und der steinkohlehaltigen Kalkformationen vornehmen... Sie werden bei dieser Gelegenheit auch Erkundigungen einziehen, inwieweit die Asdscher-Stämme möglicherweise ihre Haltung gegenüber unseren Arabischen Bureaux zu ändern bereit sind usw.... Hätte diese Reise nur solch unbedeutende Ziele, so würde ich sie ganz gewiß nicht unternehmen...

Also wünsche ich mir das, was ich fürchte. Ich wäre enttäuscht, begegnete mir nicht das, wovor ich insgeheim zittere.

Unten im Tal des Oued** – Mia heult ein Schakal. Ab und zu girrt eine Turteltaube im Palmenwald, wenn ein Mondstrahl silbrig durch die dunstigen Wolken bricht und den neuen Tag zu verheißen scheint.

Schritte draußen. Ich beuge mich aus dem Fenster. Eine in glänzend-blauschwarzen Stoff gehüllte Gestalt nähert sich über den festgestampften Lehmboden der Terrasse. Ein Blitz in der schwü-

* Oasengruppe in Algerien, Halteplatz der Karawanen (A. d. Ü.)

** (Auch: Wadi) Im Arabischen Fluß (A. d. Ü.)

len Nacht. Der Mann hat sich eine Zigarette angezündet. Er hat sich nach Süden gewandt, auf den Boden gehockt und raucht.
Es ist Segejr-ben-Scheich, ein Targi *, der uns in drei Tagen in das unbekannte Tafelland des geheimnisvollen Imoscharh begleiten soll, durch die Hammadas aus schwarzen Steinen, die breiten, vertrockneten Oueds, die Silbersalinen, die rotgelben Gurs, die mattgoldenen Dünen, über denen bei Passatwind eine graue Sandsäule steht.
Segejr-ben-Scheich. Bei seinem Anblick fällt mir jener erschütternde Satz Duveyriers ein: »Kaum hat der Oberst seinen Fuß in den Steigbügel gesetzt, streckt ihn ein Säbelhieb nieder...«** Segejr-ben-Scheich... Dort sitzt er und raucht friedlich eine Zigarette. Eine Zigarette aus dem Päckchen, das ich ihm geschenkt habe... Mein Gott, verzeih mir diesen Verrat.
Die Petroleumlampe wirft ein gelbliches Licht auf das Papier. Welch sonderbares Schicksal wollte es, daß ich mit sechzehn Jahren eigentlich ohne rechte Überzeugung in die Offiziersschule von Saint-Cyr eintrat und dort mit André de Saint-Avit zusammentraf. Ich hätte Jura studieren können oder Medizin. Dann wäre ich heute ein friedlicher braver Bürger in einer Stadt mit fließendem Wasser und einer Kirche und nicht dieses Gespenst in einer Dschellabah***, das sich auf das Fensterbrett stützt und in unsäglicher Angst hinausstarrt in die Wüste, die es verschlingen wird.
Ein großes Insekt ist durch das Fenster hereingekommen. Es summt, stößt sich an den weißgetünchten Wänden und am Glas der Lampe, deren Docht noch hoch steht, bis es sich die Flügel versengt und auf das weiße Blatt fällt.

* Singular von Tuareg (A. d. Ü.)
** H. Duveyrier, Die dramatische Expedition Flatters'. Bulletin der Geographischen Gesellschaft, 1881. Duveyrier beschreibt darin das tragische Ende von Oberst Flatters, dessen Mörder Segejr-ben-Scheich ist.
*** Der – meist baumwollene – mantelartige Überwurf der Araber (A. d. Ü.)

Es ist ein großer afrikanischer Maikäfer, schwarz mit hellgrauen Flecken.
Ich denke an die anderen, seine französischen Brüder, an die goldbraunen Maikäfer, die ich in meinem Heimatdorf an gewitterschwülen Sommerabenden wie kleine Bälle vom Boden aufschwirren sah. Als Kind verbrachte ich dort meine Ferien und später meinen Urlaub. Das letzte Mal lief neben mir über die Wiese eine zarte weiße Gestalt. Da die Abende dort recht kühl sind, trug sie einen weißen Musselinschal. Heute werfe ich höchstens noch gedankenverloren einen flüchtigen Blick in die Ecke meines Zimmers, wo an der kahlen Wand das Deckglas eines verschwommenen Portraits aufblitzt. Und begreife, wie unwichtig mir das geworden ist, was früher mein ganzes Leben auszumachen schien. Dieses rührselige kleine Geheimnis zählt heute nicht mehr für mich. Wenn jetzt die Wandersänger aus Mussets »Rolla« unter diesem Fenster ihre berühmten sehnsuchtsvollen Lieder anstimmten, ich würde ihnen gewiß nicht zuhören und ihnen heimleuchten, wenn sie gar zu zudringlich wären.
Was hat nur diese Veränderung bewirkt? Eine Geschichte, vielleicht nur ein Märchen, aber erzählt von einem, auf dem der furchtbarste Verdacht ruht.
Segejr-ben-Scheich hat seine Zigarette zu Ende geraucht. Ich höre, wie er gemächlich zu seiner Strohmatte im Gebäude B neben dem linken Wachtposten zurückgeht.
Unsere Abreise ist auf den 10. November festgesetzt. Das beiliegende Manuskript wurde am Sonntag, dem 1. begonnen und am Donnerstag, dem 5. November beendet.

Olivier Ferrières
Leutnant des dritten Spahiregiments

Dieser Brief sowie das in einem besonders versiegelten Umschlag beigefügte Manuskript wurden dem Feldwebel Châtelain vom 3. Spahiregiment am 10. November 1903, dem Tag, an dem er nach dem Tassili der Tuareg-Asdscher (mittlere Sahara) aufbrach, von Leutnant Ferrières anvertraut. Er hatte ihn angewiesen, bei seinem ersten Europaurlaub Brief und Manuskript dem pensionierten Oberlandesgerichtsrat Leroux, seinem nächsten Verwandten, in Riom zu übergeben. Da dieser vor Ablauf der festgesetzten Frist von 10 Jahren plötzlich starb, ergaben sich einige Schwierigkeiten, die die Veröffentlichung des vorliegenden Manuskripts bis heute verzögert haben.*

* Hochebene in der Tuareg-Sprache (A. d. Ü.)

I

Ein südlicher Vorposten

Am Samstag, dem 6. Juni, unterbrachen zwei Ereignisse von unterschiedlicher Wichtigkeit das eintönige Leben auf dem Vorposten von Hassi-Inifel: Die Ankunft eines Briefes von Fräulein Cécile von C.... und der letzten Nummer des Amtsblatts der Französischen Republik.

»Gestatten der Herr Leutnant?«, sagte Feldwebel Châtelain und blätterte die Hefte durch, deren Schnur er hastig gelöst hatte. Ich nickte zustimmend, schon ganz in die Lektüre von Fräulein von C....s Brief vertieft.

»Wenn sie diese Zeilen erhalten«, so schrieb unter anderem dieses liebenswürdige junge Mädchen, »werden Mama und ich Paris schon gegen das Landleben eingetauscht haben. Sollte es für Sie in Ihrem afrikanischen Bled ein Trost sein, daß ich mich ebenso langweile wie Sie, können Sie sich freuen. Der Grand Prix ist vorüber. Ich habe auf das Pferd gesetzt, zu dem Sie mir rieten und natürlich verloren. Am Vorabend waren wir bei den Martial de la Touches zum Abendessen. Elias Chartrian war auch eingeladen – er wirkt noch immer erstaunlich jung. Ich schicke Ihnen sein letztes Buch, das viel von sich reden macht. Es heißt, die Martial de la Touches seien darin in natura geschildert. Ich lege die Neuerscheinungen von Bourget, Loti und France bei, sowie zwei oder drei Chansons, die man zur Zeit in den Café-Concerts singt. Was die Politik betrifft, so sagt man, das Gesetz gegen die Kongregationen werde in der Praxis auf große Schwierigkeiten stoßen. Im Theater gibt's nicht viel Neues. Ich habe die ›Illustration‹ für ein halbes Jahr abonniert. Sind sie daran interessiert? ... Auf dem Land stirbt man vor Langeweile. Immer die gleichen dummen Schwätzer, mit denen man sich zum Tennis trifft. Wenn ich Ihnen also öfter schreibe, ist das kein großes Verdienst. Ersparen Sie mir Ihre Bemerkungen über den jungen Combemale. Ich bin weiß Gott keine Feministin; ich vertraue denen, die mir Komplimente machen und insbesondere Ihnen. Aber wenn ich mir vorstelle, was passierte, wenn ich mir gegenüber einem unserer Bauernjungen auch nur einen Bruchteil der Vertraulichkeiten gestattete, die Sie sich gewiß gegenüber den Ulad Nails * herausnehmen, könnte ich rasend werden ... Lassen wir das. Es gibt Vorstellungen, die zu peinlich sind.«

Ich war an diesem Punkt der Prosa dieses emanzipierten jungen Mädchens angelangt, als ich durch einen empörten Ausruf des Feldwebels unterbrochen wurde.
»Herr Leutnant!«
»Was gibt's?«
»Also so was! Einfälle haben die im Ministerium! ... Da, lesen Sie selbst.«
Er reichte mir das Amtsblatt und ich las:
»Durch Beschluß vom 1. Mai 1903 wird Hauptmann zur besonderen Verwendung de Saint-Avit (André) dem dritten Spahiregiment zugeteilt und zum Befehlshaber des Vorpostens von Hassi-Inifel ernannt.«
Châtelain konnte seine Entrüstung nicht verbergen.
»Hauptmann de Saint-Avit Vorgesetzter von Hassi-Inifel! Ein Vorposten, über den es nie etwas Nachteiliges zu berichten gab. Hält man uns denn für eine Abfallgrube?«
Ich war mindestens ebenso überrascht wie der Feldwebel. Aber mein Blick fiel gerade auf Gourruts unangenehmes Mardergesicht. Dieser Sträfling versah bei uns den Dienst eines Schreibers; er hatte in seiner Tätigkeit innegehalten und hörte uns interessiert und schadenfroh zu.

* Stamm der Ulad in der Sahara, dessen Töchter als Tänzerinnen (»Königinnen der Nacht«) auftreten; gelegentlich geben sie sich auch der Prostitution hin. (A. d. Ü.)

»Feldwebel«, erwiderte ich scharf, »Hauptmann de Saint-Avit ist ein alter Kamerad; wir sind vom gleichen Jahrgang.«
Châtelain verneigte sich und verließ den Raum; ich folgte ihm.
»Alter Freund«, sagte ich und klopfte ihm auf die Schulter. »Nun machen Sie nicht so ein Gesicht. Denken Sie daran, in einer Stunde wollen wir zur Oase aufbrechen. Kümmern Sie sich um die Munition. Wir müssen unsere Verpflegung hier mal etwas aufbessern.«
Dann ging ich zurück in die Schreibstube und bedeutete Gourrut, er möge verschwinden. Allein geblieben, beendete ich rasch die Lektüre von Fräulein von C....s Brief, nahm erneut das Amtsblatt zur Hand und überlas noch einmal den Kabinettsbefehl, der unserem Vorposten einen neuen Befehlshaber zuteilte. Seit inzwischen fünf Monaten übte ich dessen Befugnisse aus, und offen gesagt trug ich diese neue Verantwortung recht mühelos und genoß die Unabhängigkeit sehr. Ohne überheblich sein zu wollen, kann ich durchaus behaupten, daß unter meinem Befehl der Dienst hier ganz anders lief als unter Hauptmann Dieulivol, Saint-Avits Vorgänger. Ein braver Kerl, dieser Hauptmann Dieulivol, ein Kolonialherr der alten Schule, Unteroffizier von Leuten wie Dodds und Duchêsne, aber mit einer verhängnisvollen Neigung zum Alkohol. Wenn er getrunken hatte, verwechselte er nur zu oft alle Dialekte und dann konnte es passieren, daß er einen Haussa * auf sakalawisch ** verhörte. Niemand ging je so sparsam mit unseren Wasservorräten um. Eines Morgens, als er sich in Gegenwart von Feldwebel Châtelain seinen Absinth mixte, sah dieser mit Erstaunen, wie in dem Glas die grüne Flüssigkeit unter einer ungewöhnlich starken Dosis Wasser fast milchig wurde. Ihm wurde klar, es mußte etwas Außergewöhnliches geschehen sein. Reglos, mit der Karaffe in der Hand, starrte Hauptmann Dieulivol auf das Wasser, das auf den Zucker tropfte. Er war tot.
In den fünf Monaten seit dem Tod dieses braven Trunkenboldes

* Stamm im Nordwesten Afrikas (A. d. Ü.)
** Sprache eines Stammes auf Madagaskar (A. d. Ü.)

schien man sich höheren Orts nicht weiter um seine Nachfolge zu kümmern. Ja, ich hatte sogar eine Zeitlang gehofft, man würde mir die Befugnisse, die ich tatsächlich ausübte, auch offiziel übertragen... Und jetzt diese plötzliche Ernennung. Hauptmann de Saint-Avit... Im Saint-Cyr gehörte er zu den Jüngsten meines Jahrgangs. Ich hatte ihn dann aus den Augen verloren. Später wurde ich wieder auf ihn aufmerksam durch seine rasche Beförderung, seine Auszeichnung; eine wohlverdiente Anerkennung für drei besonders gewagte Forschungsreisen in das Bergland von Tibesti und das Hochland von Air. Und dann plötzlich dieses geheimnisvolle tragische Ende seiner vierten Reise, jener berühmten Expedition, die er zusammen mit Hauptmann Morhange unternommen hatte und von der nur einer der beiden Forscher zurückgekehrt war. In Frankreich wächst rasch Gras über alles. Es waren erst sechs Jahre seitdem vergangen, und ich hatte inzwischen nichts mehr von Saint-Avit gehört. Ich glaubte sogar, er habe seinen Abschied eingereicht. Und jetzt wurde er plötzlich mein Vorgesetzter.
»Warum nicht«, dachte ich, »der oder ein anderer. In St. Cyr war er reizend, und wir kamen immer gut miteinander aus. Außerdem habe ich nicht die nötigen Dienstjahre, um zum Hauptmann befördert zu werden.«
Und so ging ich pfeifend aus der Schreibstube.

Kurz darauf standen Châtelain und ich an dem Teich, der inmitten unserer armseligen Oase hinter einer Hecke aus Alfagras liegt. Wir hatten unsere Gewehre auf den schon etwas kühleren Boden gestellt. Die sinkende Sonne tauchte die kleinen Kanäle, die sich durch die mageren Pflanzungen der seßhaften Schwarzen schlängeln, in ein rosafarbenes Licht.
Kein Wort während des Weges. Kein Wort während der Jagd.
Châtelain war offensichtlich beleidigt.
Schweigend hatten wir ein paar dürre Turteltauben erlegt, die mit mattem Flügelschlag unter der drückenden Hitze gekommen waren, um an dem grünlichen stehenden Gewässer ihren Durst zu löschen. Als ein halbes Dutzend dieser kleinen blutigen Geschöpfe

zu unseren Füßen aufgereiht waren, legte ich dem Feldwebel die Hand auf die Schulter.

»Châtelain!«

Er zuckte zusammen.

»Châtelain, ich habe Sie vorhin etwas hart angefahren. Nehmen Sie es mir nicht übel. Die schlimme Zeit vor der Siesta war daran schuld.«

»Herr Leutnant tun, was Ihnen beliebt«, erwiderte er in einem Ton, der trotzig klingen sollte, aber seine Rührung nur schlecht verbarg.

»Châtelain, nun seien Sie nicht so nachtragend. Sie haben mir doch etwas zu sagen. Sie wissen schon, was ich meine.«

»Keine Ahnung. Nein wirklich, keine Ahnung.«

»Also jetzt mal ganz im Ernst, Châtelain. Erzählen Sie mir etwas über Hauptmann de Saint-Avit.«

»Ich weiß nichts«, erwiderte er brüsk.

»Nichts? Warum dann diese Andeutungen in der Schreibstube?«

»Hauptmann de Saint-Avit ist ein ganzer Mann«, knurrte er, den Blick beharrlich zu Boden gerichtet. »Er ist ganz allein in die Oase Bilma, das Hochland von Air und in Gegenden aufgebrochen, in die niemand je zuvor auch nur einen Fuß gesetzt hat.«

»Er ist ein tapferer Mann, gewiß«, erwiderte ich so sanftmütig wie möglich. »Aber er hat seinen Begleiter, Hauptmann Morhange, umgebracht, nicht wahr?«

Der alte Feldwebel zitterte an allen Gliedern.

»Er ist ein ganzer Mann«, murmelte er hartnäckig.

»Und Sie sind ein Kind, Châtelain. Haben Sie vielleicht Angst, ich schwärze Sie bei Ihrem neuen Hauptmann an?«

Damit hatte ich ihn getroffen. Er fuhr auf.

»Feldwebel Châtelain hat vor nichts und niemandem Angst, Herr Leutnant. Er hat in Abomeh gegen die Amazonen * gekämpft, in

* Abomeh liegt in Dahomey; dem König persönlich dienten dort rund 2000 Jungfrauen, das sogenannte Amazonencorps. (A. d. Ü.)

einem Land, in dem aus jedem Busch ein schwarzer Arm herauskam, der einen am Bein packte. Und mit dem anderen schnitten diese Teufel es mit einem einzigen Säbelhieb durch.«
»Also los, was erzählt man sich, was wollten Sie vorhin...«
»Ach, das ist doch alles nur Geschwätz.«
»Ein Geschwätz, Châtelain, das man in ganz Frankreich verbreitet.«
Er senkte den Kopf noch tiefer.
»Du halsstarriger Esel du«, tobte ich schließlich los, »wirst du endlich reden!«
»Herr Leutnant, Herr Leutnant«, flehte er, »ich schwöre Ihnen, was ich weiß, ist eigentlich nichts...«
»Aber was du weißt, das wirst du mir jetzt sagen und zwar sofort. Sonst schwör ich dir, daß ich einen Monat lang nur noch dienstlich mit dir verkehre.«
Hassi-Inifel: Dreißig eingeborene Soldaten, vier Europäer – ich, der Feldwebel, ein Gefreiter und Gourrut. Die Drohung war schrecklich. Und sie wirkte.
»Also schön, Herr Leutnant«, seufzte er. »Aber versprechen Sie mir wenigstens, daß Sie's mir nachher nicht übelnehmen, wenn ich Ihnen Dinge über einen Vorgesetzten erzähle, über die man besser nicht redet. Vor allem, wenn sie auf Klatsch im Offizierskasino beruhen.«
»Versprochen.«
»Es war 1899. Ich war damals Furier* beim Vierten Spahiregiment in Sfax. Ich war gut angeschrieben und außerdem trank ich auch nicht, deshalb hatte mein Hauptmann mich zur Offiziersküche abkommandiert. Wirklich ein guter Posten. Ich hatte einzukaufen, abzurechnen, die Bücher zu notieren, die aus der Bibliothek ausgeliehen wurden (es waren nicht sehr viele) und den Schlüssel zum Likörschrank zu verwahren; denn dabei war auf die Offiziersburschen kein Verlaß. Der Oberst, der Junggeselle war,

* Unteroffizier, der sich um Verpflegung oder Quartier zu kümmern hat. (A. d. Ü.)

speiste auch im Kasino. Eines Abends kam er zu spät, setzte sich und bat mit sorgenvoller Miene um Schweigen. ›Meine Herren‹, sagte er, ›ich habe Ihnen etwas mitzuteilen und möchte dazu auch Ihre Meinung hören. Es handelt sich um folgendes: Morgen früh legt die »Ville de Naples« in Sfax an. An Bord befindet sich Hauptmann de Saint-Avit, der eben für Feriana ernannt wurde und auf dem Weg dorthin ist.‹

Der Oberst hielt inne. Schön, dachte ich bei mir, also kommt morgen was Besseres auf den Tisch. Sie wissen ja, Herr Leutnant, das hat sich so eingebürgert, seit es in Afrika Offizierskasinos gibt. Wenn ein Offizier auf der Durchreise ist, holen ihn die Kameraden vom Schiff ab und laden ihn, solange es im Hafen liegt, ins Kasino ein. Er revanchiert sich dafür mit Neuigkeiten von zu Hause. Bei solchen Gelegenheiten tut man sein Bestes, sogar für einen einfachen Leutnant. In Sfax bedeutete die Ankunft eines Offiziers einen Gang mehr bei Tisch, Flaschenwein und den besten Cognac.

Diesmal begriff ich jedoch sogleich an den Blicken, die die Offiziere miteinander tauschten, daß der Fünfsterne-Cognac vielleicht im Schrank bleiben würde.

Der Oberst fuhr fort: ›Ich nehme an, meine Herren, Sie haben schon alle von Hauptmann de Saint-Avit gehört und von den Gerüchten, die man sich über ihn erzählt. Es steht uns nicht an, über diese Gerüchte zu urteilen. Die Beförderung, die er erfuhr, sowie seine Auszeichnung lassen sogar hoffen, daß sie durch nichts begründet sind. Aber einen Offizier wegen eines Verbrechens nicht offen zu verdächtigen und einen Kameraden an unseren Tisch zu bitten, das sind zwei verschiedene Dinge – und in letzterem sind wir frei. Gerade darüber möchte ich nun gern Ihre Meinung hören.‹

Alle schwiegen. Die Offiziere sahen sich nachdenklich an, sogar unsere jüngsten Leutnants, die sonst nie einen Scherz ausließen. Mich hatte man offenbar in meinem Winkel vergessen, und ich vermied jeden Laut, um niemanden auf mich aufmerksam zu machen.

›Wir sind Ihnen sehr verbunden, Herr Oberst‹, sagte schließlich ein Major, ›daß sie uns zu konsultieren geruhen. Ich nehme an, jeder meiner Kameraden weiß, auf welch peinliche Gerüchte Sie anspielen. Wenn ich mir erlaube, das Wort zu ergreifen, so deshalb, weil ich die Meinung vieler, teils sehr angesehener Offiziere des Geographischen Heeresdienstes in Paris kenne, dem ich vorher zugeteilt war. Sie gaben sie zwar nicht kund, aber es war deutlich, daß sie Hauptmann de Saint-Avit eher ungünstig war.‹
›Ich war zur Zeit der Expedition Morhange-Saint-Avit in Bamako‹, bemerkte ein Hauptmann. ›Die Ansicht der dortigen Offiziere weicht leider kaum von der ab, die der Major uns schilderte. Ich muß jedoch hinzufügen, daß alle zugaben, nur Verdachtsgründe zu haben. Und wenn man an die Abscheulichkeit des Verbrechens denkt, ist das wahrhaftig nicht ausreichend.‹
›Sie reichen jedoch völlig, meine Herren‹, sagte der Oberst, ›um unsere Zurückhaltung zu rechtfertigen. Es handelt sich nicht darum, ein Urteil zu fällen. Aber der Platz an unserem Tisch ist kein verbürgtes Recht, sondern ein Zeichen kameradschaftlicher Achtung. Und mir geht es darum zu erfahren, ob Sie Hauptmann de Saint-Avit dieses Zeichens für würdig halten.‹ Bei diesen Worten sah er seine Offiziere der Reihe nach an. Und alle schüttelten verneinend den Kopf.
›Ich sehe, wir sind uns einig‹, fuhr er fort. ›Damit ist unsere Aufgabe aber leider nicht beendet. Die »Ville de Naples« wird morgen früh hier anlegen. Die Hafenbarkasse, die die Passagiere abholt, verläßt um acht Uhr den Hafen. Einer von Ihnen, meine Herren, muß sich opfern und an Bord gehen. Hauptmann de Saint-Avit hat vielleicht vor, gleich unser Kasino aufzusuchen, im Vertrauen auf die verbürgte Gastfreundschaft. Es wäre ein Affront, wenn wir ihn nicht empfingen; und diese Beschämung wollen wir ihm ersparen. Man muß seinem Besuch also zuvorkommen. Man muß ihm zu verstehen geben, daß er besser an Bord bleibt.‹
Wieder sah der Oberst forschend seine Offiziere an. Gewiß teilten

sie seine Meinung; aber sie fühlten sich dabei offensichtlich nicht sehr wohl in ihrer Haut.
›Ich nehme an, es findet sich unter Ihnen niemand, der freiwillig diese Mission übernimmt. Ich muß also selbst jemanden bestimmen. Hauptmann Grandjean, Saint-Avit und Sie haben den gleichen Dienstgrad. Ich halte es für selbstverständlich, daß ihn ein ranggleicher Offizier aufsucht. Andererseits haben Sie die wenigsten Dienstjahre. Es liegt also nahe, Sie mit dieser peinlichen Aufgabe zu betrauen. Ich muß wohl nicht hinzufügen, daß ich Sie um ein möglichst taktvolles Vorgehen bitte.‹
Hauptmann Grandjean verbeugte sich, während alle anderen einen Seufzer der Erleichterung ausstießen. Solange der Oberst anwesend war, hielt er sich zurück und schwieg. Erst als sein Vorgesetzter gegangen war, ließ er seinen Gefühlen freien Lauf:
›Es gibt Dinge, die weiß Gott auch für eine Beförderung zählen sollten.‹
Am nächsten Tag warteten beim Mittagessen schon alle ungeduldig auf seine Rückkehr.
›Nun‹, erkundigte sich der Oberst kurz.
Hauptmann Grandjean antwortete nicht sofort. Er setzte sich an den Tisch. Seine Kameraden waren gerade beim Aperitif und er, den man sonst wegen seiner Mäßigkeit aufzog, goß fast auf einen Zug, noch bevor der Zucker zergangen war, ein ganzes Glas Absinth hinunter.
›Nun, Herr Hauptmann‹, fragte der Oberst erneut.
›Keine Sorge, Herr Oberst, es ist alles in Ordnung. Er wird nicht an Land gehen. Aber bei Gott, ich möchte das nicht noch mal durchstehen.‹
Die Offiziere wagten nichts zu sagen. Nur ihre Blicke verrieten Neugier und Besorgnis zugleich.
Hauptmann Grandjean goß sich einen Schluck Wasser ein.
›Ich hatte mir unterwegs in der Barkasse meine Worte genau zurechtgelegt. Aber als ich die Schiffsleiter hochstieg, war alles wieder weg. Saint-Avit stand zusammen mit dem Kapitän des Schiffes im Rauchsalon. Ich fühlte, wie mich aller Mut verließ, vor allem,

als ich sah, daß er gerade an Land gehen wollte. Er war in voller Uniform. Sein Säbel lag bereit, und er trug seine Sporen. Man trägt an Bord keine Sporen. Ich stellte mich vor, wir wechselten einige Worte; aber an meiner verlegenen Miene hatte er sofort alles erraten. Er verließ den Kapitän unter irgendeinem Vorwand und führte mich nach Achtern. Dort wagte ich schließlich zu reden. Aber was ich mir zusammengestottert habe, Herr Oberst, weiß ich nicht. Er sah mich nicht an. An die Reling gelehnt, ließ er seinen Blick übers Meer schweifen und lächelte dabei. Als ich mich an einer Stelle gründlich in meinen Worten verhaspelt hatte, sah er mich plötzlich kalt an und sagte:
›Ich danke Ihnen, werter Kamerad, für Ihren Besuch, aber Sie hätten sich die Mühe sparen können. Ich bin müde und habe nicht die Absicht, an Land zu gehen. Ich freue mich jedoch, Ihre Bekanntschaft gemacht zu haben. Da ich Ihre Gastfreundschaft nicht in Anspruch nehmen kann, bitte ich Sie, wenigstens mit der meinen vorlieb zu nehmen, solange die Barkasse wartet.‹
Wir gingen zurück in den Rauchsalon, wo er selbst die Cocktails mixte. Wir plauderten miteinander und fanden bald gemeinsame Bekannte. Nie werde ich sein Gesicht, diesen ironischen, abwesenden Blick, diese sanfte, traurige Stimme vergessen. Herr Oberst, meine Herren, ich weiß nicht, was man sich im Geographischen Dienst oder den Vorposten im Sudan erzählt... Aber es kann sich nur um ein schreckliches Mißverständnis handeln. Dieser Mann soll ein Verbrecher sein? Ich halte das für ganz und gar unmöglich.‹
Das ist alles, Herr Leutnant«, schloß Châtelain nach kurzer Pause. »Das war wohl das traurigste Mittagessen, das ich je erlebt habe. Die Offiziere bemühten sich schweigend, es so rasch wie möglich hinter sich zu bringen. Niemand versuchte, gegen dieses Gefühl des Unbehagens anzukämpfen. Und in der lastenden Stille sah man immer wieder einen Blick verstohlen zur »Ville de Naples« schweifen, die unter der leichten Brise knapp eine Seemeile entfernt auf den Wellen schaukelte. Und dort war sie auch noch am Abend, als sich alle wieder zum Diner einfanden. Erst als die

Schiffssirene heulte, aus dem rot-schwarzen Schornstein die Dampfwolken stiegen und das Schiff in Richtung Gabès den Hafen verließ, kamen die Gespräche wieder in Gang, aber sie waren längst nicht so unbeschwert wie sonst.
Seither, Herr Leutnant, mied man im Kasino von Sfax wie die Pest jedes Thema, das die Unterhaltung auf Hauptmann de Saint-Avit hätte bringen können.«

Châtelain hatte ziemlich leise gesprochen und niemand in der Oase hatte seine sonderbare Geschichte hören können. Es mochte wohl eine Stunde seit unserem letzten Schuß vergangen sein. Am Teich trieben schon wieder die Turteltauben ihr Wesen. Große geheimnisvolle Vögel kreisten um die dunkelnden Palmen. Ein schon frischerer Wind bewegte sacht ihre Zweige. Wir hatten unsere Tropenhelme abgenommen, um ein wenig von dieser etwas kühleren Brise zu spüren.
»Châtelain«, sagte ich, »es wird Zeit, nach Hause zu gehen.«
Langsam sammelten wir die erlegten Tauben ein. Ich fühlte den Blick des Unteroffiziers auf mir ruhen. Ein Vorwurf lag darin, ein Bedauern gewissermaßen, daß er sich hatte überreden lassen. Aber auf dem ganzen Rückweg fand ich nicht die Kraft, durch irgendein Wort unser trostloses Schweigen zu brechen.
Die Nacht war bereits hereingebrochen, als wir ankamen. Man sah noch die Fahnenstange über dem Vorposten mit der kaum je wehenden Fahne; aber ihre Farben waren schon nicht mehr zu erkennen. Im Westen war die Sonne hinter den sich von dem schwarzvioletten Himmel abhebenden schartigen Dünen verschwunden. Als wir das Tor hinter uns geschlossen hatten, verließ mich Châtelain.
»Ich gehe zu den Stallungen«, sagte er.
Allein geblieben begab ich mich zu dem Gebäude des Vorpostens, wo die Europäer untergebracht waren und sich das Munitionslager befand. Eine unaussprechliche Traurigkeit hatte mich befallen. Ich dachte an meine Kameraden in den französischen Garnisonen. Um diese Zeit kehrten sie heim, wo sie auf dem Bett ausgebreitet ihre

Ausgehuniform, den geschnürten Dolman mit den glänzenden Epauletten vorfanden.
»Gleich morgen«, überlegte ich mir, »werde ich um meine Versetzung nachsuchen.«
Die Treppe aus gestampftem Lehm war schon dunkel. Als ich in die Schreibstube trat, flackerte das schwache Licht einer Lampe. Über die Bücher gebeugt, saß ein Mann an meinem Tisch. Er wandte mir den Rücken zu und hatte mich nicht kommen gehört.
»Sieh einer an, Gourrut, mein Junge! Aber bitte, genieren Sie sich nicht. Tun Sie ganz, als ob Sie zu Hause wären.«
Der Mann war aufgestanden. Er war ziemlich groß, schlank und blaß.
»Leutnant Ferrières, nicht wahr?«
Er ging auf mich zu und reichte mir die Hand.
»Hauptmann de Saint-Avit! Sehr erfreut, werter Kamerad.«
In diesem Augenblick erschien auch Châtelain auf der Schwelle.
»Feldwebel«, empfing ihn sein neuer Vorgesetzter. »Ich kann Ihnen weiß Gott keine Komplimente machen über das wenige, das ich bisher sah. An keinem Kamelsattel sind die Schnallen vollständig, und die Beschläge der Lebelgewehre sind in einem Zustand, daß man glauben könnte, es regne in Hassi-Inifel 300 Tage im Jahr. Wo waren Sie übrigens heute nachmittag? Von den vier Franzosen dieses Postens habe ich bei meiner Ankunft nur einen Sträfling vorgefunden, der vor einem Viertel Schnaps saß. Ich hoffe, das wird sich gründlich ändern. Abtreten!«
»Herr Hauptmann«, sagte ich und bemühte mich, die Fassung zu bewahren, während Châtelain wie versteinert in Hab-acht-Stellung verharrte, »ich muß Ihnen etwas erklären. Der Feldwebel hat mich begleitet, und für seine Abwesenheit bin ich allein verantwortlich. Er ist in jeder Beziehung ein tadelloser Unteroffizier, und wenn wir Ihre Ankunft früher erfahren hätten...«
»Selbstverständlich«, entgegnete er mit einem Lächeln kühler Ironie. »Ich habe auch keineswegs die Absicht, ihn für Nachlässigkeiten verantwortlich zu machen, die Ihnen zur Last fallen. Er muß schließlich nicht wissen, daß ein Offizier, der auch nur für zwei

Stunden einen Posten wie Hassi-Inifel verläßt, bei seiner Rückkehr vielleicht nicht mehr allzuviel vorfindet. Die Schaamba-Räuber, werter Kamerad, haben eine Vorliebe für Feuerwaffen, und Ihre 60 Gewehre kämen ihnen gerade recht. Sie würden sich bestimmt kein großes Gewissen daraus machen, die Abwesenheit eines Offiziers zu nutzen, dessen ausgezeichnete Noten mir übrigens bekannt sind, und ihn damit vors Kriegsgericht zu bringen. Aber wenn Sie mich jetzt begleiten würden? Wir werden die kleine Inspektion zu Ende führen, die ich vorhin nur sehr flüchtig vornehmen konnte.«

Schon war er auf der Treppe. Ich folgte ihm schweigend.

Châtelain hielt sich dicht hinter mir, und ich hörte, wie er in einem Ton tiefster Entrüstung murmelte:

»Na, das kann ja heiter werden.«

II

Hauptmann de Saint-Avit

Schon nach wenigen Tagen stellte sich heraus, daß Châtelains Befürchtungen, was die dienstlichen Beziehungen zu unserem neuen Vorgesetzten anbetraf, unbegründet waren. Ich vermute, mit seiner anfänglichen Schroffheit wollte Saint-Avit uns nur seine Überlegenheit spüren lassen, uns beweisen, daß er die schwere Last seiner Vergangenheit hocherhobenen Hauptes zu tragen wisse... Jedenfalls benahm er sich schon am nächsten Tag ganz anders und machte sogar dem Feldwebel Komplimente über den Zustand des Vorpostens und die Ausbildung der Männer. Mir gegenüber war er die Liebenswürdigkeit selbst.

»Wir gehören dem gleichen Jahrgang an, nicht wahr«, sagte er zu mir. »Also brauche ich dir das übliche ›du‹ gar nicht erst anzubieten. Es versteht sich von selbst.«

Leider waren diese Zeichen des Vertrauens und der gegenseitigen Unbefangenheit trügerisch. Die grenzenlose Sahara öffnet sich allen, die sich in ihr verlieren wollen; nichts scheint sich so leicht zu erschließen wie sie. Aber gibt es etwas verschlosseneres als sie? Nach sechs Monaten engsten Zusammenlebens, wie es ein Vorposten im Süden nun einmal mit sich bringt, frage ich mich, ob nicht das wahrhaft Ungewöhnliche meines Abenteuers darin besteht, morgen zu jenen unerforschten Einöden mit einem Mann aufzubrechen, dessen tiefinnere Gedanken mir wohl ebenso unbekannt sind wie jene Einöden, zu denen er mich verlockt hat.

Die erste Überraschung, die mir dieser seltsame Gefährte bereitete, war sein Gepäck, das er sich hatte nachschicken lassen.

Als er so überraschend ganz allein aus Wargla hier eingetroffen war, hatte er sein Rasse-Mehari * nur mit dem beladen, was ein so empfindliches Tier auch wirklich tragen kann: Seine Waffen, Säbel und Armeepistole, ein ordentliches Jagdgewehr und die allernötigsten persönlichen Dinge. Alles andere traf zwei Wochen später mit der Karawane ein, die für die Versorgung des Vorpostens sorgte.

Drei Kisten von beachtlichen Ausmaßen wurden nacheinander in das Zimmer des Hauptmanns getragen, und die Mienen der Träger verrieten deutlich ihr Gewicht.

Aus Diskretion ließ ich Saint-Avit allein seine Sachen auspacken und widmete mich der Post, die mit der Karawane für mich eingetroffen war.

Kurz darauf kam er zurück in die Schreibstube und warf einen Blick auf die Zeitschriften, die ich erhalten hatte.

Er blätterte in der letzten Nummer der »Zeitschrift der Gesellschaft für Erdkunde in Berlin« und bemerkte:

»Sieh einer an. Die bekommst du?«

»Ja«, erwiderte ich. »Die Herausgeber interessieren sich gütigerweise für meine geologischen Arbeiten über den Oued Mia und den oberen Igharghar.«

»Die könnte ich gebrauchen«, murmelte er und blätterte weiter in der Zeitschrift.

»Nimm sie dir, wenn du willst.«

»Danke. Ich fürchte, ich kann dir nichts besonderes dafür anbieten, außer vielleicht meinen Plinius. Aber... du weißt bestimmt besser als ich, was er über den Igharghar sagt, nach der Überlieferung des Königs Juba. Ach, komm doch einfach mit und hilf mir alles einzuräumen, dann siehst du selbst, ob dich etwas interessiert.«

Ich ging natürlich gern darauf ein.

Zuerst packten wir verschiedene meteorologische und astronomische Instrumente aus, Thermometer von Baudin, Salleron, Fastré,

* Laufkamel (A. d. Ü.)

ein Aneroid*, ein Fortin-Barometer, Chronometer, einen Sextanten, ein Fernrohr, einen Kompaß... Kurz und gut, alles, was Duveyrier die am leichtesten mit einem Kamel zu transportierende Grundausstattung nennt.
Saint-Avit reicht mir die Dinge, eins nach dem anderen, und ich stellte sie auf den einzigen Tisch im Raum.
»Jetzt kommen nur noch die Bücher«, sagte er. »Ich geb sie dir, und du stapelst sie am besten in eine Ecke, bis ich mir ein Regal bauen lasse.«
Zwei Stunden lang half ich ihm, eine richtige kleine Bibliothek auszupacken. Und was für eine Bibliothek! Noch nie hat es in einem Vorposten des Südens so etwas gegeben!
Alle Texte des Altertums, die auch nur entfernt etwas mit den Saharagebieten zu tun hatten, stapelten sich zwischen den vier weißgekalkten Wänden dieses Bordjs**. Herodot und Plinius natürlich, Strabon und Ptolemäus, Pomponius Mela und Ammianus Marcellinus. Aber neben diesen Namen, die auch mir als Laien etwas sagten, waren auch Corippus vertreten, Paulus Orosius, Eratosthenes, Photius, Diodorus Siculus, Solinus, Dio Cassius, Isidorus von Sevilla, Marinus von Tyrus, Aethicus, Atenäus... Die Scriptores Historiae Augustae, das Itinerarium Antonini Augusti, die Geographi Latini Minores von Riese, die Geographi Graeci Minores von Karl Müller... Ich habe seitdem Muße gehabt, mich sogar mit Agatharchides von Knidos und Artemidoros von Ephesos zu befreunden, aber ich gebe zu, daß es mir damals den Atem nahm, ihre Schriften im Gepäck eines Kavalleriehauptmanns zu finden.
Nicht zu vergessen übrigens die Descrizione dell'Africa von Leo Africanus, die arabischen Geschichtsbeschreibungen von Ibn Chaldun, Abu Abdallah Jakut, El Bekri, Ibn Batuta und Mohammed el Tunsi. Soweit ich mich erinnere, gab es in diesem Turm von Babel nur zwei Bände, die die Namen zeitgenössischer französi-

* Eine bestimmte Art von Barometer (A. d. Ü.)
** Kleines Wüstenfort (arab.). (A. d. Ü.)

scher Gelehrten trugen. Es waren übrigens lateinisch geschriebene Doktorthesen von Berlioux * und Schirmer ** über Ptolemäus.

Während ich die verschiedenen Formate so gut es ging übereinanderstapelte, überlegte ich mir:
Und ich hatte immer geglaubt, Saint-Avit sei bei seiner Expedition mit Morhange vor allem mit naturwissenschaftlichen Beobachtungen befaßt gewesen. Entweder täuscht mich meine Erinnerung oder er hat seitdem sein Interessengebiet völlig geändert. Eins ist sicher, für mich ist in all diesem Plunder nichts dabei.
Meine Züge müssen ihm wohl meine Verblüffung deutlich verraten haben, denn er bemerkte in einem Ton, in dem eine Spur Herausforderung mitschwang:
»Die Wahl dieser Bücher überrascht dich, nicht wahr?«
»Überrascht wäre zuviel gesagt«, erwiderte ich, »denn ich weiß nicht, für welche Arbeiten du sie brauchst. Immerhin, ich hab weiß Gott noch nie einen Offizier der Arabischen Bureaux getroffen, in dessen Bibliothek die Geisteswissenschaften einen so großen Platz einnahmen.«
Er lächelte ausweichend, und wir sprachen an diesem Tag nicht weiter darüber.

Unter Saint-Avits Büchern hatte ich ein dickes Heft bemerkt, dessen Riegel verschlossen war. Ein paarmal überraschte ich ihn dabei, wie er sich darin Notizen machte. Wenn er aus irgendeinem Grund sein Zimmer verlassen mußte, schloß er dieses Tagebuch sorgsam in ein kleines Weichholzschränkchen ein, das ihm die Verwaltung großmütig zugestanden hatte. Wenn er gerade nicht

* *Doctrina Ptolemali ab iniuria recentiorum vendicata, sive Nilus Superior et Niger verus, hodiernus Eghiren, ab antiquis explorati.* Paris, 8°, 1874, mit zwei Karten. (Anmerkung von Leroux)
** *De nomine et genere populorum qui berberi vulgo dicuntur.* Paris, 4°, 1882 (Anmerkung von Leroux)

schrieb und sein Dienst es ihm erlaubte, ließ er sein Mehari satteln, auf dem er gekommen war, und schon ein paar Minuten später sah ich von unserer Terrasse aus, wie beide rasch am Horizont hinter einer rötlichen Bodenwelle verschwanden. Diese Spazierritte wurden immer ausgedehnter. Und jedesmal kehrte er in einer Art innerer Erregung zurück. Ich beobachtete das – wenn wir uns bei den Mahlzeiten trafen, denn nur dann waren wir wirklich miteinander allein – mit wachsender Besorgnis.

»Ein schlechtes Zeichen«, dachte ich eines Tages, als seine Reden noch unzusammenhängender waren als sonst. »Es ist kein angenehmes Gefühl, an Bord eines U-Boots zu sein, dessen Kapitän dem Opium huldigt. Was für ein Rauschgift mag er wohl nehmen?«

Tags darauf warf ich einen raschen Blick in die Schubfächer meines Kameraden. Diese Inspektion, die ich für meine Pflicht hielt, beruhigte mich für kurze Zeit. »Es sei denn«, überlegte ich mir, »er hat sein Morphium und seine Spritzen bei sich.«

Damals lebte ich noch in dem Wahn, daß Andrés Phantasie künstlicher Reize bedürfe.

Eine sorgfältige Beobachtung belehrte mich eines Besseren. Es gab keinerlei verdächtigen Hinweis. Übrigens trank er kaum und rauchte nur selten.

Und doch ließ sich nicht leugnen, daß diese fieberhafte Unruhe zunahm. Seine Augen glänzten beängstigend, wenn er von seinen Ritten zurückkehrte; er wurde blasser, redseliger, reizbarer.

Eines Abends verließ er den Vorposten gegen sechs Uhr, als es kühler wurde. Wir warteten die ganze Nacht auf ihn. Meine Angst war um so größer, als seit einiger Zeit die Karawanen in der Umgebung des Vorpostens Räuberbanden gesichtet hatten.

Bei Morgengrauen war er noch immer nicht zurück. Erst mittags kam er, und sein Kamel brach eher zusammen als daß es in die Knie ging.

Sein erster Blick fiel auf die Mannschaft, die ich aufgeboten hatte, um ihn zu suchen, und die sich – Männer und Tiere – schon im Hof versammelt hatten.

Er sah ein, daß er sich entschuldigen mußte, wartete damit aber, bis wir beide beim Mittagessen allein waren.
»Es tut mir leid, daß ihr meinetwegen in Sorge wart. Aber die Dünen waren so schön im Mondlicht... Ich ließ mich immer weiter fortreißen...«
»Lieber Freund, es steht mir nicht an, dir Vorwürfe zu machen... Du bist frei und der Vorgesetzte hier. Aber ich möchte dich trotzdem an einen gewissen Satz über die Schaambaräuber erinnern und eine Bemerkung über die Gefahren, wenn der Offizier eines Vorpostens sich zu lange entfernt.«
Er lächelte: »Ich kann es nur begrüßen, wenn jemand ein gutes Gedächtnis hat.«
Er war gut gelaunt – allzu gut gelaunt.
»Du darfst es mir nicht übelnehmen«, fügte er hinzu. »Ich war wie üblich ein bißchen ausgeritten. Dann, als der Mond sich erhob, erkannte ich die Landschaft. Nächsten November sind es 23 Jahre her, daß Flatters auf diesem Weg seinem Schicksal entgegenging. Und die Gewißheit, nicht zurückzukehren, muß seine bittere Lust am Untergang noch gesteigert haben.«
»Eine sonderbare Mentalität für einen Expeditionsführer«, murmelte ich leise.
»Sprich nicht schlecht von Flatters. Niemand hat so wie er die Wüste geliebt... Er ist daran gestorben.«
»Palat und Douls haben sie auch geliebt und noch manch anderer«, erwiderte ich. »Aber sie setzten nur ihr eigenes Leben aufs Spiel. Flatters dagegen trug die Verantwortung für 60 Menschenleben. Und du kannst nicht leugnen, daß er seine ganze Expedition in den Tod geführt hat.«
Kaum hatte ich diesen letzten Satz gesagt, da bereute ich ihn schon. Ich dachte an Châtelains Erzählung von der Offiziersmesse in Sfax, in der man wie die Pest jede Unterhaltung mied, die an eine gewisse Expedition Morhange-Saint-Avit hätte rühren können.
Gott sei Dank sah ich, daß mein Kamerad mir nicht zugehört hatte. Seine fiebrigen Augen sahen in die Ferne.

»Wo war deine erste Garnison?«

»In Auxonne.«

»Auxonne«, sagte er und lachte geringschätzig. »Côte d'Or. Arrondissement von Dijon, 6000 Einwohner. Eisenbahnstation auf der Strecke Paris-Lyon-Mittelmeer. Ausbildung mangelhaft. Paraden wie im Zirkus. Die Frau Gemahlin des Rittmeisters empfängt am Donnerstag, die des Herrn Oberleutnants am Samstag. Sonntagsurlaube: Der erste des Monats in Paris, die drei anderen in Dijon. Das erklärt mir dein Urteil über Flatters.

Für mich, mein Freund, war Boghar die erste Garnison. Dort bin ich an einem Oktobermorgen als 20jähriger Leutnant des ersten Afrikacorps eingetroffen – einen weißen Streifen auf meinem schwarzen Ärmel...« »Kutteln in der Sonne«, wie die Sträflinge die Abzeichen ihrer Vorgesetzten nennen. Boghar... Zwei Tage zuvor hatte ich vom Schiffsdeck aus die ersten Umrisse Afrikas erblickt. Wer zum ersten Mal die blaßgrauen Uferfelsen sieht und bei dem Gedanken, daß dieser Kontinent sich tausend und abertausend Meilen gen Süden hin erstreckt, nicht von einem Fieber ergriffen wird, der tut mir leid... Ich war fast noch ein Kind. Ich hatte Geld und mußte meinen Dienst erst ein paar Tage später antreten. Ich hätte mich in Algier ein bißchen amüsieren können. Aber nein, noch am gleichen Abend stieg ich in den Zug nach Berruaghia. Dort, kaum hundert Kilometer von Algier entfernt, hört die Bahn auf. Geht man weiter nach Süden, findet man erst in der Capkolonie die nächsten Geleise. Die Post fährt der Hitze wegen nachts. Bei jeder Steigung ging ich zu Fuß neben dem Wagen her. In dieser neuen Landschaft wollte ich den ersten Zauber der Wüste spüren.

Gegen Mitternacht wechselten wir im Zuaven-Camp die Pferde, einem kleinen Vorposten an einer aufgeschütteten Straße über einem ausgetrockenten Tal, aus dem in der Hitze der Oleanderduft emporstieg. Dort rastete auch ein Trupp von Sträflingen und Soldaten einer Strafkompanie, die von Schützen und Trainsoldaten zu Straßenbauarbeiten in den Süden gebracht wurden. Die einen – in Uniform, aber natürlich ohne Waffen – kamen geradewegs aus den

Gefängnissen von Algier und Douera, die anderen – junge Zuhälter aus La Chapelle und La Goutte-d'Or – waren in Zivil, aber was für einem Zivil!
Sie zogen vor uns weiter. Dann holte die Postkutsche sie ein. Von weitem sah ich im spärlichen Mondlicht auf der lehmfarbenen Straße die dunklen Umrisse ihres Zuges. Gleich darauf hörte ich eine Art dumpfe Melodie – die Elenden sangen. Einer sang mit trauriger, kehliger Stimme ein Lied, das unheimlich durch die blauen Schluchten hallte:

»Auch kleine Mädchen werden mal groß,
und dann trifft man sich,
Junge, da ist was los,
Auf dem Boul' Richard-Lenoir auf dem Strich.

Die anderen nahmen im Chor den albernen Refrain auf:

Auf der Place de la Bastille
wer kennt sie nicht, wer liebt sie nicht,
die kleine Nini Katzengesicht,
auf der Place de la Bastille.

Als die Postkutsche sie überholte, sah ich sie ganz aus der Nähe. Sie waren schreckenerregend. Unter den häßlichen Schirmmützen, in den bleichen, glattrasierten Gesichtern glänzten ihre Augen wie fiebrig. Der heiße Staub erstickte die rauhen Stimmen in ihren Kehlen. Ich spürte eine grenzenlose Trauer.
Als die Postkutsche dieses Schreckensbild hinter sich gelassen hatte, fand ich meine Fassung wieder.
›Weiter, immer weiter‹, rief ich, ›gen Süden, bis zu jenen Landstrichen, die dieser Abschaum einer elenden Zivilisation nie erreicht.‹
Wenn ich müde bin, wenn der Mut mich verläßt und ich lieber auf meinem Weg einmal verschnaufen möchte, dann brauche ich nur an die Sträflinge von Berruaghia zu denken und schon geht es weiter.
Und tausendfacher Lohn ist es dann für mich, wenn ich in eine

jener Gegenden komme, wo die armen Tiere noch nicht ihr Heil in der Flucht suchen, weil sie noch nie einen Menschen gesehen haben, wo sich die Wüste rings so weit erstreckt, daß die alte Welt zusammenstürzen könnte, und keine einzige Falte in der Düne, keine einzige Wolke am weißen Himmel würden es mir verraten.«

»Das ist wahr«, murmelte ich, »damals in der Wüste im Tidikelt, da habe ich etwas Ähnliches empfunden.«

Bis dahin hatte ich ihn in seinem Elan nicht unterbrochen. Zu spät begriff ich jetzt den Fehler, den ich mit dieser unglückseligen Bemerkung gemacht hatte.

Mit seinem ironischen, nervösen Lachen erwiderte er:

»Sieh einer an, im Tidikelt? Mein Lieber, ich beschwöre dich zu deinem eigenen Besten, vermeide diese Art von Sentimentalitäten, wenn du dich nicht lächerlich machen willst. Weißt du, an wen du mich erinnerst? An Fromentin oder diesen armen Maupassant, der von der Wüste schwärmte, weil er einmal bis Dschelfa gekommen ist, zwei Tagereisen weit von der Place de Gouvernement und der Bab Azounstraße in Algier und vier Tagereisen von der Avenue de l'Opéra. Weil er in Bu Saada dann ein armseliges Kamel sterben sah, glaubte er sich gleich in der tiefsten Sahara auf der antiken Karawanenstraße. Das Tidikelt – die Wüste!«

»Ich möchte doch meinen, daß Insalah...«, erwiderte ich etwas gereizt.

»Insalah? Tidikelt? Mein armer Freund, als ich das letzte Mal dort war, lagen ebensoviele alte Zeitungen und leere Sardinenbüchsen rum wie Sonntags im Bois de Vincennes.«

Seine Voreingenommenheit, seine unverkennbare Absicht, mich zu kränken, ließen mich all meine Zurückhaltung vergessen.

»Das mag schon sein«, entgegnete ich scharf. »Ich hab ja auch nie eine Forschungsreise bis...«

Ich hielt inne. Aber es war schon zu spät.

Er sah mich forschend an und fragte leise:

»Bis wohin?«

Ich antwortete nicht.
»Bis wohin«, wiederholte er.
Und da ich immer noch schwieg, fuhr er fort:
»Bis zum Oued-Tarhjit, nicht wahr?«
Dort, am Ufer des Oued-Tarhjit, 120 Kilometer von Timmissao entfernt, in 23 Grad fünf Minuten nördlicher Breite, so lautete der offizielle Bericht, lag Hauptmann Morhange begraben.
»André!«, rief ich – sicher nicht sehr diplomatisch, »ich schwör dir...«
»Was schwörst du mir?«
»Daß ich nie die Absicht hatte...«
»Den Oued-Tarhjit zu erwähnen? Aber warum denn? Warum sollte man mir gegenüber den Oued-Tarhjit nicht erwähnen?«
Ich schwieg betreten und er zuckte die Achseln.
»Dummkopf«, sagte er lakonisch.
Er verließ das Zimmer, ohne daß ich auch nur den Versuch gemacht hätte, zu protestieren.

Er streckte jedoch nicht die Waffen vor so großer Demut. Das erfuhr ich am nächsten Tag, und die Art, wie er mir seinen Unmut zeigte, war nicht gerade geschmackvoll.
Ich war kaum aufgestanden, als er in mein Zimmer trat.
»Kannst du mir erklären, was das bedeutet?«
Er hatte eines der Berichtsbücher in der Hand. In seinen Anfällen von Nervosität blätterte er sie in der Hoffnung durch, etwas darin zu finden, wodurch er sich als Vorgesetzter militärisch aufspielen könnte.
Diesmal hatte der Zufall ihn gut bedient.
Er schlug das Buch auf. Ich errötete tief. Zwischen den Seiten lag ein mir nur allzu gut bekanntes Foto.
»Was soll das«, fragte er verächtlich.
Schon zu oft hatte ich ihn dabei ertappt, wie er in meinem Zimmer Fräulein von C....s Bild musterte, um nicht die verletzende Absicht zu erraten, die sich hinter dieser heuchlerischen Frage verbarg.

Ich beherrschte mich jedoch und schob das unglückselige Bild wortlos in eine Schublade.
Meine Gelassenheit paßte ihm aber auch nicht.
»Darf ich dich bitten, in Zukunft darauf zu achten, deine galanten Andenken nicht in den Dienstbüchern liegen zu lassen.«
Mit einem besonders beleidigenden Lächeln fügte er hinzu:
»Sonst reizt es womöglich noch Gourruts Fantasie.«
»André«, rief ich außer mir, »ich verbitte mir...«
Er richtete sich in seiner ganzen Größe auf:
»Was verbittest du dir? Willst du mir das mal sagen? Ich habe dir erlaubt, den Oued Tarhjit zu erwähnen, nicht wahr? Da habe ich doch wohl das Recht...«
»André!«
Er warf einen spöttischen Blick auf die Vergrößerung jenes Fotos an der Wand, das ich während dieser peinlichen Szene weggeräumt hatte.
»Nun komm schon, spiel nicht den Beleidigten. Aber, ganz unter uns, gib zu, sie ist ein bißchen mager.«
Und bevor ich etwas entgegnen konnte, verschwand er, indem er den albernen Refrain vom Tag zuvor wiederholte:

> Auf der Place de la Bastille
> wer kennt sie nicht, wer liebt sie nicht,
> die kleine Nini Katzengesicht...

Drei Tage lang sprachen wir kein Wort miteinander. Ich war zutiefst erbittert und gekränkt. War ich denn für seine unglücklichen Abenteuer verantwortlich? War es mein Fehler, wenn jeder zweite Satz eine Anspielung zu enthalten schien... »Diese Situation ist unerträglich. So kann es nicht weitergehen.«
So ging es auch nicht weiter.
Eine Woche nach der Szene mit dem Foto kam die Post. Kaum hatte ich einen Blick auf das Inhaltsverzeichnis jener deutschen Zeitschrift geworfen, die ich bereits erwähnte, da zuckte ich zusammen. Ich las: »Reise und Entdeckungen zweier französischer Offiziere, des Hauptmanns Morhange und des Oberleutnants de

Saint-Avit, in der westlichen Sahara.« Im gleichen Augenblick hörte ich die Stimme meines Kameraden:
»Was Interessantes in der Nummer?«
»Nein«, sagte ich wie beiläufig.
»Zeig mal!«
Ich gehorchte. Was konnte ich anderes tun?
Er schien sichtlich zu erblassen, als er das Inhaltsverzeichnis überflog, sagte jedoch im natürlichsten Ton von der Welt:
»Du leihst mir das Heft, nicht wahr?«
Er warf mir einen herausfordernden Blick zu und verließ das Zimmer.

Der Tag wollte kein Ende nehmen. Ich sah ihn erst am Abend wieder. Er war gut gelaunt und heiter, von einer Heiterkeit, die förmlich weh tat.
Als wir zu Abend gegessen hatten, lehnten wir uns beide gegen das Terrassengeländer. Von dort aus sah man hinaus auf die Wüste, die im Osten schon vom Dunkel verschlungen wurde.
André brach das Schweigen.
»Ich hab dir übrigens die Zeitschrift wieder hingelegt. Du hattest recht: Nichts von Interesse.«
Er schien sich prächtig zu amüsieren.
»Sag mal, was hast du eigentlich?«
»Nichts«, erwiderte ich mit gepreßter Stimme.
»Nichts? Soll ich dir sagen, was du hast?«
Ich sah ihn entsetzt an.
Er zuckte die Schultern und wiederholte wohl innerlich sein »Dummkopf«.
Die Nacht brach rasch herein. Nur das Südufer des Oued-Mia war noch lehmfarben. Im Geröll sprang ein kleiner Schakal mit einem Klagelaut auf.
»Der Dib weint ohne Grund, ein schlechtes Zeichen«, bemerkte Saint-Avit.
Und unbarmherzig fuhr er fort:
»Du willst also nichts sagen.«

Es kostete mich eine unsägliche Mühe, bis ich diese paar lächerlichen Worte gestammelt hatte:

»Was für ein drückender Tag. Was für eine schwere, schwere Nacht... Man ist sich selber fremd; man weiß nicht mehr...«

»Ja«, flüsterte Saint-Avits Stimme wie von weither. »Eine schwere, schwere Nacht. Eine Nacht wie die, weißt du, in der ich Hauptmann Morhange getötet habe.«

III

Die Expedition Morhange-Saint-Avit

»Ja, ich habe Hauptmann Morhange getötet«, sagte mir André de Saint-Avit am nächsten Tag, zur gleichen Stunde und am gleichen Ort mit einer Seelenruhe, die ich nach der furchtbaren Nacht, die ich hinter mir hatte, nicht aufzubringen vermochte. »Warum habe ich dir das erzählt? Ich weiß es nicht. Vielleicht ist die Wüste daran schuld. Bist du der Mann, der die Last dieses Vertrauens tragen und möglicherweise auch die Folgen auf sich nehmen kann? Auch das weiß ich nicht. Die Zukunft wird es lehren. Im Augenblick ist nur eines sicher, daß ich nämlich, ich wiederhole es, Hauptmann Morhange getötet habe.

Ich habe ihn getötet. Und da du so gern die näheren Umstände erfahren möchtest, werde ich mir jetzt nicht den Kopf zerbrechen, um für dich einen Roman zusammenzuspinnen. Ich werde meine Erzählung auch nicht nach Art der Naturalisten damit beginnen, aus welchem Stoff meine ersten Hosen waren, noch, wie es die Neukatholiken empfehlen, mich darüber zu verbreiten, ob ich als Kind oft zur Beichte ging und welches Vergnügen ich dabei empfand. Ich habe nichts übrig für unnütze Zurschaustellung. Du wirst dich also damit zufrieden geben müssen, daß diese Erzählung genau mit dem Zeitpunkt beginnt, an dem ich Morhange kennenlernte.

Du sollst im übrigen wissen, daß ich es nicht bereue, ihn kennengelernt zu haben, obwohl es mich einiges von meinem guten Ruf und meiner Seelenruhe gekostet hat. Wenn man es recht betrachtet, habe ich mich, von der Pflicht zur Kameradschaft einmal ganz abgesehen, ziemlich undankbar gezeigt, als ich ihn ermordete. Ihm, seiner Kenntnis der Felsinschriften, verdanke ich das einzige Ereignis, das mein Leben von den armseligen kleinen Lebensläu-

fen, die meine Zeitgenossen in Auxonne oder anderswo zurücklegen, unterscheidet. Dies vorausgeschickt, hier die Tatsachen:
Als Leutnant im Arabischen Bureau von Wargla hörte ich zum ersten Mal den Namen Morhange. Ich muß hinzufügen, ich hatte damals allen Grund, verbittert zu sein. Es war eine ziemlich bewegte Epoche. Die Feindschaft des Sultans von Marokko machte sich überall bemerkbar. Im Tuat, wo schon die Ermordung von Flatters und Frescali ausgeheckt worden war, unterstützte dieser Herr die Intrigen unserer Feinde. Dieses Tuat war das große Zentrum aller Komplotte, aller Raubzüge, allen Aufruhrs sowie gleichzeitig der Ort, von dem aus die Nomaden, die man nie zu fassen bekam, ihren Nachschub erhielten. Die Gouverneure von Algerien, Tirman, Cambon und Laferrière hatten nacheinander seine Besetzung gefordert. Die Kriegsminister unterstützten sie dabei insgeheim... Der Haken war nur, das Parlament machte nicht mit: Teils wegen England und Deutschland, vor allem aber wegen einer gewissen *Erklärung der Menschenrechte*, die feierlich verkündet, der Aufruhr sei die heiligste aller Pflichten, selbst wenn der Aufrührer ein Wilder ist, der uns schlicht den Kopf abhackt. Kurz und gut, die Militärverwaltung mußte sich damit begnügen, diskret die Garnisonen des Südens zu verstärken und neue Vorposten zu gründen, wie die von Berresof, Hassi el Mia, Fort Mac Mahon, Fort Lallemand, Fort Miribel... Aber wie Castries einmal gesagt hat: Nicht mit unseren Bordjs hält man die Nomaden in Schach, sondern man packt sie am Bauch. Und der Bauch waren die Oasen des Tuats. Man mußte diese Herren Anwälte in Paris von der Notwendigkeit überzeugen, die Tuat-Oasen einzunehmen. Das beste Mittel dazu war, ihnen ganz deutlich vor Augen zu führen, welche Intrigen dort gegen uns gesponnen wurden.
Die Urheber dieser Intrigen waren und sind noch heute hauptsächlich die Senussi*, deren geistliches Oberhaupt wir durch Waffen-

* Angehörige eines mohammedanischen Derwischordens, der den Islam in seiner ursprünglichen Reinheit wiederherstellen will und europäische Zivilisation ablehnt. (A. d. Ü.)

gewalt gezwungen hatten, den Sitz seiner Brüderschaft einige tausend Meilen weiter nach Süden, nach Schimmedru im Tibesti zu verlegen. Man kam nun auf die Idee – ich sage man aus reiner Bescheidenheit – den Spuren dieser Verschwörer auf der von ihnen vorwiegend benutzten Straße nachzugehen: Ghat, Temassinin, die Ebene von Adschemor und Insalah. Du siehst, es war, zumindest ab Temassinin, ungefähr der Weg, wie ihn Gerhard Rohlfs im Jahre 1864 eingeschlagen hatte.

Durch zwei Reisen, die eine nach Agades, die andere nach Bilma, war man bereits auf mich aufmerksam geworden, und ich galt unter den Offizieren des Büros von Wargla als einer, der sich in der Senussi-Frage am besten auskannte. Man bat mich daher, diese neue Aufgabe zu übernehmen.

Ich gab dabei zu bedenken, daß es praktisch wäre, zwei Fliegen mit einer Klappe zu schlagen und unterwegs das nördliche Ahaggar-Gebiet in Augenschein zu nehmen. Es sei nicht uninteressant festzustellen, ob die Tuareg von Ahitarhen noch immer so enge Beziehungen zu den Senussi unterhielten wie zu der Zeit, als sie sich zur Ermordung von Flatters' Expedition verschworen hatten. Man stimmte mir sofort zu. Die Änderung meines ursprünglichen Reiseplans bestand im folgenden: In Igelaschem, 600 Kilometer südlich von Temassinin, angelangt, wollte ich, statt direkt über Ghat und Insalah die Tuat-Oasen zu erreichen, durch das Felsmassiv von Muidir und den Ahaggar bis Shikh-Salah im Südwesten vordringen. Von dort würde ich dann wieder nördlich auf der Sudan- und der Agades-Straße nach Insalah kommen. Das machte zwar auf einer Reise von ungefähr 700 Meilen einen Umweg von knapp 800 Kilometern aus, würde uns aber eine ziemlich genaue Übersicht über die Straßen geben, die unsere Feinde, die Senussi des Tibesti und die Tuareg des Ahaggar, einzuschlagen pflegten, um die Tuat-Oasen zu erreichen. Und da jeder Forscher seine Liebhaberei hat, wie der Maler Ingres die Geige, malte ich mir bereits aus, daß ich unterwegs ein wenig die geologische Struktur der Hochebene von

Egele untersuchen könnte, über die Duveyrier und die anderen so auffallend wenig gesagt haben.*

Alles war zu meiner Abreise von Wargla bereit, alles, das heißt, wenig genug. Drei Meharis, mein eigenes, das meines Begleiters Bu-Dschema, eines treuen Schaamba, den ich auf meiner Reise nach dem Air bei mir gehabt hatte – ich brauchte ihn weniger als Führer durch diese Gegend, die ich gut genug kannte, als zum täglichen Satteln und Absatteln der Kamele – und schließlich ein drittes, das die Lebensmittel und die – verhältnismäßig kleinen – Wasserschläuche trug: Ich hatte mich genau über die möglichen Raststellen mit Brunnen orientiert.

Es gibt Leute, die auf diese Art von Reisen gleich eine Hundertschaft Soldaten und sogar Kanonen mitgenommen haben. Ich halte es da eher wie schon vor mir Douls und René Caille und gehe lieber allein.

Endlich war jener ersehnte Augenblick gekommen, da man nur noch mit einem Faden an der zivilisierten Welt hängt, als eine ministerielle Depesche in Wargla eintraf.

»Befehl für den Leutnant de Saint-Avit«, hieß es darin kurz und bündig, »seine Abreise bis zum Eintreffen des Hauptmanns Morhange zu verschieben, der ihn auf seiner Forschungsreise begleiten wird.«

Ich war mehr als enttäuscht. Diese Expedition war meine Idee gewesen. Ich hatte alle möglichen Schwierigkeiten gehabt, wie du dir vorstellen kannst, um höheren Orts meinen Plan durchzusetzen. Ich war schon voller Vorfreude, lange Tage allein mit mir selbst und der Wüste zu verbringen. Und da gab man mir einen Unbekannten zum Begleiter, zudem noch einen ranghöheren.

Das Mitleid meiner Kameraden verdoppelte eher noch meinen Ärger. Sie hatten sofort im amtlichen Jahrbuch nachgeschlagen und folgendes herausbekommen:

* »Ich habe keinerlei Hinweis auf die Gesteinsart der Felsen von Egele, aber alles läßt mich vermuten, daß es Kalkstein ist«, Henri Duveyrier, »Die Tuareg des Nordens«, S. 86 (Fußnote von Leroux).

»Morhange (Jean-Marie-François), Jahrgang 1881, Offizierspatent, Hauptmann zur besonderen Verwendung (Geographischer Heeresdienst).«
»Aha«, sagte einer. »Das erklärt alles. Man schickt dir einen Günstling auf den Hals, der allen Ruhm für sich verbuchen wird, nachdem du die ganze Mühe hattest. Offizierspatent. Was soll denn das? Ob man hier die Theorien von Ardant du Picq kennt oder nicht, ist ziemlich egal.«
»Da bin ich nicht ganz Ihrer Ansicht«, meinte unser Major. »Eher glaube ich, im Parlament ist etwas über den wahren Zweck von Saint-Avits Forschungsreise durchgesickert, nämlich die Besetzung der Tuat-Oase durchzusetzen. Wahrscheinlich ist dieser Morhange ein ergebener Diener des Militärausschusses. Sehen Sie, all diese Leute, Minister, Parlamentarier, Gouverneure, bespitzeln einander gegenseitig. Eines Tages wird man die hübsche, paradoxe Geschichte der französischen Kolonialpolitik schreiben, die stets hinter dem Rücken der Regierenden, wenn nicht gegen ihren Willen betrieben wurde.«
»Wie dem auch sein mag«, warf ich mürrisch ein, »das Resultat bleibt das gleiche: Zwei Franzosen in der Wüste, die sich auf Schritt und Tritt belauern werden. Eine angenehme Aussicht, wenn man schon genug damit zu tun hat, die Eingeborenen in Schach zu halten. Wann will dieser Herr hier sein?«
»Ich denke übermorgen«, sagte der Major. »Mir wurde eine Karawane von Gardaja gemeldet. Er wird wohl die Gelegenheit nutzen. Wahrscheinlich reist er auch nicht sehr gern allein.«

Es stimmte, Hauptmann Morhange traf am übernächsten Tag mit der Karawane von Gardaja ein. Mich wünschte er zuerst zu sprechen.
Als er in mein Zimmer trat, in das ich mich würdevoll zurückgezogen hatte, sobald die Karawane in Sicht gekommen war, stellte ich mißmutig fest, daß er nicht der Mann war, dem man lange böse sein konnte.
Er war groß, hatte ein volles, leicht gebräuntes Gesicht, heitere

blaue Augen, einen kleinen schwarzen Schnurrbart und fast schon weißes Haar.

»Ich muß mich tausendmal bei Ihnen entschuldigen, lieber Kamerad«, sagte er sofort mit einer Offenheit, wie man sie nur selten trifft. »Sicher verfluchen Sie den unerwünschten Begleiter, der Ihre Pläne durchkreuzt und Ihre Abreise verzögert hat.«

»Durchaus nicht, Herr Hauptmann«, erwiderte ich kühl.

»Es ist zum Teil auch Ihre Schuld. In Paris spricht man voller Anerkennung davon, wie gut Sie sich in der Sahara auskennen. Deshalb wollte ich Sie gern zum Führer haben, als das Unterrichts- und das Außenhandelsministerium zusammen mit der Geographischen Gesellschaft den Plan faßten, mich mit der Mission zu betrauen, die mich hierher geführt hat. Mir wurde der ehrenvolle Auftrag zuteil, die antike Karawanenstraße wiederaufzufinden, die noch im 9. Jahrhundert Tunis mit dem Sudan über Tozeur, Wargla, Es-Suk* und Burem verband. Dabei sollen die Möglichkeiten geprüft werden, diese alte bedeutende Handelsstraße wiederherzustellen. Vom Geographischen Heeresdienst erfuhr ich von Ihrem Vorhaben. Von Wargla bis Shikh-Salah ist unser Weg gemeinsam. Ich will ganz offen sein: Dies ist meine erste Reise dieser Art. Ich hätte keine Bedenken, im Hörsaal des Instituts für orientalische Sprachen in Paris eine Stunde lang über arabische Literatur zu sprechen. Aber wenn ich mich in der Wüste erkundigen müßte, ob der Weg nach rechts oder links geht, käme ich ganz schön in Verlegenheit. Da bot sich mir diese einmalige Gelegenheit, einen liebenswürdigen Begleiter zu bekommen, der mir über die ersten Schwierigkeiten hinweghelfen würde. Sie dürfen es mir also nicht übelnehmen, wenn ich diese Gelegenheit beim Schopf ergriffen und meinen ganzen Einfluß aufgeboten habe, Ihre Abreise von Wargla zu verzögern, bis ich mich Ihnen anschließen konnte. Lassen Sie mich Ihnen noch eines sagen. Ich bin hier in einem Auftrag, der zunächst einmal vorwiegend unmi-

* Gemeint sind wohl die erst kürzlich entdeckten Ruinen einer – wie man annimmt – Karawanserei am Fuß des Djebel Uri im Darfur. (A. d. Ü.)

litärischer Art ist. Sie dagegen erhielten Ihren Befehl vom Kriegsministerium. Bis zu dem Augenblick also, wo sich in Shikh-Salah unsere Wege trennen und Sie zu den Tuat-Oasen weiterreisen werden und ich zum Niger, sollen alle Ihre Ratschläge und Befehle widerspruchslos von einem Untergebenen befolgt werden, der, wie ich hoffe, auch ein Freund sein wird.«

Seine so liebenswürdige, offene Art ließ bald meine schlimmsten Befürchtungen schwinden; Ich fühlte mich unendlich erleichtert. Trotzdem konnte ich der bösen Versuchung nicht widerstehen, ihm erst einmal die kalte Schulter zu zeigen, weil er so mir nichts dir nichts über mich verfügt hatte. »So schmeichelhafte Komplimente, Herr Hauptmann, machen mich ganz verlegen«, erwiderte ich. »Wann beliebt es Ihnen, Wargla zu verlassen?«

Er antwortete mit einer Geste völliger Gleichgültigkeit:

»Wann Sie wollen, morgen oder auch heute abend. Ich habe Ihre Abreise verzögert. Sicherlich haben Sie Ihre Vorbereitungen schon längst getroffen.«

Meine kleine Kriegslist hatte sich gegen mich gewandt, denn ich wollte eigentlich erst acht Tage später aufbrechen.

»Morgen, Herr Hauptmann? Und Ihr Gepäck...«

Er lächelte unbekümmert. »Ich hielt es für angebracht, so wenig wie möglich mitzunehmen. Ein paar Kleidungsstücke, ein paar Papiere. Mein braves Kamel hatte keine Mühe, das wenige zu tragen. Und was sonst noch fehlt, da vertraue ich ganz auf Ihren Rat und die Vorräte von Wargla.«

Ich war geschlagen. Mir blieb kein Einwand mehr. Und darüber hinaus fühlte ich mich von seiner Offenheit, seiner Unbefangenheit merkwürdig angezogen.

»Also weißt du«, meinten meine Kameraden, als wir uns zum Aperitif trafen, »dein Hauptmann scheint ein ganz patenter Kerl zu sein.«

»Das stimmt.«

»Du wirst bestimmt keinen Ärger mit ihm haben. Aber paß trotzdem auf, daß er nachher nicht alle Rosinen für sich herauspickt.«

»Wir arbeiten nicht auf dem gleichen Gebiet«, erwiderte ich ausweichend.
Ich machte mir so meine Gedanken. Aber ich schwöre, das war alles. Seit unserem Gespräch war all mein Groll gegen Morhange geschwunden. Aber mein Schweigen ließ die Kameraden auch jetzt noch glauben, daß ich gegen ihn eingenommen sei. Und alle, verstehst du, alle haben sich später gesagt, als die bewußten Gerüchte in Umlauf kamen:
»Gewiß ist er schuldig. Wir haben die beiden zusammen aufbrechen sehen, wir können es bezeugen.«
Schuldig bin ich allerdings... Aber doch nicht aus Mißgunst... Pfui Teufel, wie gemein! Wenn man so etwas erlebt hat, kann man nur fliehen, so weit fliehen, bis man keine Menschen mehr trifft, die so denken und kombinieren.«
Dann trat Morhange ein, am Arm des Majors, der von dem neuen Gast ganz hingerissen schien.
Er stellte ihn gleich allen vor:
»Hauptmann Morhange, meine Herren. Ein Offizier der alten Schule, was den Humor betrifft, mein Wort darauf. Er will morgen abreisen, aber wir müssen ihm einen solchen Empfang bereiten, daß dieser Plan schon in zwei Stunden vergessen ist. Sie können uns doch gewiß acht Tage gönnen, Herr Hauptmann?«
»Ich stehe ganz zur Verfügung von Leutnant de Saint-Avit«, erwiderte Morhange mit sanftem Lächeln.
Bald war die Unterhaltung in vollem Gang. Lachen klang auf, Gläser klirrten. Meine Kameraden konnten nicht genug bekommen von den Geschichten, die ihnen der neue Gast unverdrossen und heiteren Gemüts erzählte. Ich dagegen hatte mich noch nie so traurig gefühlt.
Als es Zeit war, hinüber in den Speisesaal zu gehen, rief der Major in ausgelassener Laune:
»Herr Hauptmann, Sie sitzen zu meiner Rechten! Ich hoffe, wir hören noch ein paar mehr Geschichten aus Paris von Ihnen. Hier ist man ja gar nicht mehr auf dem laufenden.
»Zu Befehl, Herr Major«, erwiderte Morhange.

»Setzen wir uns, meine Herren!«
Wir setzten uns; Stühle wurden gerückt.
Ich sah wie gebannt zu Morhange, der noch immer stand.
»Herr Major, meine Herren, Sie gestatten«, sagte er.
Und bevor er sich an den Tisch setzte, sprach Hauptmann Morhange – der während des Essens der fröhlichste von uns allen war – halblaut und mit geschlossenen Augen das Tischgebet.

IV

Unterwegs zum fünfundzwanzigsten Breitengrad

»Sehen Sie«, sagte Hauptmann Morhange etwa zwei Wochen später zu mir, »Sie wissen viel besser über die alten Saharastraßen Bescheid, als Sie zugeben wollen. Woher sonst wüßten Sie etwas über die beiden Tadekkas? Aber das Tadekka, das Sie soeben erwähnten, ist das Tadekka von Ibn-Batuta, das dieser Historiker 70 Tagereisen von den Tuat-Oasen entfernt vermutet und das Schirmer zu Recht in das unerforschte Gebiet der Auelimmiden verlegt. Durch dieses Tadekka zogen im 19. Jahrhundert die Songhai-Karawanen, die jedes Jahr nach Ägypten reisten. Das Tadekka, das ich meine, ist das andere, die Hauptstadt der »Schleierträger«, die Ibn-Chaldun zwanzig, El-Bekri dagegen, der sie Tadmekka nennt, dreißig Tagesreisen südlich von Wargla zu finden glaubt. Dieses Tadmekka ist das Ziel meiner Reise. Und ganz sicher muß man es in den Ruinen von Es-Suk suchen. Durch Es-Suk ging die Handelsstraße, die im 9. Jahrhundert Dscherid in Tunesien mit Burem an der Biegung des Nigers verband. Die Ministerien haben mich nun damit beauftragt, die Möglichkeiten zu untersuchen, diesen alten Verbindungsweg wiederherzustellen. Ein Auftrag, dem ich es verdanke, Ihr Reisegefährte zu sein.«

»Machen Sie sich lieber keine allzu großen Hoffnungen«, erwiderte ich. »Der Handel, der jetzt über diese Straße abgewickelt wird, ist vermutlich nicht sehr bedeutend.«

»Nun, wir werden sehen«, entgegnete er gelassen.

Diese Worte wechselten wir, während wir am einförmigen Ufer einer Sebcha entlangritten. Unter der aufgehenden Sonne schimmerte die weite Salztonebene in silbrigem Blau. Die Schritte unserer fünf Meharis warfen unruhige Schatten von tieferem Blau. Ab

und zu flog ein Vogel, wohl eine Art Reiher, der einzige Bewohner dieser Einöden, auf und verharrte schwebend in der Luft. Kaum waren wir vorüber, setzte er sich wieder hin.
Ich ritt voraus und achtete auf den Weg. Morhange folgte. Mit seinem weiten weißen Burnus, der geraden Chechia * der Spahis auf dem Kopf und seinem langen Rosenkranz aus abwechselnd aufgezogenen getrockenten schwarzen und weißen Beeren, an dem ein Kreuz von der gleichen Art hing, glich er aufs Haar den weißen Vätern von Kardinal Lavigerie.
Nachdem wir zwei Tage in Temassinin geblieben waren, hatten wir inzwischen Flatters' Route verlassen, um nach Südwesten abzubiegen. Mein Verdienst ist es, noch vor Foureau auf die Bedeutung von Temassinin als dem Knotenpunkt der Karawanenzüge hingewiesen zu haben. Ich habe auch den Ort vorgeschlagen, an dem Hauptmann Pein kürzlich ein Fort erbaut hat. Temassinin, wo sich die Straßen von Fessan und dem Tibesti nach dem Tuat kreuzen, soll der künftige Sitz eines weitverzweigten Nachrichtenbüros werden. Das, was ich während dieser Tage dort über die Umtriebe unserer Feinde, der Senussi, erfuhr, war äußerst wichtig. Übrigens fiel mir auf, daß sich Morhange für meine Ermittlungen überhaupt nicht interessierte.
Er verbrachte diese zwei Tage in Gesprächen mit dem alten schwarzen Wächter der Türbe **, die unter ihrer Kuppel aus Gips die sterblichen Überreste des verehrten Sidi-Mussa barg. Leider erinnere ich mich nicht mehr an das, worüber die beiden sich unterhielten. Aber aus der staunenden Bewunderung des alten Negers schloß ich, wie vertraut meinem Gefährten die Geheimnisse der unendlichen Sahara sein mußten. Ich jedenfalls hatte Mühe, da mitzukommen.
Übrigens entpuppte Morhange sich während unserer Reise als ein ziemlich eigenwilliger Begleiter. Du hast ja immerhin auch eine gewisse Erfahrung mit den Verhältnissen im Süden, also hör zu,

* Die (rote) Kopfbedeckung der afrikanischen Truppen (A. d. Ü.)
** Eine Art Grabkapelle der Muslime (A. d. Ü.)

damit du dir selbst ein Bild machen kannst: Es war etwa 200 Kilometer südlich von hier, während der sechs furchtbaren Tage ohne Wasser, noch mitten in der großen Sanddüne. Wir hatten nur noch für zwei Tage Wasser, bevor wir den ersten Brunnen erreichen würden, und du weißt, was Flatters über die Brunnen dieser Gegend an seine Frau schrieb: »Man muß stundenlang arbeiten, bis man sie freilegen kann, um Mensch und Vieh zu tränken.« Da trafen wir zufällig eine Karawane, die gen Osten nach Ghadames zog und sich ein Stück weit nach Norden verirrt hatte. An den zusammengeschrumpften, lockeren Höckern der Kamele konnte man sehen, wie elend dieser Zug dran sein mußte. Ganz zum Schluß folgte ein kleiner grauer Esel, ein Jammergeschöpf, das bei jedem Schritt stolperte. Die Händler hatten ihm schon seine Last abgenommen, weil sie sahen, daß er bald verenden würde. Mit seinen letzten Kräften folgte der Esel. Er fühlte wohl instinktiv, wenn er zurückbliebe, wäre das das Ende, und die kahlen Aasgeier würden sich flügelschlagend auf ihn stürzen. Ich liebe Tiere sehr und ziehe sie aus guten Gründen den Menschen vor. Aber was Morhange getan hat, das wäre mir nie in den Sinn gekommen. Ich muß dazu sagen, daß unsere Wasserschläuche fast leer waren und unsere eigenen Kamele, ohne die man in der Wüste völlig verloren ist, seit Stunden nicht mehr getränkt worden waren. Morhange also ließ sein Reittier niederknien, öffnete einen Schlauch und ließ den Esel trinken. Gewiß, als ich sah, wie die mageren Flanken dieses geschundenen Tieres vor Freude zuckten, da wurde auch mir warm ums Herz. Aber ich trug die Verantwortung für unseren Zug, und ich sah auch das verdutzte Gesicht von Bu-Dschema, unserem Diener, und die mißbilligenden Blicke der Halbverdursteten von der andere Karawane. Ich machte daher eine vorwurfsvolle Bemerkung. Aber da kam ich schlecht bei ihm an: »Ich habe nur soviel Wasser hergegeben«, erwiderte mir Morhange, »wie mir selber zusteht. Wir werden morgen abend gegen sechs Uhr am Brunen von El-Biodh sein. Und ich weiß, daß ich bis dahin keinen Durst haben werde.« Und das sagte er in einem Ton, der zum ersten Mal den Hauptmann herauskehrte. »Das ist leicht gesagt«, dachte ich ziemlich ungehalten. »Er weiß genau, wenn er will, kann er jederzeit über meinen Schlauch und über den von Bu-Dschema verfügen.« Aber damals kannte ich Morhange noch nicht gut genug, denn bis zum nächsten Abend, an dem wir El-Biodh erreichten, lehnte er jedes unserer Anerbieten freundlich lächelnd, doch entschieden ab und trank keinen Tropfen.

Oh Schatten des heiligen Franz von Assisi! Oh ihr Hügel Umbriens, deren Schattenriß sich so klar am morgendlichen Himmel abzeichnet. Es war ein ähnlicher Sonnenaufgang, als Morhange an einem hellen Wasserfall stehenblieb, der aus einem Spalt im grauen Felsgestein von Egele herabsprudelte. Dieser Bach, den niemand hier vermutet hätte, floß durch den Sand, und wir sahen kleine schwarze Fische darin, denen sich im Licht ihr Schatten zugesellte. Fische mitten in der Sahara! Wir blieben alle drei stehen, stumm vor Staunen angesichts dieses Naturwunders. Eines der Tiere hatte sich in einen kleinen versandeten Winkel verirrt. Es zappelte da, mit dem weißen Bauch nach oben... Morhange ergriff es, betrachtete es einen Augenblick und warf es dann zurück in das plätschernde Wasser... Oh Schatten des heiligen Franziskus! Hügel von Umbrien... Doch ich hatte mir ja vorgenommen, diese Erzählung nicht durch unangebrachte Abschweifungen auseinanderzureißen...

»Sehen Sie jetzt«, sagte Hauptmann Morhange eine Woche später zu mir, »daß ich recht hatte, als ich Ihnen riet, sich etwas weiter südlich zu halten, bevor Sie sich auf den Weg nach Ihrem Shik-Salah machen. Ich dachte mir schon, daß der Bergrücken von Egele für Ihre Untersuchungen nicht groß von Interesse sein würde. Hier brauchen Sie nur die Steine am Wegrand aufzuheben und schon haben Sie den eindeutigen Beweis für den vulkanischen Ursprung dieser Gegend, den alle anderen Wissenschaftler vor Ihnen nur vermuten konnten.«

An diesem Tag zogen wir gerade am Westabhang des Tifedest-Gebirges entlang, nahe dem 25. nördlichen Breitengrad.

»Sie haben völlig recht, und ich weiß Ihnen Dank dafür«, erwiderte ich.

Nie werde ich diesen Augenblick vergessen. Wir waren von unseren Kamelen abgestiegen und suchten nach ein paar besonders typischen Gesteinsproben. Morhange tat dies mit einem Sachverstand, der seinen Geologiekenntnissen alle Ehre machte, obwohl er doch so oft behauptet hatte, diese Wissenschaft sei ihm völlig fremd.

»Ich würde Sie gern etwas fragen, worüber ich schon lange nachgedacht habe«, fuhr ich etwas unvermittelt fort.

Er hob den Kopf, sah mich an und sagte:

»Nun, so fragen Sie doch.«

»Offengestanden, mir ist das praktische Interesse Ihrer Reise nicht ganz klar.«

»Wieso? Die Erforschung der antiken Karawanenstraße, der Beweis, daß schon im frühesten Altertum eine Verbindung zwischen den Mittelmeerländern und Schwarzafrika bestanden hat, ist das in Ihren Augen nichts? Die Hoffnung, ein für allemal die uralte Streitfrage zu klären, die die ganze Gelehrtenwelt in zwei feindliche Lager gespalten hat: d'Anville, Heeren, Berlioux, Quatremère auf der einen, Gosselin, Walckenaer, Tissot und Vivien de Saint-Martin auf der anderen Seite – halten Sie das etwa für belanglos? Sie sind wirklich anspruchsvoll, mein Freund.«

»Ich sprach vom praktischen Interesse«, erwiderte ich. »Wollen Sie etwa leugnen, daß diese Kontroverse einzig und allein Sache der beamteten Geographen und der privaten Forschung ist.«

Morhange lächelte noch immer.

»Lieber Freund, Ihr Urteil klingt ein wenig hart. Vergessen Sie bitte nicht, daß Sie Ihren Auftrag vom Kriegsministerium erhielten, während ich für das Unterrichtsministerium arbeite. Aus der Verschiedenheit des Ursprungs ergibt sich die Verschiedenheit der Ziele; zumindest erklärt sie, was ich Ihnen gern zugebe, daß das von mir verfolgte Ziel kaum von praktischem Interesse ist.«

»Sie haben aber auch einen Auftrag des Handelsministerium angenommen«, entgegnete ich hartnäckig. »Und ihm gegenüber stehen Sie im Wort: Sie sollen prüfen, ob die alte Handelsstraße des 9. Jahrhunderts wieder hergestellt werden kann. Über diesen

Punkt jedoch können Sie mich nicht täuschen. Bei Ihrer Kenntnis der Geschichte und der Geographie der Sahara mußte Ihnen schon vor Ihrer Abreise aus Paris klar gewesen sein: die Straße von Dscherid zum Niger ist tot, vollkommen tot. Sie wußten, über diese Straße würde sich kein bedeutender Handel mehr abwickeln lassen. Und doch übernahmen Sie diese Aufgabe, die Ihnen von vornherein sinnlos erscheinen mußte.«

Morhange sah mir offen ins Gesicht und antwortete unumwunden:

»Und wenn dem so wäre, wenn ich wirklich vor meiner Abreise schon diese Überzeugung gehabt hätte, was würden Sie für einen Schluß daraus ziehen?«

»Ich wäre Ihnen dankbar, wenn Sie es mir verraten würden.«

»Ganz einfach, lieber Freund, daß ich weniger geschickt war als Sie, einen Vorwand für meine Reise zu finden, daß ich die wahren Absichten, die ich mit dieser Reise verfolge, nicht ganz so gut bemäntelt habe.«

»Einen Vorwand? Ich verstehe nicht...«

»Jetzt seien Sie aber auch einmal ehrlich. Ich bin überzeugt davon, es ist Ihr aufrichtiger Wunsch, die Arabischen Bureaux von den Umtrieben der Senussis zu unterrichten. Aber geben Sie zu, diese Nachrichten sind nicht das einzige und nicht das persönliche Ziel Ihrer Reise. Sie sind Geologe, mein Freund. Dieser Auftrag bietet Ihnen die Gelegenheit, Ihren Neigungen nachzugehen. Niemand könnte Ihnen einen Vorwurf daraus machen, das für Ihr Land Nützliche mit dem für Sie Angenehmen verbunden zu haben. Aber nun geben Sie das doch wenigstens zu. Ist Ihre Anwesenheit hier am Abhang des Tifedest nicht Beweis genug? Vom mineralogischen Standpunkt aus gesehen ist dieser Berg sicherlich sehr interessant, aber er liegt trotzdem 150 Kilometer südlich von Ihrer offiziellen Route.«

Er hätte mir kaum auf liebenswürdigere Weise zu verstehen geben können, daß er mich durchschaut hatte. Ich wehrte mich, indem ich zum Angriff überging.

»Muß ich aus alldem schließen, daß ich die wahren Beweggründe

Ihrer Reise nicht kenne und daß sie mit Ihrem offiziellen Auftrag nichts zu tun haben?«

Ich war wohl etwas zu weit gegangen. Ich merkte es an dem Ernst, der diesmal in Morhanges Antwort lag:

»Nein, mein Freund, das dürfen Sie nicht schließen. Ich hätte eine solche Lüge verabscheut, die zugleich ein Verrat gegenüber den achtbaren Behörden gewesen wäre, die mich ihres Vertrauens und ihrer Unterstützung für würdig befunden haben. Die Aufgaben, die sie mir zugewiesen haben, werde ich gewissenhaft erfüllen. Aber ich habe keinen Grund, Ihnen zu verschweigen, daß mir eine andere, rein persönliche Arbeit sehr viel mehr am Herzen liegt. Vielleicht können wir uns auf jene übrigens recht fragwürdige Redensart einigen und sagen, daß dieses Ziel den ›Zweck‹ bildet, die anderen Ziele dagegen nur die Mittel sind.«

»Wäre es indiskret, Sie zu fragen...?«

»Nicht im geringsten«, erwiderte mein Gefährte. »Shikh-Salah ist nur noch ein paar Tagereisen entfernt. Wir werden uns bald trennen. Sie haben meine ersten Schritte in der Sahara mit so viel Umsicht gelenkt, daß ich keine Geheimnisse vor Ihnen haben möchte.«

Wir hatten unser Lager im Tal eines ausgetrockenten kleinen Oueds aufgeschlagen, in dem einige dürftige Pflanzen wuchsen. Es gab eine Quelle ganz in der Nähe, von einer Art grünem Graskranz umgeben. Die Kamele, denen wir bereits für die Nacht die Sättel abgenommen hatten, grasten mit weitausholenden Schritten um die Wette die stachligen Had-Büschel ab. Über uns erhoben sich fast senkrecht die glatten schwarzen Felswände der Tifedest-Berge. Von dem Feuer, auf dem Bu-Dschema unser Abendessen kochte, stieg der bläuliche Rauch in die windstille Luft.

Nicht ein Laut, nicht ein Luftzug. Waagrecht erklomm der Rauch langsam die blassen Stufen des Firmaments.

»Haben Sie schon vom Atlas des Christentums gehört?«, fragte Morhange.

»Ich glaube ja. Ist das nicht ein geographisches Werk der Benediktiner, das ein gewisser Dom Granger herausgibt?«

»Das stimmt«, erwiderte Morhange. »Aber gestatten Sie mir, ein paar Dinge zu präzisieren, die Sie wahrscheinlich nicht so interessiert haben wie mich, der ich andere Gründe dafür hatte. Der Atlas des Christentums hat zum Ziel, die Ausbreitung des christlichen Glaubens im Laufe der Zeiten festzustellen und zwar für alle Teile der Welt. Ein Werk, das des benediktinischen Geistes und eines so hervorragenden Gelehrten wie Dom Granger würdig ist.«

»Und diese Grenzen wollen Sie also hier erforschen?«, fragte ich leise.

»Ja, das will ich«, erwiderte mein Gefährte.

Er schwieg und ich respektierte sein Schweigen, übrigens fest entschlossen, mich über nichts mehr zu wundern.

»Man kann nicht, ohne unglaubwürdig zu werden, bei halben Geständnissen stehen bleiben«, fuhr er nach einer Weile des Nachdenkens fort. Aus seiner plötzlich ernst gewordenen Stimme war jeder Anflug jener geistreichen Art verschwunden, die einen Monat zuvor die jungen Offizire von Wargla so hell begeistert hatte. »Ich habe damit angefangen, deshalb sage ich Ihnen lieber gleich alles. Ich bitte Sie nur um Ihr Verständnis, daß ich gewisse Ereignisse rein persönlicher Natur dabei auslasse. Es mag Ihnen genügen, wenn ich Ihnen sage, daß ich aufgrund dieser Ereignisse vor vier Jahren beschloß, in ein Kloster einzutreten. Mir bleibt nur das Staunen, daß ein völlig unbedeutendes Geschöpf, das unvermittelt in meinem Leben auftauchte, die Richtung dieses Lebens so zu verändern vermochte. Und ich kann mich darüber wundern, daß ein Wesen, dessen einziges Verdienst in seiner Schönheit bestand, vom Schöpfer ausersehen wurde, meinem Schicksal eine so unvorhergesehene Wendung zu geben. In dem Kloster jedoch, an dessen Tür ich klopfte, zweifelte man zunächst verständlicherweise an der Ernsthaftigkeit meines Entschlusses. Was die Welt auf diese Weise verliert, gewinnt sie oft auf die gleiche Weise zurück. Kurz gesagt, ich kann es dem Abt nicht übelnehmen, daß er mir damals untersagte, meinen Abschied zu nehmen. Ich besaß seit einem Jahr mein Patent als Hauptmann. Er veranlaßte mich, um eine Beur-

laubung von drei Jahren nachzusuchen, die mir auch gewährt wurde. Nach diesen drei Jahren als Laienbruder im Kloster sollte ich entscheiden, ob die Welt endgültig für mich gestorben war.
Am ersten Tag meines Eintritts ins Kloster wurde ich Dom Granger zugeteilt. Er nahm mich auf in den Kreis der Mitarbeiter an jenem Atlas des Christentums. Nach einer kurzen Prüfung hatte er erkannt, auf welche Weise ich ihm dabei von Nutzen sein konnte. So wies er mich denn dem Arbeitskreis zu, der mit der Kartographie von Nordafrika betraut war. Ich konnte kein Wort arabisch, aber zufällig hatte ich, während ich in Lyon stationiert war, an der Universität die Vorlesungen von Berlioux gehört. Mag sein, daß er als Geograph etwas verschroben war, bei ihm drehte sich alles um die eine große Idee: der Einfluß der griechischen und römischen Zivilisation auf Afrika. Dieses Detail aus meinem Leben genügte Dom Granger. Auf seine Veranlassung wurden mir schnellstens Ventures, Delaportes und Brosselards Wörterbücher der Berbersprache, Stanhope Fleemans ›Grammatical sketch of the Temahaq‹* und Major Hanoteaus** ›Essai de Grammaire de la langue temachek‹ besorgt. Nach drei Monaten war ich in der Lage, jede Tifinaghinschrift zu entziffern. Sie wissen, das Tifinagh ist die alte Schrift der Tuareg, in der sie ihre Sprache, das Tamaschek, schreiben, die als ein bemerkenswerter Protest der Targirasse gegen die feindlichen Mohammedaner angesehen werden muß.
Dom Granger war nämlich überzeugt davon, daß die Tuareg früher Christen waren und zwar von einer Zeit an, die es noch zu bestimmen gilt, die aber wohl mit der Glanzzeit der Kirche von Hippo Regius zusammenfällt. Sie wissen noch besser als ich, daß das Kreuz bei ihnen ein ganz wesentliches ornamentalisches Motiv ist. Duveyrier hat festgestellt, daß es in ihrem Alphabet, auf ihren Waffen und den Mustern ihrer Kleider vorkommt. Die einzige Tätowierung, die sie auf der Stirne und dem Handrücken tragen, ist ein Kreuz mit vier gleichen Armen. Ihr Sattelknopf, der Griff

* Grammatikalisches Kurzlehrbuch des Tamaschek (A. d. Ü.)
** Grammatikalischer Abriß der Tamascheksprache (A. d. Ü.)

ihrer Säbel und Dolche stellen ein Kreuz dar. Und muß ich Sie noch daran erinnern, daß trotz des Verbots der Glocken, die der Islam als christliches Symbol ansieht, das Geschirr der Tuaregkamele mit Glöckchen geschmückt ist?
Weder Dom Granger noch ich maßen solchen Beweisen eine übertriebene Bedeutung bei. Im ›Genius des Christentums‹* kann man Ähnliches lesen, das nur auf den ersten Blick bestechend klingt. Aber bestimmte theologische Argumente muß man sehr viel ernster nehmen. Der Gott der Tuareg, Amanai, zweifellos der Adonai der Bibel, ist ein einziger Gott. Sie kennen eine Hölle, timsi-tan-elakhart, das letzte Feuer, in der Iblis, unser Luzifer, herrscht. Ihr Paradies, in dem sie den Lohn für ihre guten Taten empfangen, wird von dem Andschelusen, unseren Engeln, bewohnt. Nun kommen Sie mir nicht und sagen, diese Theologie gliche auch der des Korans. Da kann ich Ihnen die historischen Tatsachen entgegenhalten: Im Laufe der Jahrhunderte haben die Tuareg fast bis zur eigenen Ausrottung gekämpft, um ihren Glauben gegen den Ansturm der fanatischen Mohammedaner aufrechtzuerhalten.
Wie oft habe ich mich mit Dom Granger in die faszinierende Geschichte von dem heldenhaften Widerstand der Ureinwohner gegen die arabirschen Eroberer vertieft. Wir lasen, wie das Heer von Sidi-Ogba, einem der Gefährten des Propheten, in die Wüste zog, um die großen Tuareg-Stämme zu besiegen und ihnen den Koran aufzuzwingen. Diese Stämme waren damals reich und glücklich. Es waren die Ahaggaren, die Ineslemen, die Udalen, die Kel Geres und die Kel Air. Aber innere Zerwürfnisse schwächten ihren Widerstand. Dennoch kämpften sie bis zum letzten, und erst nach einem langen grausamen Krieg gelang es den Arabern, die Hauptstadt der Berber einzunehmen. Sie zerstörten sie, nachdem sie ihre Bewohner ermordet hatten. Auf den Trümmern erbaute Ogba eine neue Stadt. Diese Stadt ist Es-Suk. Und die, die Sidi Ogba zerstörte, ist das Tadmekka der Berber. Ich

* Ein Werk Chateaubriands (A. d. Ü.)

will nun versuchen, unter den Ruinen des muselmanischen Es-Suk die Spuren jenes vielleicht christlichen Tadmekkas der Berber auszugraben. So jedenfalls lautet Dom Grangers Auftrag an mich.«

»Ich verstehe«, bemerkte ich leise.

»Schön«, fuhr Morhange fort. »Aber was Sie vielleicht noch begreifen sollten, ist der durchaus praktische Sinn dieser Mönche, die meine Lehrer sind. Auch noch nach den drei Jahren meines Klosterlebens blieben ihnen einige Zweifel an der Endgültigkeit meines Entschlusses. Sie fanden nun einen Weg, mich zum einen noch ein letztes Mal zu prüfen und zum anderen eine offizielle Mission für ihre besonderen Ziele zu nutzen. Eines Morgens wurde ich zum Abt gerufen, der mir in Anwesenheit von Dom Granger und mit seiner Zustimmung folgendes mitteilte:

»Ihre Beurlaubung vom Dienst für drei Jahre läuft in vierzehn Tagen ab. Sie werden nun nach Paris zurückkehren und dem Ministerium mitteilen, daß Sie sich zu seiner Verfügung halten. Mit dem, was Sie hier gelernt haben und dank der Verbindungen, die wir noch zum Generalstab haben, wird es Ihnen nicht schwerfallen, dem Geographischen Heeresdienst zugeteilt zu werden. Wenn Sie erst einmal in der Rue de Grenelle sind, erhalten Sie von uns weitere Instruktionen.«

Ich wunderte mich darüber, welches Vertrauen sie in meine Kenntnisse setzten. Aber als ich erst einmal Hauptmann im Geographischen Dienst war, wurde mir manches klar. Im Kloster, im täglichen Umgang mit Dom Granger und seinen Mitarbeitern, war ich mir immer der Lückenhaftigkeit meines Wissens bewußt gewesen. Im Kontakt mit meinen Kameraden begriff ich erst, wie hervorragend meine Ausbildung im Kloster gewesen war. Ich brauchte mich nicht einmal groß um diese Forschungsreise zu bewerben. Die Ministerien selbst kamen auf mich zu und baten mich um mein Einverständnis. Nur in einer Beziehung ergriff ich die Initiative: Als ich von Ihrem Plan erfuhr und von Ihrem baldigen Aufbruch von Wargla. Da ich allen Grund hatte, an meiner praktischen Begabung als Forschungsreisender zu zweifeln, tat ich was ich konnte, um Ihre Abreise zu verzögern und mich Ihnen anschließen zu können. Ich hoffe, Sie haben es mir inzwischen verziehen.«

Das Licht sammelte sich im Westen, wo die Sonne gerade hinter einem verschwenderischen violetten Vorhang untergegangen war. Wir waren allein in dieser Unendlichkeit, am Fuße der steilen schwarzen Felsen. Wir allein.
Ich reichte Morhange die Hand. Er drückte sie und sagte:
»Eines möchte ich Ihnen noch sagen. Die paar tausend Kilometer, die mich von dem Augenblick trennen, in dem ich nach erfülltem Auftrag im Kloster endlich die Dinge werde vergessen können, für die ich nicht geschaffen war, erscheinen mir unendlich lang. Aber jetzt kommen mir die paar hundert Kilometer bis Shikh-Salah mit Ihnen als Begleiter erstaunlich kurz vor...«

Über dem klaren Wasser der kleinen Quelle, die reglos und starr wie eine silberne Scheibe darlag, stieg ein Stern auf. »Shik-Salah«, murmelte ich, und eine unbestimmte Traurigkeit erfaßte mich plötzlich. »Geduld! Wir sind noch nicht da.«

Wir sollten es auch nie erreichen.

V

Die Inschrift

Mit seinem eisenbeschlagenen Stock sprengte Morhange ein Stück von der schwarzen Felswand ab und hielt es mir hin:
»Was ist das?«
»Ein chrysolithaltiger Basalt«, erwiderte ich.
»Offenbar nicht interessant genug: Sie haben nur einen kurzen Blick darauf geworfen.«
»Im Gegenteil, das Stück ist sehr interessant. Aber offengestanden, im Augenblick habe ich andere Sorgen.«
»Was gibt's?«
»Sehen Sie einmal in diese Richtung«, erwiderte ich und deutete auf einen dunklen Punkt am Horizont, der sich im Westen jenseits der weißen Ebene abzeichnete.
Es war sechs Uhr morgens. Die Sonne war schon aufgegangen. Aber vergebens suchte man sie an dem erstaunlich unbewegten Himmel. Und nicht der mindeste Lufthauch!
Plötzlich jammerte eines unserer Kamele. Eine große Antilope tauchte auf und rannte völlig verwirrt mit dem Kopf gegen die Felswand. Sie blieb bestürzt ein paar Schritte von uns entfernt stehen und zitterte auf ihren dünnen Beinen.
Bu-Dschema war zu uns getreten.
»Wenn die Beine des Mohor zittern, dann stehen auch die Säulen des Himmels nicht mehr sicher«, murmelte er.
Morhange sah mich fragend an, dann wanderte sein Blick auf den schwarzen Punkt am Horizont, der inzwischen doppelt so groß war.
»Ein Gewitter im Anzug, nicht wahr?«
»Ich glaube ja.«
»Und sehen Sie darin einen Grund zur Beunruhigung?«

Ich antwortete nicht gleich. Ich wechselte gerade ein paar Worte mit Bu-Dschema, der sich bemühte, die unruhig gewordenen Kamele zusammenzuhalten.
Morhange wiederholte seine Frage. Ich antwortete achselzuckend: »Beunruhigung? Ich weiß nicht recht. Ich habe noch nie ein Gewitter im Ahaggar erlebt. Aber ich bin mißtrauisch. Und es macht mir ganz den Eindruck, als ob sich hier etwas Gefährliches zusammenbraut. Da, sehen Sie nur.«
Auf einer flachen Felsplatte hatte sich ein leichter Staub erhoben. In der unbeweglichen Luft fingen einige Sandkörner an zu tanzen, rasch und immer rascher, daß uns fast schwindlig wurde. Dieses kleine Vorspiel ließ uns ahnen, was gleich über uns hereinbrechen sollte.
Mit scharfem Schrei flog eine Schar Wildgänse vorbei. Sie kamen sehr tieffliegend von Westen.
»Sie fliehen zur Sebcha von Amandghor«, sagte Bu-Dschema.
»Da gibt es keinen Zweifel mehr«, dachte ich.
Morhange sah mich fragend an.
»Was sollen wir tun?«
»Sofort auf unsere Kamele steigen und auf irgendeiner Anhöhe Schutz suchen. Machen Sie sich einmal unsere Lage klar. Einem ausgetrockneten Flußbett zu folgen, ist zwar sehr bequem. Aber in knapp einer Viertelstunde wird hier das Gewitter losbrechen. Und in nicht einmal einer halben Stunde wird sich hier ein wahrer Sturzbach ergießen. Auf diesem fast undurchlässigen Boden fließt der Regen wie ein Eimer Wasser über einen gutgeteerten Bürgersteig. Nichts geht in die Tiefe, alles in die Höhe. Da können Sie es übrigens sehen.«
Und ich zeigte ihm, etwa zehn Meter über uns, an der Felswand lange, parallellaufende Vertiefungen, Spuren alter Auswaschungen.
»In einer Stunde wird das Wasser von dieser Höhe herabstürzen. Das sind die Zeichen der letzten Überschwemmung. Auf auf! Wir haben keinen Augenblick mehr zu verlieren.«
»Gehen wir denn«, erwiderte Morhange seelenruhig.

Wir hatten große Mühe, unsere Kamele zum Niederknien zu bewegen. Als endlich jeder aufgesessen war, jagten sie davon, offensichtlich von einer irren Furcht getrieben.
Plötzlich erhob sich der Wind, und fast gleichzeitig schien das Tageslicht aus der Schlucht zu weichen. Über uns war der Himmel im Handumdrehen dunkler noch als die schwarzen Felswände geworden, zwischen denen wir hindurchjagten.
»Ein Pfad, ein paar Stufen in den Felsen«, schrie ich durch den Wind meinen Gefährten zu. »Wenn wir das nicht in den nächsten Minuten finden, ist alles verloren.«
Sie hörten mich nicht, aber als ich mich umdrehte, sah ich, daß uns nur ein paar Schritte trennten. Morhange ritt dicht hinter mir, Bu-Dschema folgte ihm und hielt mit erstaunlichem Geschick die beiden Kamele zusammen, die unser Gepäck trugen.
Ein greller Blitz durchschnitt das Dunkel. Ein Donnerschlag rollte endlos durch die Felsschlucht und gleichzeitig fielen dicke laue Tropfen nieder. Unsere Burnusse, die im Wind hinter uns her flatterten, klebten im Nu tropfnaß an unseren Körpern. Plötzlich bemerkten wir rechts von uns einen Felsspalt in der schwarzen Wand. Es war das Bett eines fast senkrecht herabstürzenden Oueds, ein Zufluß des Baches, dem wir verhängnisvollerweise seit diesem Morgen gefolgt waren. Schon ergoß sich tosend ein wahrer Sturzbach aus der Höhe herab. Nie habe ich die unvergleichliche Sicherheit, mit der die Kamele die abschüssigen Hänge hinaufklettern, mehr bewundert. Selbst wenn die Steine ins Rollen kamen, stemmten sie sich auf ihren hohen, weit abgewinkelten Beinen fest, etwas, was nicht einmal ein Maulesel in den Pyrenäen geschafft hätte.
Nach ein paar Minuten fast übermenschlicher Anstrengung befanden wir uns endlich außer Gefahr auf einer Art Basaltterrasse, die etwa fünfzig Meter über dem Bett jenes Oueds lag, in dem wir fast umgekommen wären. Und ein glücklicher Zufall: Hinter uns öffnete sich eine kleine Grotte. Bu-Dschema brachte die Kamele dort in Sicherheit. Vom Eingang der Grotte aus konnten wir das großartige Schauspiel, das die Natur uns bot, in Ruhe betrachten.

Sicherlich hast du schon auf dem Manöverfeld von Châlons ein Artilleriefeuer erlebt. Unter dem Aufprall der Geschosse fängt der Kreideboden der Marne an zu brodeln, wie die Tintenfässer auf der Schulbank, wenn wir ein Stück Calziumkarbid hineingeworfen hatten. Der Fluß schwillt an und fängt unter dem Pfeifen der Granaten an zu kochen. So ungefähr war es dort, aber mitten in der Wüste, mitten in der Dunkelheit. Die schäumenden Wasser stürzten in das schwarze Loch und stiegen von dort langsam unsere Felswand herauf. Das Grollen des Donners wetteiferte mit dem Krachen riesiger Gesteinsbrocken, die, von der Überschwemmung unterspült, sich plötzlich lösten und in wenigen Sekunden in der brausenden Flut zerbröckelten.

Solange diese Sintflut dauerte, eine, vielleicht zwei Stunden lang, blieben Morhange und ich wortlos am Rande dieses Hexenkessels stehen, um uns ja nichts entgehen zu lassen. Und mit einem unbeschreiblichen Schauder genossen wir es fast, den Basaltvorsprung, auf dem wir Rettung gefunden hatten, unter dem Anprall des Wassers beben zu fühlen. Ich glaube, keiner von uns wünschte sich auch nur einen Augenblick lang das Ende dieser überwältigenden Schreckensvision.

Endlich blitzte ein Sonnenstrahl auf. Und erst jetzt sahen wir einander an.

Morhange reichte mir die Hand.

»Ich danke Ihnen«, sagte er einfach.

Und er fügte lächelnd hinzu:

»Mitten in der Sahara zu ertrinken wäre ebenso prätentiös wie lächerlich gewesen. Sie haben uns dank Ihrer Geistesgegenwart dieses paradoxe Ende erspart.«

Oh wäre doch sein Kamel ausgeglitten und hätte ihn für immer in den Fluten begraben! Dann wäre nie geschehen, was nachher kam: So denke ich manchmal in den Stunden der Schwäche. Aber wie ich dir schon sagte, diese Anwandlungen gehen rasch vorüber. Nein, nein, ich bereue nichts, ich kann nichts von all dem bereuen, was sich danach ereignete.

Morhange verließ mich, um in die kleine Grotte zu gehen, aus der das befriedigte Kauen von Bu-Dschemas Kamelen drang. Ich schaute gedankenverloren hinunter auf den Wildbach, der unter dem ständigen Zufluß der herabstürzenden Wassermassen noch immer anstieg. Es regnete nicht mehr. Die Sonne strahlte an dem wieder klarblauen Himmel. Ich spürte, wie meine noch vor einer Minute völlig durchnäßten Kleider im Handumdrehen wieder trockneten.

Eine Hand legte sich auf meine Schulter. Morhange war neben mich getreten. Ein Lächeln der Genugtuung erhellte seine Züge.

»Kommen Sie«, sagte er zu mir.

Neugierig folgte ich ihm. Wir gingen in die Grotte hinein. Die Öffnung, groß genug für ein Kamel, ließ auch das Tageslicht eindringen. Morhange führte mich zu einem Stück glatter Felswand gegenüber dem Eingang.

»Da, sehen Sie«, sagte er ganz aufgeregt vor Freude.

»Was denn?«

»Sehen Sie denn gar nichts?«

»Ich sehe da ein paar Tuareginschriften«, erwiderte ich etwas enttäuscht. »Ich habe Ihnen aber wohl schon gesagt, daß ich die Tifinaghschrift nur schlecht lesen kann. Sind denn diese Inschriften interessanter als die, die wir schon ein paarmal entdeckt haben?«

»Sehen Sie doch genau hin«, rief Morhange.

In seiner Stimme lag ein derartiger Triumph, daß ich nun doch aufmerksam wurde.

Ich ging näher heran.

Es war eine Inschrift, deren Zeichen ein Kreuz bildeten. Sie spielt in diesem Abenteuer eine so wichtige Rolle, daß ich sie dir aufzeichnen werde.

Die Figur war sehr regelmäßig, die einzelnen Zeichen waren tief in den Fels eingehauen. Ich hatte zwar damals keine große Ahnung von Felsinschriften. Aber daß diese sehr alt sein mußte, das erkannte sogar ich.

Es sah so aus:

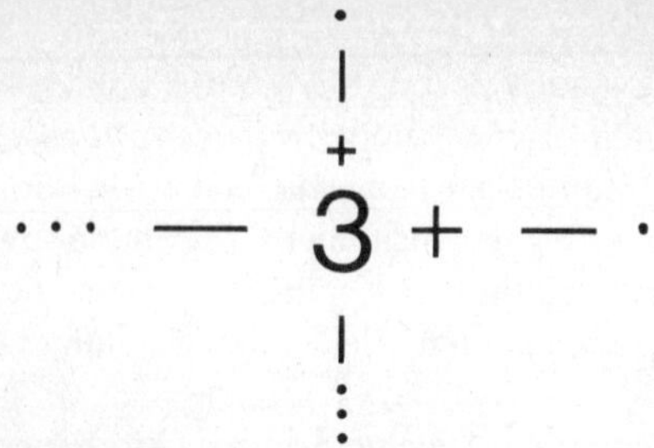

Morhange betrachtete sie mit strahlenden Augen.
Ich warf ihm einen fragenden Blick zu.
»Nun, was sagen Sie dazu?«, meinte er.
»Was soll ich dazu sagen? Ich kann die Tifinaghschrift doch kaum lesen.«
»Soll ich Ihnen helfen?«, schlug mein Gefährte vor.
Nach den Aufregungen, die wir gerade hinter uns hatten, kam mir ein solcher Unterricht in der Schriftkunst der Berber ziemlich unangebracht vor. Aber Morhanges Freude war so offenkundig, daß ich sie ihm nicht verderben wollte.
»Also«, begann er, als stünde er vor einer Schultafel, »was bei dieser Inschrift zunächst auffällt, ist die wiederholte Kreuzform. Sie enthält also zweimal das gleiche Wort von oben nach unten und von rechts nach links. Da dieses Wort sieben Buchstaben hat, bildet der vierte Buchstabe, ›Ɣ‹, natürlich den Mittelpunkt. Schon diese in der Tifinagh-Schrift einzig darstehende Anordnung ist äußerst bemerkenswert. Es kommt aber noch besser. Fangen wir jetzt an zu entziffern.«
Ich irrte mich zwar ein paarmal, aber mit Morhanges geduldiger Hilfe gelang es mir, das Wort zu buchstabieren.
»Haben Sie's?«, fragte Morhange mit einem Augenzwinkern, als ich endlich meine Lektion gelernt hatte.
»Immer noch nicht recht«, erwiderte ich etwas gereizt. »Das Wort kann ich jetzt buchstabieren: a,n,t,i,n,h,a. Antinha. Aber in allen Saharadialekten, die ich kenne, gibt es kein ähnliches Wort.«

Morhange rieb sich die Hände. Sein Triumph kannte keine Grenzen mehr:
»Das haben Sie richtig erkannt. Und gerade darum ist diese Inschrift einzig in ihrer Art.«
»Wieso?«
»Es gibt in der Tat kein ähnliches Wort, weder im Arabischen, noch im Tamaschek.«
»Also?«
»Also, lieber Freund, haben wir es hier mit einem Fremdwort zu tun, das in die Tifinagh-Schrift übertragen wurde.«
»Und aus welcher Sprache kommt es Ihrer Meinung nach?«
»Erinnern Sie sich noch daran, daß der Buchstabe ›e‹ im Tifinagh-Alphabet nicht vorkommt? Hier ist er durch den Laut ersetzt, der ihm am nächsten kommt, das ›h‹. Setzen Sie ›e‹ an die ursprüngliche Stelle, so erhalten Sie...«
»Antinea.«
»Antinea, ganz richtig. Es handelt sich also um ein in Tifinagh-Schrift umgesetztes griechisches Wort. Und nun werden Sie mir wohl zugeben, daß meine Entdeckung nicht uninteressant ist.«

An diesem Tag setzten wir unsere philologischen Überlegungen nicht weiter fort. Ein furchtbarer Angstschrei unterbrach sie. Wir stürzten sofort aus der Grotte. Draußen bot sich uns ein erstaunliches Schauspiel.
Obwohl der Himmel wieder ganz klar geworden war, rollten die schaumbedeckten Wasser des Wildbachs noch immer an uns vorüber, und es war nicht abzusehen, wann er wieder abnehmen würde. In seiner Mitte schwamm ein grauer, weicher, hin und her geworfener Packen, der vom Strom fortgerissen wurde.
Am meisten aber überraschte uns zunächst, daß der sonst so ruhige Bu-Dschema durch das Felsgeröll am Ufer diesem Etwas offenbar nachsprang. Er mußte den Verstand verloren haben.
Da belebte sich das graue Gebilde plötzlich. Ich packte Morhange am Arm. Ein langer magerer Hals ragte aus dem Wasser. Gleich darauf erscholl der Schrei eines geängstigten Tieres.

»Der dumme Kerl«, rief ich, »er hat eins unserer Kamele laufen lassen, und der Wildbach treibt es fort.«
»Sie irren sich«, sagte Morhange, »all unsere Kamele sind wohlbehalten in der Grotte. Das schwimmende Tier, dem Bu-Dschema nachläuft, gehört nicht uns. Übrigens stammte der erste Schrei, den wir hörten, nicht von Bu-Dschema. Bu-Dschema ist ein echter Schaamba. Er hat jetzt nur noch einen Gedanken: Sich das herrenlos gewordene Kapital in Form dieses schwimmenden Kamels anzueignen.«
»Wer hat dann aber geschrien?«
»Wie wär's«, entgegnete mein Gefährte, »wenn wir den Fluß hinaufgingen, den unser Führer so rasch hinunterrennt, um das herauszubekommen?«
Und ohne meine Antwort abzuwarten, kletterte er hurtig das vom Steinschlag verwüstete Ufer hinauf.

In diesem Augenblick, so kann man wohl sagen, ist Morhange seinem Schicksal entgegengegangen.
Ich folgte ihm. Mit Mühe konnten wir uns zwei- bis dreihundert Meter vorwärts bewegen. Da entdeckten wir zu unseren Füßen eine kleine plätschernde Bucht, in der sich das Wasser zu senken begann.
»Haben Sie das gesehen!«, rief Morhange.
Ein schwärzliches Gebilde wiegte sich unten auf den Wellen. Als wir am Ufer waren, sahen wir, daß es der Körper eines Mannes war, der das lange dunkelblaue Gewand der Tuareg trug.
»Geben Sie mir eine Hand«, sagte Morhange, »und halten Sie sich mit der anderen am Felsen fest!«
Er war bärenstark. Im Nu hatte er den Körper auf das Ufer hinaufgezogen.
»Er lebt noch«, stellte er befriedigt fest. »Aber wir müssen ihn in die Grotte bringen. Hier können wir nicht viel für ihn tun.« Mit seinen starken Armen lud er sich den Mann auf die Schulter. »Erstaunlich, wie wenig er wiegt im Verhältnis zu seiner Größe.« Als wir mühsam die Grotte wieder erreicht hatten, war der Baumwoll-

stoff, den der Targi trug, fast trocken, hatte aber stark abgefärbt. Morhange beugte sich über den indigoblauen Mann und versuchte, ihn ins Leben zurückzurufen.
Aber erst als ich ihm ein Viertel Rum eingeflößt hatte, öffnete er die Augen, blickte uns beide erstaunt an, schloß sie dann wieder und flüsterte kaum hörbar auf arabisch diesen Satz, dessen Sinn wir erst ein paar Tage später verstehen sollten:
»Sollte ich meinen Auftrag schon erfüllt haben?«
»Von welchem Auftrag redet er denn?« sagte ich.
»Lassen Sie ihn erst einmal zu sich kommen«, erwiderte Morhange. »Am besten, Sie machen eine Konservenbüchse auf. Bei einem so kräftigen Mann brauchen wir nicht so vorsichtig zu sein wie bei unseren Europäern, wenn sie zuviel Wasser geschluckt haben.« Morhange hatte recht: Wir hatten einem wahren Hünen das Leben gerettet. Er war ein gutaussehender Mann mit regelmäßigen Gesichtszügen, wenn auch ziemlich mager, mit eher spärlichem Bart und heller Haut. Sein schlohweißes Haar deutete auf einen Mann von etwa sechzig Jahren hin.
Als ich eine Büchse Cornedbeef vor ihn hinstellte, trat ein gieriger Glanz in seine Augen. Von dieser Büchse konnten vier gesunde Esser reichlich satt werden. Sie war im Handumdrehen leer.
»Das nenne ich einen gesunden Appetit«, sagte Morhange. »Jetzt können wir ihm auch ruhig ein paar Fragen stellen.«
Inzwischen hatte der Targi wieder den vorgeschriebenen blauen Schleier über Stirn und Gesicht gezogen. Er mußte schon sehr ausgehungert gewesen sein, daß er nicht eher an diesen unerläßlichen Ritus gedacht hatte. Jetzt waren nur noch seine Augen sichtbar, die uns düster glänzend ansahen.
»Französische Offiziere«, murmelte er leise.
Er ergriff Morhanges Hand, drückte sie erst gegen seine Brust und führte sie dann zu seinen Lippen.
Plötzlich wanderte sein Blick angstvoll hin und her.
»Und mein Mehari?«, fragte er.
Ich erwiderte ihm, unser Führer versuche gerade, das Tier zu retten. Daraufhin erzählte er uns, wie es gestolpert und in den Wild-

bach gestürzt sei. Er habe es noch halten wollen und sei dabei selbst ins Wasser gefallen. Er habe laut geschrien, weil er mit der Stirn auf einen Stein aufgeschlagen sei. Danach erinnere er sich an nichts mehr.
»Wie heißt du?«, fragte ich.
»Eg Antewen.«
»Zu welchem Stamm gehörst du?«
»Zum Stamm der Kel-Tahat.«
»Sind die Kel-Tahat nicht die Sklaven der Kel-Rhela, jenes edlen großen Stammes aus dem Ahaggar?«
»Das stimmt«, erwiderte er und sah mich finster an. Offensichtlich paßten ihm meine Fragen über die Stammesverhältnisse im Ahaggar nicht.
»Soviel ich weiß, halten die Kel-Tahat sich am Südwestabhang des Atakor*auf. Was hast du denn hier verloren, so weit von deiner Heimat entfernt?«
»Ich war auf dem Weg nach Insalah, über Tit«, erwiderte er.
»Und was willst du in Insalah?«
Er wollte gerade antworten. Aber plötzlich zuckte er zusammen. Er starrte auf die hintere Wand der Grotte. Wir folgten seinem Blick: Kein Zweifel, ihn interessierte jene Felsinschrift, die Morhange so begeistert hatte.
»Weißt du, was das ist?«, fragte ihn dieser mit erwachender Neugier.
Der Targi brachte kein Wort heraus, aber in seinem Blick lag eine merkwürdige Spannung.
»Weißt du, was das ist?«, wiederholte Morhange. Und fügte hinzu: »Antinea?«
»Antinea«, wiederholte der Mann.
Dann schwieg er wieder.
»Los, antworte dem Hauptmann!«, schrie ich ihn in einer Aufwallung blinder unerklärlicher Wut an.

* In der Tamaschek-Sprache eine andere Bezeichnung für das Ahaggar-Gebirge (Anmerkung von Leroux)

Der Targi sah mich an. Einen Augenblick lang glaubte ich, er würde mir antworten. Aber plötzlich verdunkelten sich seine Augen. Seine Züge unter dem glänzenden Schleier schienen zu erstarren. Morhange und ich drehten uns um.
Am Eingang der Grotte stand Bu-Dschema keuchend, abgehetzt und zutiefst niedergeschlagen nach seiner offensichtlich ergebnislosen Sucherei.

VI

Der unbekömmliche Lattich

Als Eg-Antewen und Bu-Dschema aufeinander zutraten, glaubte ich bei dem Targi wie bei dem Schaamba ein leichtes Erschrecken zu bemerken, das von beiden sofort unterdrückt wurde. Es war zwar nur ein ganz flüchtiger Eindruck. Trotzdem nahm ich mir vor, unseren Führer, sobald wir allein sein würden, nach unserem neuen Gefährten auszufragen. Die Ereignisse dieses Morgens hatten uns ziemlich erschöpft. Wir beschlossen daher, in der Grotte zu bleiben und auch dort zu übernachten.

Als ich am nächsten Morgen auf der Karte unsere Tagesroute festzulegen suchte, näherte sich Morhange. Mir fiel gleich eine gewisse Verlegenheit an ihm auf.

»In drei Tagen werden wir in Shik-Salah sein«, sagte ich zu ihm, »vielleicht schon morgen abend, wenn die Kamele es schaffen.«

»Vielleicht werden wir uns schon vorher trennen«, bemerkte er zögernd.

»Warum denn?«

»Also, ich habe meinen Reiseplan ein wenig geändert. Ich reite nicht mehr direkt nach Timmissao, sondern möchte vorher gern einen Abstecher ins Innere des Ahaggar-Gebirges unternehmen.«

Ich runzelte die Stirn:

»Was soll dieser neue Einfall?«

Zugleich suchten meine Blicke Eg-Antewen, den ich am Abend zuvor und eben noch allein mit Morhange hatte sprechen sehen. Er flickte eben eine seiner Sandalen mit einem Pechgarn, das ihm Bu-Dschema gegeben hatte, und hob den Kopf nicht.

»Dieser Targi«, erklärte mir, immer verlegener werdend, Morhange, »hat mir von ähnlichen Inschriften in einigen Höhlen des westlichen Ahaggars erzählt. Diese Höhlen befinden sich nicht weit von dem Weg, den er einschlagen muß, um in sein Gebiet zurückzukehren. Er kommt dabei über Tit. Von Tit nach Timmissao über Silet sind es aber kaum zweihundert Kilometer. Das ist eine fast klassische Route *, halb so kurz wie die, die ich nach Timmissao allein zurücklegen müßte, wenn wir uns wie verabredet in Shik-Salah trennen würden. Das ist auch ein wenig der Grund, der mich veranlaßt...«

»Ein wenig? Sagen Sie lieber fast gar nicht«, entgegnete ich. »Steht Ihr Entschluß denn völlig fest?«

»Ich glaube schon«, erwiderte Morhange.

»Wann wollen Sie mich verlassen?«

»Für mich wäre es am besten schon heute. Die Straße in das Ahaggar-Gebirge, die Eg-Antewen nehmen will, kreuzt sich mit der unseren etwa vier Meilen von hier entfernt. Ich hätte da übrigens noch eine kleine Bitte.«

»Und die wäre?«

»Könnten Sie mir eines der beiden Lastkamele überlassen? Mein neuer Begleiter hat doch sein Reittier verloren.«

»Das Kamel, das Ihr Gepäck trägt, gehört Ihnen ebenso wie Ihr Mehari«, erwiderte ich kühl.

Wir schwiegen beide einen Augenblick lang. Morhange schien ziemlich bedrückt. Ich sah mir die Karte an. Fast überall, am meisten aber zum Süden hin, gab es neben den bräunlich schraffierten Bergen, die man dort vermutete, zahlreiche, allzu zahlreiche weiße Flecken: die unerforschten Gebiete des Ahaggars. Mein Entschluß stand fest:

»Geben Sie mir Ihr Wort darauf, daß Sie über Tit und Silet nach Timmissao weiterreisen werden, wenn Sie erst einmal Ihre verflixten Grotten gesehen haben?«

Er sah mich verständnislos an.

* Die Etappen von Tit nach Timmissao sind tatsächlich schon 1888 von Hauptmann Bissuel in »Les Touareg de l'Ouest«, Route 1 und 10, beschrieben worden. (Anmerkung von Leroux)

»Was soll diese Frage?«

»Wenn Sie mir das versprechen und natürlich nur, wenn Ihnen meine Gesellschaft nicht allzu unangenehm ist, werde ich Sie begleiten. Auf zweihundert Kilometer mehr oder weniger kommt es mir nicht an. Ich werde dann einfach Insalah von Süden statt von Westen her erreichen, das ist der ganze Unterschied.«

Morhange sah mich gerührt an und sagte leise:

»Warum tun Sie das?«

»Mein lieber Freund – es war das erste Mal, daß ich Morhange so anredete – »mein lieber Freund, ich habe sozusagen einen siebten Sinn, und in der Wüste ist er besonders ausgeprägt: Ich wittere die Gefahr. Gestern morgen, als das Gewitter aufzog, konnten Sie sich davon überzeugen. Ihre Kenntnisse über Felsinschriften in allen Ehren, aber Sie scheinen sich keine genauen Vorstellungen von dem zu machen, was der Ahaggar ist und was einem dort alles passieren kann. Deshalb will ich Sie lieber nicht allein allen möglichen Gefahren aussetzen.«

»Ich habe ja einen Führer«, erwiderte Morhange mit entwaffnender Naivität.

Eg-Antewen hockte noch immer über seine Flickarbeit gebeugt.

Ich trat auf ihn zu:

»Hast du gehört, was ich eben mit dem Hauptmann besprochen habe?«

»Ja«, erwiderte der Targi.

»Ich begleite ihn. Wir werden uns in Tit von dir trennen. Sieh zu, daß du uns wohlbehalten bis dorthin bringst. Wo liegt der Ort, den zu zeigen du dem Hauptmann vorgeschlagen hast?«

»Nicht ich habe es ihm vorgeschlagen, sondern er hat mich darum gebeten«, bemerkte der Targi kühl. »Die Grotten mit den Inschriften liegen drei Tagereisen südlich im Gebirge. Der Weg ist anfangs ziemlich beschwerlich. Aber dann wird er ebener und man erreicht bequem Timmissao. Es gibt da gute Brunnen, wohin die Tuareg-Taitok, die den Franzosen freundlich gesinnt sind, ihre Kamele zur Tränke führen.«

»Und du kennst den Weg gut?«

Er zuckte die Acheseln. In seinem Blick lag ein verächtliches Lächeln.
»Ich hab ihn mindestens zwanzigmal gemacht«, erwiderte er.
»Also auf!«, rief ich.
Zwei Stunden lang waren wir bereits unterwegs. Ich hatte seitdem noch kein Wort mit Morhange geredet. Ich war mir völlig darüber klar, welch aberwitziges Unterfangen es war, so unvorbereitet in die am wenigsten bekannte, gefährlichste Gegend der Sahara einzudringen. Alle Anschläge, mit denen man seit zwanzig Jahren das Vordringen der Franzosen zu verhindern sucht, gingen von diesem undurchdringlichen Ahaggar-Gebirge aus. Aber hatte ich mich nicht freiwillig zu diesem tollkühnen Abenteuer bereit erklärt? Ich konnte nicht mehr zurück. Sollte ich jetzt etwa durch ständige schlechte Laune sozusagen mir selbst im Weg stehen? Und offengestanden, die Wendung, die unsere Reise jetzt zu nehmen schien, mißfiel mir nicht einmal besonders. Schon von Anfang an hatte ich das Gefühl gehabt, daß wir uns auf etwas ganz und gar Unerhörtes, auf ein ungeheures Wagnis eingelassen hatten. Man ist nicht umsonst Monate und Jahre lang ein Wanderer in der Wüste. Früher oder später schlägt sie uns in ihren Bann, betört den guten Offizier, den gewissenhaften Beamten, erstickt in ihm das Verantwortungsgefühl. Was liegt hinter diesen geheimnisvollen Felsen, diesen schimmernden Ebenen, die schon so viele berühmte Forscher gefangennahmen? ... Und so bricht man selbst ins Ungewisse auf.

»Sind Sie sich wenigstens sicher, daß diese Inschrift so bedeutend ist, daß sie das Abenteuer rechtfertigt, auf das wir uns hier einlassen?« fragte ich Morhange.
Mein Gefährte schien freudig überrascht. Ich begriff, wie groß seit unserem Aufbruch seine Sorge gewesen sein mußte, ich begleitete ihn nur widerwillig. Jetzt, da ich ihm die Gelegenheit bot, mich zu überzeugen, schwanden seine Skrupel, so sicher schien ihm der Erfolg.
»Noch nie«, antwortete er in einem Ton, der maßvoll klingen

sollte, und doch seine Begeisterung verriet, »wurde so weit im Süden eine griechische Inschrift entdeckt. Der Süden von Algerien und der Cyrenaika sind die südlichsten Gebiete, in denen von solchen Funden berichtet wird. Aber im Ahaggar! Stellen Sie sich das einmal vor! Zugegeben, dieses Wort ist in Tifinaghbuchstaben geschrieben. Aber diese Besonderheit mindert seine Bedeutung nicht: im Gegenteil.«

»Was bedeutet dieses Wort Ihrer Meinung nach?«

»Antinea kann nur ein Eigenname sein«, erwiderte Morhange. »Auf wen er sich bezieht? Offengestanden, ich weiß es nicht. Deshalb mache ich ja jetzt diesen Umweg und habe auch Sie dazu verleitet, weil ich mir davon nähere Informationen erhoffe. Die Ableitung dieses Wortes? Da gibt es nicht bloß eine, sondern ein paar Dutzend Möglichkeiten. Vergessen Sie nicht, das Tifinagh-Alphabet stimmt mit dem griechischen keineswegs überein; das erschwert natürlich die Deutung. Möchten Sie ein paar Hypothesen hören?«

»Aber gewiß doch.«

»Da käme zunächst ἀντι – anti – und ναῦς – naus – in Betracht, die Frau, die am Bug des Schiffes steht; eine Erklärung, die Gaffarel und meinem verehrten Lehrer Berlioux bestimmt gefallen hätte. Das ließe sich ganz gut in Einklang bringen mit den holzgeschnitzten Figuren, die im Altertum oft die Schiffe schmückten. Es gibt da noch einen präziseren Ausdruck dafür, der mir im Augenblick einfach nicht einfallen will, so sehr ich mir auch das Gehirn zermartere.*

Dann käme noch ἀντίνέα – antinea – in Frage, von ἀντί – anti – und ναός – naos – gebildet, was »die Frau, die sich vor dem ναός – Naos, dem Allerheiligsten des Tempels – aufhält, bedeuten würde, also die Priesterin. Diese Erklärung würde Girard und Renan besonders freuen.

* Vielleicht sollte man an dieser Stelle darauf hinweisen, daß »die Gestalt am Bug des Schiffes« auch der Titel einer sehr bemerkenswerten Gedichtsammlung von Frau Delarue-Mardrus ist. (Anmerkung von Leroux)

Man könnte auch an ἀντίνέα – antinea – denken, von ἀντί – anti – und νέος – neos – neu. Das könnte zwei Dinge bedeuten: Einmal die, die das Gegenteil von jung, also alt ist, oder die, die die Feindin alles Neuen, vielleicht auch die Feindin der Jugend ist.
Es gibt auch noch einen anderen Sinn von ἀντί, nämlich im Austausch für, was das ganze noch komplizierter macht. Das Verb νέω – neo – hat übrigens vier verschiedene Bedeutungen. Es kann sowohl gehen, fließen, weben oder spinnen als auch aufeinanderschichten bedeuten. Und damit bin ich noch lange nicht am Ende... Dabei habe ich auf diesem übrigens sehr bequemen Hökker meines Meharis weder das große Wörterbuch von Estienne noch die Lexika von Passow, Pape oder Liddel-Scott zur Verfügung. Das alles sage ich nur, um Ihnen zu zeigen, was für eine unsichere Wissenschaft Epigraphik ist. Stets muß sie sich an neuentdeckten Texten, die frühere Erkenntnisse widerlegen, neu orientieren, wenn sie nicht gar den Launen der Epigraphiker und ihren sehr eigenwilligen Weltanschauungen unterworfen ist.«*
»Das ist durchaus auch meine Meinung«, erwiderte ich. »Um so mehr erstaunt es mich, daß Sie bei Ihren skeptischen Ansichten über den Wert solcher Erkenntnisse die großen Gefahren dieser Reise nicht scheuen.«
Morhange lächelte flüchtig.
»Ich interpretiere nicht, mein Freund, ich sammle nur Material. Dom Granger besitzt das nötige Wissen, um aus meinen Entdekkungen die Schlüsse zu ziehen, die sich meinem schwachen Geist entziehen. Es war nur ein Scherz von mir... Verzeihen Sie bitte.«
In diesem Augenblick löste sich der wohl nicht genügend befestigte Leibgurt eines der Lastkamele. Ein Teil des Gepäcks geriet ins Rutschen und fiel zu Boden.

* Hauptmann Morhange scheint in dieser teilweise willkürlichen Aufzählung die Deutung ἀνθίνεα – anthinea – vergessen zu haben, die dorische Dialektform von ανθίνη – anthinae –, von ἄνθος – anthos – die Blume, was man mit ›die in Blüte steht‹ übersetzen könnte. (Anmerkung von Leroux)

Eg-Antewen stieg sofort ab und half Bu-Dschema, den Schaden zu beheben.
Als sie damit fertig waren, trieb ich mein Mehari neben das von Bu-Dschema: »Bei der nächsten Rast müssen die Tiere besser gezäumt werden. Schließlich kommen wir bald ins Gebirge.«
Der Führer sah mich verwundert an. Bis dahin hatte ich es für überflüssig gehalten, ihm unseren neuen Plan mitzuteilen. Außerdem hatte ich angenommen, Eg-Antewen hätte ihn schon informiert.
»Herr Leutnant«, sagte der Schaamba, »die Straße nach Shikh-Salah führt nicht durchs Gebirge.«
»Wir ziehen nicht mehr durch die Ebene, sondern über den Ahaggar nach Süden.«
»Über den Ahaggar«, flüsterte er. »Aber...«
»Aber was?«
»Ich kenne den Weg nicht.«
»Eg-Antewen wird uns führen.«
»Eg-Antewen?«
Bu-Dschema hatte diesen Namen voller Entsetzen ausgestoßen. Jetzt starrte er den Targi halb erstaunt und halb erschrocken an.
Eg-Antewens Kamel lief etwa zehn Meter vor uns dicht neben dem von Morhange. Die beiden Reiter unterhielten sich. Wahrscheinlich sprach Morhange mit Eg-Antewen über die bewußten Inschriften. Trotzdem hätten sie uns hören können, denn so weit waren wir nicht zurückgeblieben.
Ich sah, daß mein Führer leichenblaß geworden war.
»Was hast du, Bu-Dschema, was ist denn?« fragte ich ihn leise.
»Nicht hier, Herr Leutnant, nicht hier«, flüsterte er.
Seine Zähne klapperten. Und er fügte, kaum hörbar, hinzu:
»Nicht hier. Heute abend, am Lager, wenn er bei Sonnenuntergang nach Osten gewandt sein Gebet spricht. Ruf mich dann zu dir. Ich werde dir alles sagen... Aber nicht hier. Er redet zwar, aber er horcht gleichzeitig. Reit jetzt zum Hauptmann vor!«
»Eine schöne Geschichte«, murmelte ich und trieb mein Mehari vorwärts, um Morhange einzuholen.

Es war fünf Uhr abends, als Eg-Antewen, der voranritt, stehenblieb.
»Wir sind da«, sagte er und stieg von seinem Kamel.
Der Ort war düster und schön. Links von uns zeichnete sich der graue Grat einer bizarren Granitwand vor dem flammendroten Himmel ab. Eine gewundene Schlucht von etwa tausend Fuß Höhe durchschnitt diese Wand. Sie war oft kaum breit genug, um drei Kamele nebeneinander passieren zu lassen.
»Wir sind da«, wiederholte der Targi.
Im Westen schimmerte vor uns im Abendlicht die Straße, die wir gerade verlassen wollten, wie ein blasses Seidenband. Dort die weiße Ebene, die Route nach Shikh-Salah mit ihren sicheren Lagerplätzen und bekannten Brunnen... Und genau gegenüber diese schwarze Wand am violetten Horizont und diese finstere Schlucht. Ich blickte fragend zu Morhange.
»Machen wir Rast hier«, schlug er vor. »Eg-Antewen rät uns, auch unsere Wasservorräte zu erneuern.«
Wir beschlossen gemeinsam, die Nacht hier zuzubringen, bevor wir uns in das Gebirge wagen würden.
In einem schattigen Becken sprudelte ein Quell wie ein kleiner Wasserfall. Ringsum wuchsen ein paar Büsche und Pflanzen. Schon begannen die Kamele zu grasen.
Bu-Dschema legte unser Feldbesteck, Becher und Teller aus Zinn, auf einen großen flachen Stein. Er machte eine Konservenbüchse auf und stellte sie neben ein Schüsselchen mit Lattich, den er gerade am feuchten Ufer der Quelle gepflückt hatte. An den nervösen Bewegungen, mit denen er all diese Gegenstände verteilte, sah ich, wie groß seine Erregung war.
Als er sich über mich beugen mußte, um mir einen Teller zu reichen, wies er mit einer Gebärde auf die düstere Schlucht, durch die wir ziehen sollten, und flüsterte:
»Blad-el-Khuf!«
»Was hat er gesagt?«, fragte Morhange, der seine Geste bemerkt hatte.
»Blad-el-Khuf, das Land der Furcht. So nennen die Araber den Ahaggar.«

Bu-Dschema hatte sich wieder entfernt. Er setzte sich etwas abseits auf den Boden und aß etwas von dem Lattich, den er für sich zurückbehalten hatte.
Eg-Antewen rührte sich nicht.
Plötzlich, als die sinkende Sonne nur noch ein rötlicher Funken war, erhob er sich. Er näherte sich der Quelle, breitete seinen blauen Burnus auf der Erde aus und kniete nieder.
»Ich hätte nicht gedacht, daß die Tuareg sich so streng an die Koran-Vorschriften halten«, sagte Morhange.
»Ich auch nicht«, entgegnete ich nachdenklich.
Aber ich hatte jetzt anderes im Kopf als mich weiter darüber zu wundern.
»Bu-Dschema!«, rief ich.
Gleichzeitig warf ich einen Blick auf Eg-Antewen. Gen Osten gewandt und in sein Gebet vertieft achtete er sichtlich nicht auf mich. Er war gerade im Begriff, sich tief zu verneigen, als ich noch etwas lauter rief:
»Bu-Dschema, komm doch mal mit zu meinem Kamel. Ich muß etwas aus der Satteltasche nehmen.«
Eg-Antewen kniete immer noch und sprach langsam und andächtig sein Gebet.
Bu-Dschema rührte sich nicht. Nur ein leiser Seufzer antwortete mir.
Morhange und ich waren im Nu auf den Füßen und stürzten zu unserem Führer. Auch Eg-Antewen kam herbeigerannt.
Mit geschlossenen Augen und schon erkalteten Händen und Füßen röchelte der Schaamba in den Armen Morhanges. Ich hatte eine seiner Hände ergriffen, Eg-Antewen die andere. Jeder von uns suchte verzweifelt das Geschehene zu begreifen.
Plötzlich sprang Eg-Antewen auf. Er hatte den alten verbeulten Kochtopf bemerkt, den der Araber eben noch zwischen den Knien gehalten hatte und der nun umgestürzt am Boden lag.
Er hob ihn auf und sah sich aufmerksam eines nach dem anderen die Lattichblätter an, die noch übriggeblieben waren. Sein heiserer Schrei ließ uns zusammenfahren.

»Gütiger Himmel«, flüsterte Morhange, »jetzt ist der an der Reihe, er ist verrückt geworden!«
Eg-Antewen ging wortlos zu unserer Steinplatte und kam dann mit der Lattichschüssel zurück, die wir noch nicht angerührt hatten.
Er nahm aus Bu-Dschemas Topf ein fleischiges, hellgrünes Blatt, das er neben eines aus unserer Schüssel hielt.
»Afachleleh!«, sagte er.
Morhange und mich überlief ein Schauer. Das also war das Afachleleh, das Falessiess der Araber der Sahara, jene schreckliche Pflanze, die schneller und sicherer als die Waffen der Tuareg einen Teil von Flatters' Expedition getötet hatte.
Eg-Antewens hohe Gestalt hob sich schwarz von dem nur noch schwach violetten Himmel ab. Er sah auf uns herab, während wir noch immer um unseren unglücklichen Führer bemüht waren.
»Afachleleh!«, wiederholte der Targi und schüttelte den Kopf.

Bu-Dschema starb in der gleichen Nacht, ohne das Bewußtsein wiedererlangt zu haben.

VII

Das Land der Furcht

»Merkwürdig«, sagte Morhange, »der erste Teil unserer Expedition verlief fast ohne Zwischenfälle, und in den letzten Tagen scheinen sie sich plötzlich zu häufen.«
Diesen Satz sprach er, nachdem er sich von dem mühselig geschaufelten Grab erhoben hatte, in dem der Leichnam unseres Führers ruhte. Er war dort einen Augenblick niedergekniet und hatte gebetet.
Ich glaube nicht an Gott. Aber wenn irgend etwas je auf eine höhere Macht, sei sie gut oder böse, verkörpere sie Licht oder Finsternis, einwirken könnte, so wäre es das Gebet, das ein Mann wie Morhange spräche.
Zwei Tage lang zogen wir durch ein schwarzes Felsenmeer, das durch die Erosion eher wie eine Mondlandschaft wirkte. Kein Laut, nur das Geräusch der Steine, die unter den Kamelhufen ins Rollen kamen und mit einem Aufprall, der lange nachhallte, in die Tiefe der Schluchten fielen.
Wirklich zwei merkwürdige Tage! Während der ersten Stunden hatte ich versucht, mit Hilfe meines Kompasses festzustellen, welchem Weg wir gerade folgten. Aber meine Berechnungen waren rasch durcheinandergeraten: Offenbar waren die Kamelschritte nicht richtig geeicht! Schließlich hatte ich den Kompaß wieder in der Satteltasche verstaut. Von nun an war Eg-Antewen unser unumschränkter Führer. Wohl oder übel mußten wir uns ihm anvertrauen.
Er ging voran, Morhange folgte ihm. Ich schloß den Zug. Auf Schritt und Tritt stieß ich auf die seltensten Gesteinsproben vulkanischen Ursprungs. Aber ich interessierte mich überhaupt nicht mehr dafür. Eine andere Neugier war in mir wach geworden. Mor-

hanges fixe Idee war auch zu meiner geworden. Hätte mein Begleiter mir jetzt gesagt: »Was wir da tun, ist der helle Wahnsinn, kehren wir um, zu den sicheren Straßen in der Ebene«, ich hätte ihm ohne zu zögern geantwortet: »Tun Sie, was Ihnen beliebt. Ich gehe weiter.«

Am Abend des zweiten Tages gelangten wir an den Fuß eines schwarzen Gebirges, dessen zerklüftete Ausläufer sich bis zu einer Höhe von 2000 Meter erhoben. Sie wirkten wie die Zinnen einer finsteren mittelalterlichen Burg, die sich wie gestochen von dem orangefarbenen Himmel abzeichneten. Ein Brunnen war da, ein paar Bäume, die ersten, denen wir im Ahaggar begegneten.

An dem Brunnen stand eine Gruppe von Männern. Ihre an den Füßen gefesselten Kamele grasten die mageren Pflanzen ab.

Als wir näher kamen, drängten sich die Leute ängstlich und mißtrauisch zusammen.

Eg-Antewen erklärte zu uns gewandt: »Es sind Tuareg vom Stamm Eggali« und schritt auf sie zu.

Diese Eggalis waren gutaussehende Männer, die größten Tuareg, denen ich je begegnet bin. Mit unerwarteter Höflichkeit hatten sie sich vom Brunnen entfernt, um ihn uns zu überlassen. Eg-Antewen wechselte ein paar Worte mit ihnen. Sie sahen Morhange und mich neugierig, doch nicht ohne Furcht, auf jeden Fall aber voller Respekt an.

Und doch wurden die kleinen Geschenke, die ich für sie aus meiner Satteltasche hervorholte, von ihrem Anführer zurückgewiesen, eine Reaktion, die mich sehr wunderte. Er schien sich sogar vor meinem Blick zu fürchten.

Als sie weitergezogen waren, drückte ich Eg-Antewen mein Erstaunen über eine solche Zurückhaltung aus, die ich bisher bei meinen Begegnungen mit den Saharabewohnern kaum beobachtet hatte.

»Auch mit dir«, fuhr ich fort, »haben sie mit Achtung, fast mit Furcht gesprochen, und doch gehört der Stamm der Eggalis zum Adel, während die Kel-Tahat, zu denen du angeblich gehörst, ein Stamm von Leibeigenen sind.«

Ein Lächeln erhellte Eg-Antewens dunkle Augen.
»Das stimmt«, erwiderte er.
»Und wie erklärst du dir das?«
»Ganz einfach, ich habe ihnen gesagt, ich ziehe mit dem Hauptmann und dir zum Berg der Genien.«
Mit einer Handbewegung deutete Eg-Antewen auf das schwarze Gebirge.
»Das hat sie erschreckt. Alle Tuareg des Ahaggars fürchten sich vor dem Berg der Genien. Du hast ja gesehen, kaum hatten sie dieses Wort gehört, da nahmen sie schon Reißaus.«
»Du führst uns also zum Berg der Genien?« fragte Morhange.
»Ja«, erwiderte der Targi, »denn dort findet man die Inschriften, von denen ich dir erzählt habe.«
»Das hast du uns aber nicht gesagt.«
»Wozu? Die Tuareg fürchten die ›Ilhinen‹, die gehörnten Genien, die einen Schwanz tragen und dicht behaart sind. Sie töten die Herden und lassen die Menschen zu Statuen erstarren. Aber ich weiß, daß die Rumi * sie nicht fürchten und die Tuareg sogar wegen ihrer Angst verspotten.«
»Und du«, warf ich ein, »du bist doch auch ein Targi. Fürchtest du die Ilhinen nicht?«
Eg-Antewen zeigte mir ein rotes Ledersäckchen, das er an einer Kette aus weißen Kugeln auf der Brust trug.
»Ich habe mein Amulett«, erwiderte er feierlich. »Der ehrwürdige Sidi-Mussa selbst hat es geweiht. Und außerdem seid ihr bei mir. Ihr habt mir das Leben gerettet. Ihr habt die Inschriften sehen wollen. Allahs Wille geschehe.«
Nach diesen Worten hockte er sich auf den Boden, zog eine lange Rohrpfeife mit Kupferdeckel hervor und fing in aller Gemütsruhe an zu rauchen.
»Mir kommt das alles sehr sonderbar vor«, murmelte Morhange, der zu mir getreten war.

* Von Rum, der arabischen Form des lateinischen Roma, bei den Muslimen das alte Byzantinische Reich und seine Bewohner. (A. d. Ü.)

»Nehmen Sie's nicht tragisch«, erwiderte ich. »Sie erinnern sich bestimmt so gut wie ich an die Stelle, wo Barth von seiner Reise nach dem Idinen, dem Berg der Genien der Tuareg-Asdscher, erzählt.

Der Ort war so verrufen, daß kein Targi ihn dorthin begleiten wollte. Und doch ist er unversehrt zurückgekehrt.«

»Gewiß, er ist zurückgekehrt«, entgegnete mein Begleiter, »aber zuerst hatte er sich verirrt. Ohne Wasser, ohne Lebensmittel wäre er fast an Hunger und Durst gestorben, hätte er sich nicht eine Ader geöffnet, um sein eigenes Blut zu trinken. Diese Aussicht ist nicht gerade verlockend.«

Ich zuckte die Achseln: Schließlich war es nicht meine Schuld, wenn es so weit mit uns gekommen war.

Morhange erriet wohl meine Gedanken und glaubte sich entschuldigen zu müssen.

»Ich bin übrigens sehr gespannt darauf«, bemerkte er mit etwas gezwungenem Humor, »diese Genien kennenzulernen und die Erzählungen von Pomponius Mela nachzuprüfen, der sie erwähnt. Es stimmt, seiner Meinung nach sind sie in den Tuareg-Bergen zu Hause. Er nennt sie die Egipane, Blemyer, Gamphasanten, Satyrn . . . ›Die Gamphasanten‹, so sagt er, ›sind nackt, die Blemyer kopflos, denn sie tragen ihr Gesicht auf der Brust. Die Satyrn haben zwar menschliche Züge, aber keine menschliche Gestalt. Die Egipane sehen genauso aus, wie wir sie aus anderen Beschreibungen kennen. Satyrn und Egipane! Sagen Sie, wundert es Sie nicht, wenn Sie diese griechischen Namen in Verbindung mit den heidnischen Genien dieser Berge hören? Glauben Sie mir, wir sind auf einer interessanten Spur. Ich bin überzeugt davon, Antinea ist der Schlüssel zu höchst ungewöhnlichen Entdeckungen.« »Sst«, sagte ich und legte einen Finger auf die Lippen, »hören Sie!«

In der Dämmerung, die sich auf uns herabsenkte, wurden seltsame Geräusche laut. Es war eine Art Knistern, dem ein langgezogenes herzzerreißendes Heulen folgte, das in den umliegenden Schluchten schaurig widerhallte. Es schien, als hätte das ganze schwarze Gebirge plötzlich zu klagen angefangen.

Wir sahen fragend auf Eg-Antewen. Er zog seelenruhig an seiner Pfeife.
»Die Ilhinen erwachen«, war seine ganze Antwort.
Morhange lauschte, sagte jedoch keinen Ton. Er hielt wohl, genau wie ich, das Knistern und Stöhnen für eine Folge der Überhitzung des Gesteins, für einen Ablauf physikalischer Vorgänge: Eine Erinnerung an die singende Memnon-Säule. Aber dieses unerwartete Konzert zerrte dennoch an unseren ohnehin schon strapazierten Nerven.
Die letzten Worte des unglücklichen Bu-Dschema fielen mir wieder ein.
»Das Land der Furcht«, flüsterte ich leise.
Und Morhange wiederholte ebenso leise:
»Das Land der Furcht.«
Die sonderbaren Klagelaute hörten auf, als die ersten Sterne am Himmel erschienen. Zutiefst bewegt beobachteten wir, wie sich diese blaßblauen Flämmchen eines nach dem anderen entzündeten. In dieser dramatischen Situation verbanden sie uns, die Einsamen, die Verlorenen und Gezeichneten mit unseren Brüdern in den höheren Breitengraden, die sich zu dieser Stunde in den Städten, in denen plötzlich das weiße Licht der elektrischen Laternen aufflammt, voller Hektik und Begeisterung in ihre niedrigen Vergnügungen stürzen.

> Chét-Ahadh esa hetîsenet
> Mâteredjrê d-Erredjeâot,
> Mâteseksek d-Essekâot,
> Mâtelahrlahr d-Ellerhâot
> Ettâs djenen, barâd tît-ennit abâtet.

Es war die Stimme Eg-Antewens, die sich in langgedehnten Kehllauten erhob. In dem tiefen Schweigen ertönte sie getragen und schwermütig.
Ich berührte den Arm des Targi, und dieser deutete mit der Hand auf ein flimmerndes Sternbild am Himmel.
»Das Siebengestirn«, flüsterte ich Morhange zu und zeigte ihm die

sieben blassen Sterne, während Eg-Antewen mit der gleichen eintönigen Stimme sein trauriges Lied wiederholte:

Die Töchter der Nacht sind sieben,
Mâteredjrê und Erredjeâot,
Mâteseksek und Essekâot,
Mâtelahrlahr und Ellerhâot,
Die siebte ist ein Knabe, dessen eines Auge weggeflogen ist.

Ein jähes Gefühl des Unheils befiel mich. Ich packte den Targi am Arm, als er sich anschickte, seinen Refrain zum dritten Mal zu wiederholen.
»Wann kommen wir zu der Grotte mit den Inschriften?« fragte ich ihn unvermittelt.
Er sah mich groß an und antwortete mit seiner üblichen Gelassenheit:
»Wir sind da.«
»Wir sind da? Worauf wartest du dann noch, um sie uns zu zeigen?«
»Ihr habt mich ja noch nicht darum gebeten«, entgegnete er nicht ohne Anmaßung.
Morhange war aufgesprungen.
»Die Grotte ist hier?«
»Ja, gewiß«, erwiderte seelenruhig Eg-Antewen, der ebenfalls aufgestanden war.
»Führ uns zu der Grotte.«
»Morhange«, wandte ich, plötzlich unruhig geworden, ein. »Die Nacht bricht an und wir werden nichts sehen. Vielleicht ist es noch weit.«
»Kaum 500 Schritte«, warf Eg-Antewen ein. »Die Grotte ist voll von trockenen Sträuchern. Die zünden wir an, dann kann der Hauptmann so gut sehen wie am hellichten Tag.«
»Wir gehen«, wiederholte mein Gefährte.
»Und die Kamele?«, gab ich ihm zu bedenken.
»Sie sind gefesselt«, sagte Eg-Antewen. »Und wir bleiben ja nicht lange.«

Er war schon auf dem Weg zum schwarzen Berg. Morhange ging dicht hinter ihm, voller fiebriger Erregung. Ich folgte ihm, obwohl dieses Gefühl des Unheils immer stärker in mir wurde. Meine Schläfen pochten: »Ich habe keine Angst«, sagte ich zu mir selbst. »Nein gewiß, es ist keine Angst.«

Und es war wirklich keine Angst. Aber eine merkwürdige Benommenheit. In meinen Ohren dröhnte es, meine Augen waren wie benebelt. Ich hörte wieder Eg-Antewens Stimme, aber vervielfacht, ungeheuer laut und doch ganz dumpf:

»Die Töchter der Nacht sind sieben...«

Mir schien, als wiederholten die Stimmen des Berges im Echo den grausigen letzten Vers: »Die siebte ist ein Knabe, dessen eines Auge weggeflogen ist...«

»Wir sind da«, sagte der Targi.

Ein schwarzes Loch öffnete sich in der Felswand. Eg-Antewen bückte sich, um einzutreten, und wir folgten ihm. Dunkel umfing uns.

Eine gelbe Flamme. Eg-Antewen hatte am Eingang einen Haufen Gras angezündet. Zuerst sahen wir nichts, weil der Rauch uns blind machte. Eg-Antewen war draußen geblieben. Er hatte sich hingesetzt und begann wieder in aller Gemütsruhe zu rauchen.

Das angezündete Gras verbreitete jetzt ein flackerndes Licht. In seinem Schein sah ich Morhange. Er schien mir ungewöhnlich blaß. Mit beiden Händen hielt er sich an der Felswand fest und suchte irgendwelche Zeichen zu entziffern, die ich kaum erkennen konnte.

Seine Hände, so schien mir, zitterten.

»Teufel, es geht ihm offenbar genauso schlecht wie mir«, dachte ich und hatte die größte Mühe, auch nur einen zusammenhängenden Gedanken zu fassen.

Ich hörte, wie er – für mein Ohr unheimlich laut – Eg-Antewen zurief:

»Geh doch zur Seite und laß ein bißchen Luft herein! Dieser Rauch hier drin!...«

Er versuchte immer noch zu lesen. Plötzlich hörte ich wieder seine Stimme, doch undeutlich. Mir war, als ersticke der Rauch auch die Worte:
»Antinea... Endlich... Antinea... Aber das ist doch nicht in den Stein geritzt... Nein, mit Ockerfarbe gemalt... vor nicht einmal zehn Jahren, vielleicht nur fünf... Oh!...«
Er hatte den Kopf in die Hände vergraben und schrie verzweifelt:
»Das ist Betrug! Ein tragischer Irrtum!«
Ich lachte wie über einen guten Witz:
»Nun ärgern Sie sich doch nicht so!«
Er hatte mich am Arm gepackt und schüttelte mich. »Sind Sie verrückt geworden?«, schrie er mir ins Gesicht und starrte mich erstaunt und erschrocken an.
»Bitte nicht so laut«, erwiderte ich kichernd.
Er sah mich noch einmal an und setzte sich dann völlig niedergeschlagen mir gegenüber auf einen Stein. Am Eingang der Grotte rauchte Eg-Antewen noch immer seelenruhig seine Pfeife; ihr roter Deckel blitzte im Dunkel.
»Verrückt! Verrückt!«, stammelte Morhange mit schwerer Zunge. Plötzlich beugte er sich zu dem brennenden Grashaufen, dessen letzte Flammen hell emporschlugen. Er nahm einen noch nicht verbrannten Halm in die Hand, betrachtete ihn aufmerksam und warf ihn dann mit einem gellenden Gelächter zurück ins Feuer.
»Ha ha! Wirklich großartig!«
Taumelnd ging er auf Eg-Antewen zu und deutete auf das Feuer:
»Indischer Hanf, nicht wahr? Haschisch, Haschisch! Ha, ha! Einfach großartig.«
»Wirklich, einfach großartig«, wiederholte ich lauthals lachend.
Eg-Antewen nickte zustimmend. Das erlöschende Feuer beleuchtete sein verschleiertes Gesicht und spiegelte sich in seinen finsteren Augen wider.
Eine Sekunde verstrich. Dann packte Morhange plötzlich den Targi am Arm und rief:
»Ich will auch rauchen! Gib mir eine Pfeife!«

Ohne eine Miene zu verziehen reichte ihm unser gespenstischer Begleiter, was er wünschte.
»Ha ha! Eine europäische Pfeife...«
»Eine europäische Pfeife«, wiederholte ich immer heiterer werdend.
»Noch dazu mit der Initiale ›M‹! Wie passend. ›M‹ wie Hauptmann Morhange.«
»Nein, Hauptmann Massonge«, berichtete freundlich Eg-Antewen.
»Hauptmann Massonge?«, riefen Morhange und ich wie aus einem Mund.
Wir kicherten aufs neue.
»Ha ha ha! Hauptmann Massonge... Oberst Flatters... Der Brunnen von Garama. Man hat ihn umgebracht, um ihm seine Pfeife wegzunehmen, diese Pfeife da. Segejr-ben-Scheich hat Hauptmann Massonge getötet.«
»Sie haben völlig recht, es war Segejr-ben-Scheich«, erwiderte der Targi mit seiner unerschütterlichen Ruhe.
»Hauptmann Massonge war mit Oberst Flatters vorausgeritten, um den Brunnen zu suchen«, sagte Morhange und kicherte.
Fröhlich lachend fuhr ich fort: »Und da haben die Tuareg sie überfallen.«
»Ein Targi aus dem Ahaggar packte Hauptmann Massonges Pferd am Zaum«, murmelte Morhange.
»Segejr-ben-Scheich hielt das Pferd von Oberst Flatters fest«, fuhr Eg-Antewen fort.
»Der Oberst setzte den Fuß in den Steigbügel und in dem Augenblick versetzt ihm Segejr-ben-Scheich einen Säbelhieb«, kicherte ich.
»Hauptmann Massonge zieht den Revolver und schießt auf Segejr-ben-Scheich; er haut ihm drei Finger der linken Hand ab«, sagte Morhange.
»Aber«, vollendet Eg-Antewen unerschütterlich, »Segejr-ben-Scheich spaltet mit einem Säbelhieb Hauptmann Massonge den Schädel...« Ein kaum merkliches Lächeln der Genugtuung be-

gleitet diese Worte. Das sterbende Feuer fällt auf den Targi. Wir sehen das schwarzglänzende Rohr seiner Pfeife. Er hält sie mit der linken. Nur zwei Finger sind an dieser Hand. Warum war mir das bisher entgangen?

Auch Morhange muß es aufgefallen sein, denn er schließt mit einem gellenden Lachen:

»Du hast ihm also zuerst den Schädel gespalten und ihn dann ausgeplündert. Du hast ihm auch seine Pfeife genommen. Bravo, Segejr-ben-Scheich!«

Der Targi antwortet nicht. Aber man spürt seine innere Befriedigung. Er raucht weiter. Ich kann seine Züge kaum noch unterscheiden. Die Flamme verblaßt. Die Flamme ist tot. Niemals habe ich so gelacht wie an diesem Abend. Morhange gewiß auch nicht. Er wird vielleicht darüber das Kloster vergessen. Und das alles, weil Segejr-ben-Scheich Hauptmann Massonge die Pfeife gestohlen hat... Auf religiöse Berufungen ist eben auch kein Verlaß.

Wieder dieses verfluchte Lied. »Die siebente ist ein Knabe, dessen eines Auge weggeflogen ist.« Kann man sich etwas Unsinnigeres ausdenken? Wirklich sehr komisch! Plötzlich sind wir nicht mehr drei, sondern vier Männer in der Grotte. Aus vieren werden fünf, sechs, sieben, acht... Nur zu, meine Freunde. Nanu, jetzt ist niemand mehr da... Endlich werde ich erfahren, wie diese Genien hier aussehen, die Gamphasanten, die Blemyer... Morhange sagt, die Blemyer hätten das Gesicht mitten auf der Brust. Das Wesen, das mich jetzt in seinen Armen hochnimmt, ist sicher kein Blemyer. Es trägt mich hinaus. Und Morhange? Ich will nicht, daß man Morhange vergißt... Man hat ihn nicht vergessen; denn ich sehe ihn auf einem Kamel sitzen, das dem vorausgeht, auf dem ich festgebunden bin. Gut, daß man mich festgebunden hat, sonst würde ich bestimmt herunterfallen. Diese Genien meinen es offenbar ganz gut mit uns. Aber wie lang der Weg ist! Am liebsten möchte ich mich lang ausstrecken und schlafen. Ich bin sicher, wir sind gerade durch einen langen unterirdischen Gang geritten; aber jetzt sind wir im Freien. Da,

schon wieder solch ein endloser Gang, in dem man erstickt. Er muß zu Ende sein: Ich sehe die Sterne... Soll dieser abenteuerliche Ritt noch lange dauern?
Da sind Lichter... Sterne vielleicht? Nein, wirklich Lichter. Da ist doch wahrhaftig eine Treppe, in den Stein gehauen zwar, aber eine richtige Treppe. Wie können denn die Kamele... Meine Herren, es ist völlig überflüssig, mich zu fesseln, ich hab' bestimmt keine Lust, auf den Boulevards spazierenzugehen. Es wird wieder dunkel. Schritte verhallen. Schweigen.
Nur für kurze Zeit. Dann höre ich Stimmen nebenan. Diese Stimme, dieses Rollen einer Kugel. Wissen Sie, was diese Stimme ruft, und zwar im Ton eines Professionellen? Sie ruft:
»Faites vos jeux*, meine Herren! 10000 Louis sind in der Bank.
»Faites vos jeux, meine Herren!«
Zum Teufel, bin ich denn nun im Ahaggar oder nicht?

* Wörtlich: Machen Sie Ihr Spiel. Die Aufforderung des Croupiers zu setzen. (A. d. Ü.)

VIII

Die Geschichte des Hetmans von Schitomir

Es war hellichter Tag, als ich erwachte. Sofort dachte ich an Morhange. Ich sah ihn nicht, aber ich hörte ihn erstaunt vor sich hinmurmeln.

Ich rief ihn, und gleich stand er an meiner Seite.

»Haben diese Männer Sie denn nicht auch gefesselt?«, fragte ich.

»Das schon. Aber nicht sehr geschickt: Ich konnte mich selbst befreien.«

»Und weshalb haben Sie mich nicht auch losgebunden?« erkundigte ich mich etwas verärgert.

»Wozu? Ich hätte Sie nur im Schlaf gestört. Und ich wußte doch, daß Sie gleich nach mir rufen würden. Sehen Sie, schon gemacht.«

Mir wurde schwindlig, als ich wieder auf den Füßen stand.

Morhange lächelte.

»Hätten wir die ganze Nacht durchgezecht und geraucht, könnte es uns nicht schlechter gehen«, sagte er. »Jedenfalls ist dieser Eg-Antewen mit seinem Haschisch ein schöner Verbrecher.«

»Segejr-ben-Scheich«, berichtigte ich.

Dann rieb ich mir die Stirn und fragte:

»Wo sind wir eigentlich?«

»Mein lieber Freund«, erwiderte Morhange. »Seit ich aus diesem sonderbaren Alptraum erwacht bin, der von der Haschischgrotte bis zu der großen Treppe mit den Lampen aus Tausendundeiner Nacht reicht, jagt eine Überraschung die andere. Ich komme aus dem Staunen nicht mehr heraus. Sehen Sie sich doch bloß einmal um.«

Ich rieb mir die Augen und schaute mich um, griff dann nach Morhanges Hand und rief:

»Das kann doch nicht wahr sein! Das ist bestimmt ein Traum!«
Wir befanden uns in einem runden Saal von etwa 50 Fuß Durchmesser und ungefähr gleicher Höhe, der sein Licht von einem riesigen Flügelfenster empfing, durch das man auf den tiefblauen Himmel hinaussah.
Schwalben flogen mit kurzem fröhlichem Gezwitscher hin und her. Der Boden, die gewölbten Wände und die Decke waren aus einer Art Marmor mit Porphyrstreifen, worin seltsame Metallplatten eingelassen waren, heller als Gold, dunkler als Silber, die von dem Morgenwind, der durch das weitgeöffnete Fenster hereinwehte, feucht angelaufen waren.
Ich taumelte zu diesem Fenster, zu dem mich der frische Wind und das helle Licht, das unsere nächtlichen Träume vertreibt, hinzogen.
Als ich mich über die Brüstung lehnte, entfuhr mit unwillkürlich ein Schrei der Bewunderung.
Ich befand mich auf einer Art Balkon, der, aus der Felswand gehauen, frei in der Luft schwebte. Über mir der blaue Himmel, unter mir von hohen, unbezwingbaren Felsen rings wie von einem Gürtel umgeben, ein wahres irdisches Paradies, das etwa fünfzig Meter tiefer lag. Ein Garten dehnte sich dort aus. Die Palmen wiegten sanft ihre großen Fächer. Zu ihren Füßen, in ihrem schützendem Schatten, viele niedrige Büsche und Bäume: Mandelbäume, Zitronenbäume, Orangenbäume und andere Sorten, die ich jedoch aus solcher Höhe nicht unterscheiden konnte. Ein breiter, klarer Bach, von einem Wasserfall gespeist, mündete in einen lieblichen See, dessen Wasser von der Höhe aus wunderbar durchsichtig erschien. Große Vögel umschwebten diese grüne Oase. Auf dem See sah man – ein rosiger Fleck – einen Flamingo.
Rings herum waren die Gipfel der hohen Berge ganz mit Schnee bedeckt.
Der blaue Bach, die grünen Palmen, die goldenen Früchte und darüber dieser märchenhafte Schnee, und das alles in einer durch ihre Klarheit fast stofflos scheinenden Luft, waren etwas so Reines, so Schönes, daß meine armselige Menschenkraft nicht länger den

Anblick ertragen konnte. Ich lehnte meine Stirn an die Brüstung, auf der – wie hingetupft – dieser Schnee lag wie aus einem Bilderbuch, und fing an zu weinen wie ein Kind. Morhange war das zweite Kind in diesem Raum. Aber er war schon vor mir wach geworden und hatte länger Zeit gehabt, sich mit allen Einzelheiten dieses phantastischen Bildes vertraut zu machen, das mich noch erdrückte.

Er legte mir sanft die Hand auf die Schulter und führte mich zurück in den Saal.

»Das ist noch längst nicht alles«, sagte er. »Da, sehen Sie sich um!«

»Morhange! Morhange!«

»Mein Freund, was kann ich denn dazu! Schauen Sie sich das an!«

Ich hatte inzwischen bemerkt, daß dieser seltsame Saal – ich wagte es kaum zu denken – in europäischem Stil möbliert war. Gewiß lagen hier und da runde, buntgestreifte Tuareg-Kissen, Decken von Gafsa, Teppiche von Kairouan und Türvorhänge von Karamani, die ich allerdings in diesem Augenblick um nichts in der Welt aufzuheben gewagt hätte. Aber ein großer offener Wandschrank ließ eine reiche Büchersammlung erkennen. An den Wänden hing eine Reihe von Fotos antiker Meisterwerke. Auch ein Tisch war da, der unter einem unvorstellbaren Haufen von Papieren, Broschüren und Büchern fast verschwand. Ich glaubte, der Schlag treffe mich, als ich darunter eine der letzten Nummern der »Revue archéologique« erblickte.

Ich sah Morhange an. Er sah mich an, und plötzlich brachen wir beide in ein irres Gelächter aus, das uns gut eine Minute lang schüttelte.

»Ich weiß nicht«, sagte Morhange schließlich, sich mühsam fassend, »ob wir einst unseren kleinen Ausflug in den Ahaggar bereuen werden. Bis jetzt jedoch, das müssen Sie zugeben, beschert er uns die abenteuerlichsten Erlebnisse. Dieser verrückte Führer, der uns einschläfert, bloß um uns die Unannehmlichkeiten des Karawanenlebens zu ersparen, und mir in allen Ehren die vielgerühmten Ekstasen des Haschischs beschert, dieser phantastische

nächtliche Ritt und zum Schluß diese Halle, die eines Nureddins* würdig wäre, der auf der Hochschule die Vorlesungen des klassischen Philologen Bersot gehört haben könnte – darüber muß ja selbst der ausgeglichenste Geist den Verstand verlieren.«
»Ganz im Ernst, was halten Sie von all dem?«
»Was ich davon halte, mein armer Freund? Genau das, was Sie selbst darüber denken. Ich begreife nichts, aber auch gar nichts. Was Sie so gütig meine wissenschaftliche Kenntnisse nennen, hilft mir auch nicht weiter. Und wie sollte es auch anders sein? Offenbar sind wir doch hier in einer riesigen Felshöhle; aber ich verstehe das nicht. Plinius spricht zwar von Ureinwohnern, die in Höhlen leben, sieben Tagereisen im Südwesten des Landes der Amanten, zwölf Tagesreisen westlich der großen Syrte. Herodot schreibt ferner, daß die Garamanten auf ihren mit Pferden bespannten Wagen die äthiopischen Troglodyten bekriegten. Wir sind aber mitten im Ahaggar, im Gebiet der Tuareg, und nach den Berichten aller einschlägigen Autoren halten diese sich niemals in Höhlen auf. Auch Duveyrier läßt daran keinen Zweifel. Und können Sie sich erklären, was diese als Arbeitszimmer eingerichtete Höhle mit der Venus von Medici und dem Apollo Sauroktonos als Wandschmuck bedeutet? Es ist einfach zum Verrücktwerden!«
Morhange ließ sich auf ein Sofa fallen und lachte verzweifelt auf.
»Da sehen Sie, eine lateinische Handschrift!«, rief ich.
Ich hatte auf dem Schreibtisch, der in der Mitte des Raumes stand, einige Blätter entdeckt, die mir Morhange sofort aus den Händen riß und begierig las. Grenzenlose Überraschung malte sich in seinen Zügen.
»Es wird immer besser, mein Lieber! Hier schreibt offensichtlich einer – mit einer Fülle von Textzitaten – eine Dissertation über die Inseln der Gorgonen: De gorgonum insulis. Seiner Meinung nach war Medusa eine wilde Libyerin, die in der Gegend des Tritonsees,

* Nur ed-din Mahmud, seldschukischer Sultan von Syrien und Ägypten, der 1169 das Kalifat der Fatimiden in Ägypten stürzte. Sein Nachfolger war Saladin. (A. d. Ü.)

unseres jetzigen Schott-Melghir, hauste, und dort soll Perseus... Oh!«
Morhange verschluckte sich fast vor Schreck, weil in diesem Augenblick eine grelle, spitze Stimme in dem riesigen Raum ertönte: »Bitte, mein Herr, lassen Sie meine Papiere in Ruhe!«
Ich drehte mich überrascht um.

Was da eben durch eine der schweren Türvorhänge eingetreten war, überstieg wahrhaftig jede Vorstellung. So sehr wir auf jede Überraschung gefaßt waren, diese Erscheinung war so ungewöhnlich, daß es uns die Sprache verschlug.
Auf der Türschwelle stand ein Männchen mit kahlem Schädel, einem gelblichen, spitzen Gesicht, das unter riesigen grünen Brillengläsern fast verschwand, und mit einem kurzen grauen Bart. Eine kirschrote breite Krawatte prangte auf einem Vorhemd in dem gleichen auffallenden Rot. Dazu trug er weite weiße Matrosenhosen. Die roten Lederpantoffeln waren das einzig Orientalische an seinem Aufzug.
Er trug – nicht ohne Selbstgefälligkeit – eine Auszeichnung des Unterrichtsministeriums.
Er raffte die Blätter zusammen, die Morhange in seiner Überraschung hatte zu Boden fallen lassen, und ordnete sie wieder, nicht ohne uns einen wütenden Blick zuzuwerfen. Dann nahm er eine kupferne Glocke und läutete.
Wieder bewegte sich der Vorhang und ein hünenhafter weißer Targi* trat ein. Es kam mir so vor, als hätte ich ihn schon in der Höhle gesehen.
»Ferradschi«, fragte der kahlköpfige kleine Mann bitterböse, »warum hat man diese Herren in die Bibliothek geführt?«
Der Targi verneigte sich respektvoll und antwortete:

* Meist werden die Negersklaven der Tuareg auch »weiße Tuareg« genannt. Während die vornehmen Stämme dunkelblaue Baumwolle tragen, sind sie weiß gekleidet, und daher stammt ihr Name. Siehe dazu auch Duveyrier, Les Tuareg du Nord, S. 292. (Fußnote von Leroux)

»Segejr-ben-Scheich ist früher als erwartet zurückgekommen, Sidi, und gestern abend waren die Einbalsamierer noch nicht mit ihrer Arbeit fertig. Deshalb hat man die beiden Herren einstweilen hierher gebracht.«
»Na schön, du kannst wieder gehen«, brummte das Männchen.
Ferradschi wich rückwärts zur Türe zurück. Auf der Schwelle blieb er stehen und bemerkte:
»Ich soll dich auch daran erinnern, Sidi, daß der Tisch gedeckt ist.«
»Schon gut, geh!«
Der kleine Mann mit der grünen Brille setzte sich an seinen Schreibtisch und begann in seinen Papieren zu kramen.
Plötzlich, ich weiß auch nicht warum, packte mich die Wut. Ich ging auf ihn zu und sagte:
»Mein Herr, wir wissen nicht, mein Freund und ich, wo wir sind noch wer Sie sind. Sie müssen jedoch Franzose sein, da Sie eine der größten wissenschaftlichen Auszeichnungen unseres Landes tragen. Ich vermute, Sie haben die gleiche Überlegung angestellt«, fügte ich hinzu und deutete auf das schmale rote Band, das ich an meiner Jacke trug.
Er warf mir einen zwar überraschten, doch nicht minder verächtlichen Blick zu:
»Na und, mein Herr?...«
»Zunächst einmal: der Schwarze, der eben hinausging, hat den Namen Segejr-ben-Scheich, den Namen eines Räubers, eines Banditen und eines der Mörder von Oberst Flatters erwähnt. Ist Ihnen das bekannt?«
Das kleine Männchen sah mich kühl an und zuckte mit den Schultern.
»Gewiß. Was geht das mich an?«
»Was haben Sie da gesagt?«, schrie ich außer mir. »Sagen Sie, wer sind Sie eigentlich?«
»Mein Herr«, erwiderte der kleine Alte mit einer geradezu komisch wirkenden Würde und wandte sich an Morhange: »Sie sind Zeuge für das mehr als sonderbare Benehmen Ihres Begleiters. Ich bin hier zu Hause und ich dulde nicht...«

»Bitte entschuldigen Sie meinen Freund, werter Herr«, sagte Morhange und ging auf ihn zu. »Er ist kein Gelehrter wie Sie. So ein junger Leutnant, das wissen Sie selbst, hat manchmal ein hitziges Temperament. Und sicherlich können Sie auch verstehen, daß wir beide allen Grund haben, nicht ganz so gelassen zu sein.«
Diese erstaunlich demutsvollen Worte von Morhange brachten mich derart auf, daß ich gerade protestieren wollte. Aber ein Blick überzeugte mich davon, daß er nicht ohne eine gewisse Ironie sprach.
»Natürlich weiß ich, daß die meisten Offiziere ungehobelte Gesellen sind«, brummte der kleine Alte, »aber das ist noch lange kein Grund...«
»Ich bin selbst bloß Offizier, mein Herr«, fuhr Morhange in noch unterwürfigerem Ton fort, »und wenn ich je die geistige Unterlegenheit, die dieser Stand mit sich bringt, zutiefst bedauert habe, so ganz gewiß eben, als ich die gelehrten Ausführungen überflog, die Sie der höchst interessanten Geschichte der Gorgo nach dem von Pausanias zitierten Prokles von Karthago widmen. Ich hoffe, Sie verzeihen mir meine Indiskretion.«
Das Männchen starrte ihn an wie vom Donner gerührt. Es nahm seine Brille ab und putzte heftig an ihr herum.
»Wieso?«, stammelte es schließlich.
»Es ist übrigens mehr als bedauerlich«, fuhr Morhange unbeirrbar fort, »daß wir nicht mehr im Besitz jener denkwürdigen Abhandlung sind, die der uns nur durch Plinius bekannte Statius Sebosus zu diesem schwierigen Problem geschrieben hat und die...«
»Sie kennen Statius Sebosus?«
»... und die mein Lehrer, der Geograph Berlioux...«
»Sie haben Berlioux gekannt, Sie waren sein Schüler!« stammelte das Männchen in fast rührender Erregung.
»Gewiß, ich hatte diese Ehre«, erwiderte Morhange jetzt deutlich kühler.
»Ja dann haben Sie doch gewiß auch von der Atlantisfrage gehört, mein Herr, und wissen vielleicht etwas darüber?«
»Allerdings sind mir Lagneaus, Ploix' und Arbois de Jubainvilles

Arbeiten nicht unbekannt«, entgegnete Morhange mit eisiger Kälte.
»Ach du mein Gott!« Das Männchen war jetzt völlig außer sich. »Mein Herr, Herr Hauptmann, ich bin ja so froh! Ich bedaure zutiefst...«
In diesem Augenblick wurde der Vorhang beiseite geschoben. Ferradschi stand auf der Schwelle.
»Sidi, sie lassen dir sagen, wenn ihr nicht kommt, fangen sie ohne euch an.«
»Ich komme, ich komme, Ferradschi. Sag ihnen, wir kommen gleich. Ach, mein Herr, wenn ich geahnt hätte... Aber ein Offizier, der Prokles von Karthago und Arbois de Jubainville kennt, wer hätte das gedacht! Ich bedaure zutiefst... Aber zunächst einmal, darf ich mich vorstellen: Etienne Le Mesge, Agrégé der Universität.«
»Hauptmann Morhange«, sagte mein Begleiter.
Ich trat ebenfalls auf ihn zu und stellte mich vor:
»Leutnant de Saint-Avit. Leider mag es durchaus vorkommen, daß ich Arbois von Karthago mit Prokles de Jubainville verwechsle. Vielleicht kann ich später diese Bildungslücken einmal füllen. Im Augenblick interessiert mich jedoch, wo wir hier sind und ob wir frei sind oder welche geheime Macht uns hier gefangenhält. Sie, mein Herr, scheinen in diesem Haus genügend Autorität zu besitzen, um uns darüber aufklären zu können. Ich als ungebildeter Mensch halte das nämlich für wesentlich wichtiger.«
Le Mesge sah mich an. Sein Mund verzog sich zu einem ziemlich häßlichen Lächeln. Er wollte mir gerade antworten, da wurde mit allen Anzeichen der Ungeduld geläutet.
»Später, meine Herren, werde ich Ihnen alles erklären... Aber jetzt müssen wir uns beeilen. Es ist Zeit zum Frühstück, und unsere Tischgenossen fangen bereits an, ungeduldig zu werden.«
»Unsere Tischgenossen?«
»Es sind nur zwei«, erwiderte Le Mesge. »Wir drei bilden sozusagen das europäische Personal des Hauses, zumindest das ständige Personal«, fügte er mit seinem unangenehmen Lächeln hinzu.

»Zwei Originale, meine Herren, mit denen man sich am besten sowenig wie möglich abgibt, wenn Sie meinen Rat hören wollen. Der eine ist ein Kirchenmann, ein äußerst beschränkter Geist, wenn auch Protestant. Der andere ist ein alter Narr, sozusagen ein aus der Bahn geworfener Weltmann.«
»Sagen Sie, war das vielleicht der Mann, den ich vergangene Nacht gehört habe?«, fragte ich. »Er war gerade dabei, am Spieltisch die Bank zu eröffnen, wohl mit Ihnen und dem Pastor?«
Le Mesge fühlte sich offensichtlich in seiner Würde getroffen: »Wo denken Sie hin? Mit mir? Mit den Tuareg spielt er. Er hat ihnen alle möglichen Spiele beigebracht. Er läutet auch so ungeduldig, damit wir uns beeilen. Es ist halb zehn Uhr und der Spielsaal öffnet um zehn. Gehen wir also. Ich könnte mir denken, daß Ihnen eine kleine Stärkung ganz gut tut.«
»Da sagen wir bestimmt nicht nein«, erwiderte Morhange.

Durch einen langen gewundenen Gang mit Stufen fast bei jedem Schritt folgten wir Le Mesge. Der Weg war dunkel. Aber hier und da leuchteten in kleinen, in den Fels gehauenen Nischen rosa Nachtlichter und Duftkerzen. Die süßen Düfte des Orients durchfluteten das Dunkel und bildeten einen angenehmen Gegensatz zur kalten Luft der Schneegipfel.
Ab und zu begegnete uns ein weißer Targi wie ein stummes, teilnahmsloses Gespenst, und hinter uns verhallte das Klappern seiner Pantoffeln.
Vor einer schweren, mit dem gleichen hellen Metall, das mir schon in der Bibliothek aufgefallen war, verkleideten Tür blieb Le Mesge stehen, öffnete sie und ließ uns dann höflich den Vortritt.
Obwohl sich dieser Raum von einem europäischen Speisesaal in vielem unterschied, so konnte er doch, was seine Bequemlichkeit anging, mit den meisten von ihnen konkurrieren. Wie die Bibliothek erhielt auch er sein Licht durch ein einziges breites Fenster. Aber ich merkte bald, daß es nach außen ging, während man vom Arbeitsraum den Blick auf den rings von Bergen umgebenen Garten hatte.

Kein großer Mitteltisch, auch nicht jene barbarischen Möbelstücke, die man Stühle nennt. Aber mehrere Anrichten aus vergoldetem Holz, im venezianischen Stil, Teppiche aller Art in sanften, verblichenen Farben, Tuareg- oder tunesische Kissen. In der Mitte eine große Strohmatte, auf der in feingeflochtenen Körben zwischen silbernen Krügen und Kupfergefäßen mit wohlriechendem Wasser eine Mahlzeit bereitet war, bei deren Anblick allein wir schon Appetit bekamen.

Le Mesge trat vor und stellte uns den beiden Herren vor, die bereits auf der Strohmatte Platz genommen hatten.

»Herr Spardek«, sagte er, und mir wurde sofort klar, daß er sich mit diesen beiden Worten über jede eitle Titelsucht hinwegsetzen wollte.

Reverend Spardek von Manchester begrüßte uns etwas steif und bat uns um die Erlaubnis, seinen breitkrempigen Zylinder aufbehalten zu dürfen. Er war ein großer hagerer Mann, frostig und kurz angebunden, der mit salbungsvoller Melancholie ungeheuer viel aß.

»Herr Bielowski«, sagte Le Mesge und stellte uns dem zweiten Tischgenossen vor.

»Graf Kasimir Bielowski, Hetman von Schitomir«, berichtigte dieser mit vollendeter Höflichkeit, während er sich erhob, um uns zu begrüßen.

Für den Hetman von Schitomir fühlte ich sogleich eine gewisse Sympathie. Er verkörperte geradezu den Typus des alten Lebemannes. Ein Scheitel teilte sein dunkelbraunes Haar (später erfuhr ich, daß der Hetman es mit einem Sud aus Khol * färbte). Seine gepflegten, sorgfältig geschnittenen Koteletten à la Franz Joseph waren ebenfalls dunkelbraun. Die Nase war zwar etwas gerötet, aber bemerkenswert aristokratisch und wohlgeformt. Seine Hände waren so zart wie die eines jungen Mädchens. Ich brauchte einige Zeit, bis ich den dunkelgrünen Frack des Grafen mit dem gelben Revers, auf dem ein riesiger Ordensstern aus Silber und

* Silbrig-schwarzer Puder zum Schminken der Augen. (A. d. Ü.)

Email prangte, zeitlich genau einordnen konnte. Ich erinnerte mich an ein Bildnis des Herzogs von Morny und entschied mich für 1860 oder 1862. Die weitere Geschichte wird zeigen, daß ich mich nicht geirrt habe.

Der Graf bat mich, neben ihm Platz zu nehmen. Eine seiner ersten Fragen war, ob ich auch mit Fünfen spiele.

»Das kommt ganz darauf an«, erwiderte ich.

»Gut gesagt! Ich hab damit seit 1866 aufgehört. Ich hab es geschworen. Ein unangenehmer Zwischenfall, das Ganze. Es war bei einem Höllenspielchen, bei Walewski. Ich spiele mit Fünfen. Und falle natürlich herein. Der andere hatte vier. ›Idiot!‹, beschimpfte mich der kleine Baron von Chaux-Giseux, der Unsummen auf meine Partie gesetzt hatte. Ich werfe ihm eine Champagnerflasche an den Kopf. Er bückt sich gerade noch rechtzeitig, und Marschall Vaillant kriegt sie an den Kopf. Allgemeines Entsetzen! Die Sache ließ sich Gott sei Dank gütlich regeln, weil wir beide Freimaurer waren, aber der Kaiser ließ mich schwören, nie mehr mit Fünfen zu spielen. Ich habe mein Versprechen gehalten, nur, es gibt Augenblicke, da kommt es mich wirklich hart an.«

Ganz melancholisch fügte er hinzu:

»Ein Gläschen von diesem Hoggar* 1880? Ein prächtiges Gewächs. Ich selbst habe als Leutnant den Eingeborenen hier den Weinanbau beigebracht. Gewiß, ein genügend durchgegorener Palmwein ist auch nicht zu verachten, aber auf die Dauer schmeckt er doch sehr fade.«

Dieser Hoggar von 1880 war ein Erlebnis. Wir tranken ihn aus großen Silberbechern. Er war frisch wie Rheinwein, trocken wie Bordeaux. Und plötzlich erinnerte er durch seine fruchtige Süße an einen portugiesischen Portwein. Wirklich ein phantastischer Wein. Mit diesem Wein genossen wir ein erlesenes Frühstück. Wenig Fleisch zwar, aber vorzüglich gewürzt. Viel Kuchen, Honigpfannkuchen, verschiedene Arten von Krapfen, Süßigkeiten aus saurer

* Die – vorwiegend in Frankreich gebräuchliche – Bezeichnung für das Ahaggar-Gebirge. (A. d. Ü.)

Milch und Datteln. Und vor allem Früchte! Auf großen Emailplatten oder in Weidenkörben gab es Obst in Hülle und Fülle: Feigen, Datteln, Pistazien, Granatäpfel, Aprikosen, lange, schwere Trauben, noch größer als die, die hebräische Furiere im Lande Kanaan schleppten, riesige halbierte Wassermelonen mit feuchtem rosa Fruchtfleisch und tausend schwarzen Kernen.
Kaum hatte ich eine dieser köstlichen eisgekühlten Früchte gekostet, als Le Mesge sich erhob.
»Meine Herren, ich darf Sie bitten«, sagte er zu Morhange und mir.
»Sie müssen sehen, daß Sie diesen alten Schwätzer so rasch wie möglich loswerden«, flüsterte mir der Hetman von Schitomir zu.
»Das Spiel beginnt gleich. Sie werden sehen, unsere Einsätze hier sind sehr viel höher als bei Cora Pearl.«
»Meine Herren!«, wiederholte Le Mesge ungeduldig.
Wir folgten ihm. Als wir wieder zu dritt in der Bibliothek waren, wandte er sich an mich und sagte:
»Sie haben mich vorhin gefragt, welch geheimnisvolle Macht Sie hier gefangenhalte. Da Ihre Art ausgesprochen herausfordernd war, hätte ich jede Antwort verweigert, wäre Ihr Freund nicht gewesen. Dank seiner Kenntnisse ist er eher in der Lage, die ganze Bedeutung dessen zu ermessen, was ich Ihnen offenbaren werde.«
Nach diesen Worten drückte er auf einen Knopf an der Wand. Ein vollgestopfter Bücherschrank öffnete sich. Er zog eines der Bücher heraus.
»Sie sind beide«, fuhr Le Mesge fort, »in der Gewalt einer Frau. Diese Frau, die Königin, die Sultanin, die unumschränkte Herrscherin des Ahaggars heißt Antinea. Immer mit der Ruhe, Herr Morhange! Sie werden schon noch alles begreifen.«
Er öffnete das Buch und las folgenden Satz:
»Nur eine Kleinigkeit muß ich meinem Bericht voranschicken, damit ihr euch nicht wundert, wenn Fremde griechische Namen führen...«
»Was ist das für ein Buch?«, stammelte Morhange, der erschrekkend blaß geworden war.
»Dieses Buch«, erwiderte Le Mesge langsam, jedes Wort abwä-

gend, und mit einem unüberhörbaren Ausdruck des Triumphs, »ist der bedeutendste, schönste und am schwersten verständliche Dialog Platos, ›Kritias‹ oder ›Die Atlantis‹...«

»Kritias? Er ist doch unvollendet«, warf Morhange leise ein.

»Er ist unvollendet in Frankreich, in Europa, überall«, entgegnete Le Mesge, »aber hier ist er vollendet. Da, prüfen Sie das Exemplar hier.«

»Aber welche Beziehung«, fragte Morhange, der hastig die Handschrift durchblätterte, »besteht denn zwischen diesem Dialog, der tatsächlich hier vollständig zu sein scheint, und dieser Antinea? Wie kommt er überhaupt in ihren Besitz?«

»Ganz einfach: Dieses Buch ist ihr Adelsbrief, gewissermaßen ihr Gotha«, erwiderte der Alte. »Verstehen Sie? Dieses Buch bezeugt ihre edle Abstammung, denn sie ist...«

»Denn sie ist...«, drängte Morhange.

»Denn sie ist die Urenkelin Neptuns, der letzte Sproß der Atlanten.«

IX

Atlantis

Le Mesge sah Morhange triumphierend an. Offensichtlich hielt er nur ihn für einen ebenbürtigen Gesprächspartner, denn er wandte sich ausschließlich an ihn.

»Zahllose französische und fremde Offiziere sind bereits auf Geheiß unserer eigenwilligen Herrin hierher geführt worden. Sie sind der erste, den ich meines Vertrauens für würdig halte. Denn Sie waren ein Schüler von Berlioux, und ich verdanke diesem großen Mann so viel, daß ich eine alte Schuld abzutragen glaube, wenn ich einen seiner Schüler in die, ich darf wohl sagen, einzigartigen Ergebnisse meiner Privatforschungen einweihe.«

Er klingelte. Ferradschi erschien, und Le Mesge befahl:

»Kaffee für die Herren.«

Er bot uns auch ägyptische Zigaretten aus einem mit bunten Intarsien eingelegten Kästchen an. »Ich rauche zwar nie«, erklärte er, »aber Antinea kommt gelegentlich hierher. Es sind ihre Zigaretten. Bedienen sie sich, meine Herren.«

Ich habe diesen blonden Tabak immer verabscheut, der den Friseurlehrlingen aus dem Quartier Marbeuf in Paris den Luxus orientalischer Genüsse vorgaukelt. Aber hier hatten diese Moschus-Zigaretten einen gewissen Reiz. Außerdem war mein Vorrat an »Caporal« schon längst aufgebraucht.

»Hier sind einige Hefte der ›Vie Parisienne‹«, sagte Le Mesge zu mir, »bedienen Sie sich, während ich mich mit Ihrem Freund unterhalte.«

»Mein Herr«, erwiderte ich etwas schroff, »ich bin zwar kein Schüler von Berlioux, aber Sie werden mir vielleicht trotzdem gestatten, an Ihrem Gespräch teilzunehmen. Und ich bilde mir sogar ein, ihm folgen zu können.«

»Wie es Ihnen beliebt«, sagte der schmächtige Alte.
Wir machten es uns gemütlich. Le Mesge setzte sich an seinen Schreibtisch, zog an seinen Manschetten und begann:

»So sehr ich, was die Wissenschaft betrifft, die absolute Objektivität schätze, kann ich doch nicht ganz meine eigene Geschichte von der der letzten Urenkelin Klitos und Neptuns trennen. Das ist für mich ehrenvoll und bedauerlich zugleich.
Ich verdanke alles mir selbst. Schon als Kind war ich fasziniert von den mannigfachen Impulsen, die im 19. Jahrhundert von den historischen Wissenschaften ausgingen. Ich sah meine Laufbahn vorgezeichnet und hielt an ihr fest – gegen alles und jeden.
Ich darf wohl sagen, gegen alles und jeden. Ohne andere Unterstützung als die meiner Arbeit und meines Verdienstes wurde ich durch den Concours* von 1880 Agrégé für Geschichte und Geographie. Es war ein berühmter Concours. Unter den dreizehn Ernannten gab es Namen inzwischen anerkannter Größen: Jullian, Bourgeois, Auerbach... Ich trage meinen, heute auf dem Zenit öffentlicher Ehren stehenden Kollegen nichts nach: Ich lese ihre Arbeiten mit mitleidigem Bedauern. Die beklagenswerten Irrtümer, denen sie zwangsläufig aufgrund ihrer unzureichenden Dokumentation unterliegen, würden mich reichlich für die Enttäuschungen meiner Gelehrtenlaufbahn entschädigen und mit Schadenfreude erfüllen, wäre ich nicht schon längst über solche Befriedigung der Eigenliebe hinausgewachsen.
Als Studienrat am Park-Gymnasium in Lyon lernte ich Berlioux kennen. Ich verfolgte mit leidenschaftlichen Interesse seine Arbeiten über die Geschichte Afrikas. Schon damals hatte ich mir vorgenommen, eine etwas ausgefallene Doktorarbeit zu schreiben. Ich wollte eine Parallele zwischen der Kahina, der Berberkönigin, die im 7. Jahrhundert gegen die arabischen Eindringlinge kämpfte, und Jeanne d'Arc herstellen, der Heldin Frankreichs, die ihr Land gegen die englischen Eindringlinge verteidigte.

* Wettbewerb (A. d. Ü.)

Ich schlug daher der Pariser Fakultät für Philologie und Geschichte das Thema ›Die Jeanne d'Arc der Tuareg‹ vor. Diese Ideenverbindung erregte in der Gelehrtenwelt allgemeine Entrüstung und ausgesprochen törichte Heiterkeit. Freunde warnten mich unter der Hand. Ich wollte ihnen zuerst nicht glauben, mußte es dann aber wohl oder übel doch tun, als mich mein Lyoner Schuldirektor zu sich bat: Er erkundigte sich in auffälliger Weise nach meinem Gesundheitszustand und fragte mich schließlich, ob ich nicht einen zweijährigen Urlaub mit halbem Gehalt nehmen möchte. Entrüstet wies ich das zurück. Der Direktor drang nicht weiter in mich, aber zwei Wochen später versetzte mich ein Ministerialbeschluß mir nichts dir nichts an eines der unbedeutendsten, abgelegensten Gymnasien Frankreichs, nach Mont-de-Marsan in den Landes.

Ich fühlte mich – verständlicherweise – tief gekränkt, und Sie mögen mir deshalb die Unmäßigkeiten verzeihen, denen ich mich in diesem fernen Departement hingab. Was bleibt einem in den Landes schon anderes übrig als gut zu essen und zu trinken? Beides tat ich mit Leidenschaft. Mein Gehalt ging für Gänseleberpastete, Schnepfen und teure Weine drauf. Die Folgen ließen nicht auf sich warten. In weniger als einem Jahr fingen meine Gelenke an zu knacken wie die Naben eines Fahrrads nach tagelanger Fahrt über staubige Pisten. Ein ernster Gichtanfall fesselte mich ans Bett. Glücklicherweise gibt es in diesem gelobten Land auch gleich das Heilmittel gegen das Übel. Ich fuhr daher in den Ferien zur Kur nach Dax, um die verwünschten kleinen Kristalle auszuspülen.

Ich mietete mir ein Zimmer am Ufer der Adour an der Promenade des Baignots. Eine brave Zugehfrau kam regelmäßig zu mir. Sie besorgte auch den Haushalt eines alten Herrn, eines Untersuchungsrichters im Ruhestand und Vorsitzenden der ›Société Roger-Duclos‹. Diese Gesellschaft war das reinste wissenschaftliche Tohuwabohu, in der allerlei Provinzgelehrte sich mit erstaunlicher Inkompetenz dem Studium der ausgefallensten Probleme widmeten. Eines Nachmittags war ich wegen eines heftigen Unwetters zu Hause geblieben. Die brave Frau putzte voller Eifer meine Messingklinke. Sie nahm dazu eine Paste, Tripoli genannt, die sie auf ein Papier gestrichen hatte; damit rieb sie so fest sie konnte... Das ungewöhnliche Aussehen dieses Stück Papiers machte mich stutzig. Ich warf einen Blick drauf. ›Großer Gott! Woher haben Sie dieses Blatt?‹ Sie wurde verlegen: ›Von meinem Herrn. Er hat einen ganzen Stapel davon. Diese Seite habe ich aus einem Heft gerissen.‹ ›Da haben Sie 10 Francs. Gehen Sie und holen Sie mir dieses Heft.‹

Eine Viertelstunde später brachte sie es. Gott sei Dank fehlte nur eine Seite, die, mit der sie die Türklinke geputzt hatte. Und wissen Sie, was diese Handschrift, dieses Heft enthielt? Nichts weniger als die ›Reise nach Atlantis‹ des Mythographen Dionysios von Milet, die Diodoros erwähnt und deren Verlust Berlioux so oft beklagt hatte.*

Dieses unschätzbare Dokument enthielt zahlreiche Zitate aus dem ›Kritias‹. Es gab den wesentlichen Inhalt jenes berühmten Dialogs wieder, dessen einziges auf der Welt vorhandenes Manuskript Sie soeben in Händen hielten. Darin wird ganz eindeutig die Lage der Atlanten-Burg beschrieben. Der Autor beweist, daß dieses von der heutigen Wissenschaft schlichtweg geleugnete Land nicht von den Fluten begraben wurde, wie das die wenigen schüchternen Verfechter der Atlantis-Sage behaupten. Er nannte das Gebiet ›Zentralmassiv der Maxyer‹. Wie Sie wissen, gibt es keinen Zweifel mehr, daß die Maxyer des Herodot mit den Stämmen der Imoscharh, den Tuareg, identisch sind. Nun stellt aber Dionysios in seinem Manuskript die unleugbare Verbindung der Maxyer der Geschichte zu den Atlanten der angeblichen Sage her.

Von Dionysios erfuhr ich also, daß der Mittelpunkt von Atlantis,

* Wie mag die »Reise nach Atlantis« wohl nach Dax gekommen sein? Ich habe bisher nur eine befriedigende Erklärung gefunden: Vielleicht hat sie de Behagle bei einer seiner Afrikareisen gefunden. Er war Mitglied der Gesellschaft Roger-Duclos, hatte in Dax das Gymnasium besucht und war später mehrmals dorthin zurückgekehrt. (Anmerkung von Leroux)

Wiege und Sitz von Neptuns Dynastie, in der von Plato berichteten Katastrophe, die den Rest der Insel verschlang, nicht nur nicht untergegangen war, sondern daß dieser Teil dem Ahaggar-Hochland des Tuaregstammes entsprach und dort – zumindest zu seiner Zeit – die edle Dynastie Neptuns noch fortbestand.
Die Atlantis-Forscher verlegen die Naturkatastrophe, die dieses sagenhafte Land ganz oder teilweise vernichtete, ins 9. Jahrhundert vor Christus. Wenn Dionysios von Milet, der vor kaum 2000 Jahren schrieb, der Meinung war, daß zu seiner Zeit die Neptun-Dynastie noch herrschte, so lag für mich der Schluß nahe: was 9000 Jahre bestanden hat, kann auch 11000 bestehen. Von diesem Augenblick an kannte ich nur noch ein Ziel: Mit den Nachkommen der Atlanten Verbindung aufzunehmen. Sollten sie, und das anzunehmen hatte ich allen Grund, nichtsahnend von ihrem einstigen Glanz wie Primitive leben, so wollte ich sie über ihre edle Abstammung aufklären.
Sie werden wohl verstehen, daß ich meine Absichten nicht meinen Vorgesetzten mitteilte. Sie um ihre Unterstützung oder auch nur Zustimmung zu bitten wäre – bei ihrer Einstellung mir gegenüber – für sie ein willkommener Anlaß gewesen, mich ohne viel Federlesens ins Narrenhaus zu sperren. Ich raffte daher all meine Ersparnisse zusammen und schiffte mich heimlich, still und leise nach Oran ein. Am 1. Oktober kam ich in Insalah an. Und während ich gemütlich in der Oase unter einer Palme lag, dachte ich mit großem Vergnügen daran, daß zur gleichen Stunde der verzweifelte Schuldirektor von Mont-de-Marsan vor einer Horde von zwanzig brüllenden Ungeheuern stand, die er vergeblich zu bändigen suchte, und wahrscheinlich Telegramme in alle Himmelsrichtungen aussandte, um nach seinem verschwundenen Geschichtslehrer zu fahnden.«
Le Mesge hielt inne und warf uns einen selbstgefälligen Blick zu.
Ich muß gestehen, in diesem Augenblick ließ ich es an der nötigen Würde fehlen. Ich vergaß, daß er sich ausdrücklich nur für Morhange so ins Zeug warf und ich eigentlich Luft für ihn war.

»Entschuldigen Sie, wenn Ihre Erzählung mich mehr interessiert als ich gedacht hätte. Aber Sie wissen ja, mir fehlen einige Grundkenntnisse, um Ihnen ganz folgen zu können. Sie haben von der Neptun-Dynastie gesprochen. Was ist das für eine Dynastie, von der offenbar Antinea abstammen soll? Welche Rolle spielt sie in der Atlantis-Sage?«
Le Mesge lächelte herablassend und zwinkerte Morhange dabei zu. Dieser lauschte ihm schweigend, das Kinn in der Hand, den Ellbogen aufs Knie gestützt und rührte sich nicht.
»Plato wird Ihnen an meiner Stelle antworten«, erwiderte der Gelehrte. Und er fügte in einem Ton grenzenlosen Mitleids hinzu: »Haben Sie denn wirklich nie etwas vom Anfang des ›Kritias‹ gehört?«
Er hatte die Handschrift vom Tisch genommen, deren Anblick Morhange so erregt hatte, rückte seine Brille zurecht und las. Dabei schien Platos dichterische Kraft diesen lächerlichen Alten in ihren Bann zu schlagen, ihn gewissermaßen über sich selbst hinauswachsen zu lassen.

»Wir haben schon oben berichtet, daß die Götter die ganze Erde untereinander teils in größere, teils in kleiner Lose verteilten und sich selbst ihre Heiligtümer und Opferstätten gründeten: So fiel dem Poseidon die Insel Atlantis zu, und er siedelte seine Nachkommen, die er mit einem sterblichen Weib erzeugt hatte, auf einem Ort der Insel von folgender Beschaffenheit an: An der Küste des Meeres gegen die Mitte der ganzen Insel lag eine Ebene, die von allen die schönste und fruchtbarste gewesen sein soll; am Rande dieser Ebene befand sich, etwa 50 Stadien * vom Meere entfernt, ein nach allen Seiten niedriger Berg. Auf ihm wohnte Evenor, einer der zu Anfang aus der Erde entsprossenen Männer, mit seinem Weibe Leukippe; sie hatten eine einzige Tochter, Klito. Als das Mädchen herangewachsen war, starben ihr Mutter und Vater, Poseidon aber entbrannte in Liebe für sie und verband sich mit ihr;

* Ein Stadion = 600 griechische Fuß = 192 m. (A. d. Ü.)

er befestigte den Hügel, auf dem sie wohnte, ringsherum durch ein starkes Schutzwerk: er stellte nämlich mehrere kleine und größere Ringe, zwei Wälle von Erde und drei Gräben, die das Meer füllte, rings um den Hügel herum her, jeden nach allen Richtungen hin gleichmäßig von den anderen entfernt...«

Le Mesge unterbrach seine Lektüre.

»Erinnert Sie diese Schilderung nicht an etwas?« fragte er. Ich warf einen Blick auf Morhange, der immer tiefer in Gedanken versunken schien.

»Erinnert Sie das wirklich an nichts?« fragte der Gelehrte noch einmal eindringlich.

»Morhange«, stotterte ich, »erinnern Sie sich an den gestrigen Tag, an unsere Entführung, die beiden langen Gänge, durch die man uns führte, bevor wir zu diesem Gebirge kamen? Wälle und Gräben, sagt der Text... Zwei Gänge, das sind zwei Wälle.«

»Schau einer an«, ließ sich Le Mesge vernehmen und sah mich schmunzelnd an. Offenbar wollte er damit sagen: Sollte er weniger borniert sein als ich dachte?

Wie unter großer Anstrengung brach Morhange jetzt sein Schweigen:

»Alles schön und gut... Die drei Gräben, die das Meer füllte... Aber dann, mein Herr, setzten Sie in Ihrer Erklärung, deren Scharfsinnigkeit ich nicht bestreiten will, die Hypothese des Saharameers als erwiesen voraus?«

»Ich setze sie voraus, ja, und beweise ihre Richtigkeit«, erwiderte der reizbare Alte und schlug dabei mit der flachen Hand auf den Schreibtisch. »Ich weiß wohl, was Schirmer und seinesgleichen dagegen eingewandt haben. Ich weiß es ebensogut wie Sie. Ich weiß alles, mein Herr. Die Beweise stehen zu Ihrer Verfügung. Fürs erste nur soviel: Heute abend gibt es delikaten Fisch zum Diner. Und anschließend werden Sie mir sagen, ob dieser Fisch, der in dem See gefischt wurde, den Sie von diesem Fenster aus sehen, den Geschmack von Süßwasserfisch hat.

Begreifen Sie doch«, fuhr er etwas gemäßigter fort, »den Irrtum derer, die zwar an Atlantis glaubten, jedoch die Katastrophe eigen-

sinnig damit zu erklären suchten, daß diese herrliche Insel ganz einfach untergegangen sei. Sie alle haben nur an ein Versinken gedacht. Aber in Wirklichkeit ist sie nicht versunken, sondern emporgetaucht. Neue Gebiete sind aus den Fluten des Atlantiks aufgestiegen. Die Wüste hat das Meer abgelöst. Die Sebchas *, die Salinen, die Tritonseen, die sandigen Syrten ** sind die traurigen Reste der bewegten Wellen, die einst die Flotten teilten, die Attika eroberten. Noch sicherer als das Wasser verschlingt der Sand eine Zivilisation. Heute ist von dieser herrlichen Insel, die Meer und Wind stolz und blühend machten, nur dieses ausgeglühte Massiv übriggeblieben. Und in dieser für immer von der Welt der Lebenden abgeschiedenen Talmulde ist einzig und allein jene wundersame Oase übriggeblieben, die dort unten liegt, diese roten Früchte, dieser Wasserfall, der blaue See, heilige Zeugen eines verschwundenen goldenen Zeitalters. Bei Ihrer Ankunft gestern haben Sie die fünf Kreise überschritten, die drei ausgetrockneten Meergräben und die beiden Wälle, in die ein Gang gehauen ist, durch den Sie auf Ihren Kamelen geritten sind. Früher schaukelten dort die Triremen. Bei dieser ungeheuren Naturkatastrophe ist nur eines fast unversehrt in seiner antiken Pracht erhalten geblieben: dieser Berg, auf dem Neptun seine geliebte Klito, Evenors und Leukippes Tochter, die Mutter des Atlas, einschloß. Sie ist die vieltausendjährige Urahnin Antineas, der Herrscherin, in deren Machtkreis Sie nun für immer gefangen sind.«
»Mein Herr«, erwiderte Morhange mit vollendeter Höflichkeit, »es wäre wohl nur allzu verständlich, wenn wir uns jetzt besorgt nach den Gründen und Absichten dieser aufgezwungenen Gastfreundschaft erkundigten. Aber Ihre Ausführungen interessieren mich so, daß ich diese Frage persönlicher Natur fürs erste beiseite schiebe. In den letzten Tagen habe ich in zwei Höhlen eine Tifinagh-Inschrift dieses Namens Antinea entdeckt. Mein Kamerad

* Salztonebenen; ursprünglich Seen, die verdunstet sind. (A. d. Ü.)

** Zwei Meerbusen an der Küste Nordafrikas, die schon im Altertum wegen ihrer Untiefen berüchtigt waren. (A. d. Ü.)

ist mein Zeuge, ich hielt ihn für einen griechischen Namen. Doch nun, dank Ihnen und des erhabenen Plato, wundert es mich nicht mehr, daß eine Fremde einen griechischen Namen trägt. Aber was die Ableitung dieses Wortes betrifft, tappe ich noch immer im Dunkeln. Können Sie mich darüber aufklären?«

»Mein Herr«, erwiderte Le Mesge, »aber mit Vergnügen. Übrigens sind Sie nicht der erste, der mir diese Frage stellt. Die meisten Forscher, die ich seit zehn Jahren hier sah, hat wie Sie ihr Interesse für diese Tifinaghschrift eines griechischen Wortes hierher verschlagen. Ich habe sogar ein ziemlich vollständiges Verzeichnis dieser Inschriften und der Höhlen angelegt, in denen man sie findet. Alle oder fast alle sind von der Formel begleitet: ›Antinea. Hier beginnt ihr Reich.‹ Ich selbst habe einige, die schon leicht verblaßt waren, mit Ockerfarbe wieder auffrischen lassen. Aber um auf Ihre ursprüngliche Frage zurückzukommen: Keiner der Europäer, die dieses geheimnisvolle Wort hierher gelockt hat, war – kaum hatten sie ihren Fuß in Antineas Reich gesetzt – noch groß an seiner Etymologie interessiert. Sie hatten sofort andere Sorgen. Die in Wirklichkeit recht geringe Bedeutung rein wissenschaftlicher Fragen, selbst für einen Gelehrten, wäre ein Thema, über das sich lange diskutieren ließe. Wie rasch opfern sie alles den allerbanalsten Sorgen, zum Beispiel der Sorge um ihr Leben.«

»Wenn es Ihnen recht ist, kommen wir darauf ein andermal zurück«, bemerkte Morhange noch immer mit ausgesuchter Höflichkeit.

»Diese Abschweifung, mein Herr, sollte Ihnen lediglich zeigen, daß ich Sie nicht zu diesen unwürdigen Gelehrten zähle. Sie sind wirklich bemüht, den Ursprung dieses Namens, Antinea, zu erkunden, und zwar bevor Sie sich um den Charakter seiner Trägerin oder die Gründe für Ihre und Ihres Begleiters mißliche Lage Gedanken machen.«

Ich starrte den hageren Alten an. Aber er sprach in vollem Ernst.

»Wenn du so weiter machst, Freundchen«, dachte ich, »werf ich dich demnächst zum Fenster raus, damit du woanders nach Herzenslust deine Witze reißen kannst. Das Gesetz der Schwerkraft dürfte auch im Ahaggar-Hochland gelten.«

»Sie haben doch bestimmt«, fuhr Le Mesge zu Morhange gewandt fort, »gewisse etymologische Hypothesen aufgestellt, als Sie diesen Namen zum ersten Mal sahen. Macht es Ihnen etwas aus, sie mir mitzuteilen?«

»Nicht im geringsten«, sagte Morhange.

Und er zählte der Reihe nach alle Möglichkeiten auf, die ich bereits erwähnt habe. Der Alte mit dem kirschroten Vorhemd rieb sich die Hände.

»Ausgezeichnet«, rief er triumphierend, »ausgezeichnet, zumindest für Ihre wohl eher mittelmäßige Kenntnis des Griechischen. Falsch ist es deshalb doch, und zwar grundfalsch.«

»Deshalb frage ich Sie ja, weil ich selbst meine Zweifel hatte«, erwiderte Morhange sanft.

»So will ich Sie denn nicht länger auf die Folter spannen«, sagte Le Mesge. »Das Wort Antinea setzt sich folgendermaßen zusammen: ›Ti› ist nur ein barbarisches Einsprengsel in diesem Wort vorwiegend griechischer Herkunft. ›Ti‹ ist in der Berbersprache der weibliche Artikel. Es gibt mehrere Beispiele solcher Vermischungen. Nehmen sie nur Tipasa, die nordafrikanische Stadt. Ihr Name bedeutet ›die Ganze‹, von ›ti› und ›πᾶσα‹. In unserem Fall heißt ›tinea‹ ›die Neue‹, von ›ti‹ und ›νέα‹«.

»Und die Vorsilbe ›an‹?«, fragte Morhange.

»Sollte ich mich mit so kläglichem Ergebnis eine ganze Stunde lang bemüht haben, mit Ihnen über Kritias zu sprechen? An sich hat die Vorsilbe ›an‹ zwar keine Bedeutung... Da wir aber hier den sehr seltenen Fall einer Apokope haben, hat sie sehr wohl ihren Sinn: Nicht ›an‹ muß man lesen, sondern ›atlan‹. Durch die Apokope ist ›Atl‹ weggefallen und ›an‹ geblieben. Kurz und gut, das Wort Antinea setzt sich so zusammen: ›Tι – νέα – ἀτλ ’Aν‹.

Und damit hätten wir auch schlagend dessen Bedeutung bewiesen: Die neue Atlante.«

Ich warf einen Blick auf Morhange. Sein Erstaunen war grenzenlos. Die Berbervorsilbe »ti« hatte ihn wie ein Donnerschlag getroffen.

»Hatten Sie Gelegenheit, diese sehr scharfsinnige Deutung zu prüfen«, brachte er schließlich heraus.

»Sie brauchen sich bloß diese wenigen Bücher anzusehen«, bemerkte Le Mesge sehr von oben herab.

Nacheinander öffnete er fünf bis zehn Wandschränke: eine beeindruckende Bibliothek tat sich vor uns auf.

»Kaum zu fassen, alles ist da«, murmelte Morhange bewundernd, jedoch nicht ohne Bestürzung.

»Zumindest alles, was wert ist, gelesen zu werden«, sagte Le Mesge. »Alle großen Werke, deren Verlust die sogenannte Gelehrtenwelt so bitter beklagt.«

»Und wie kommen sie hierher?«

»Werter Herr, Sie enttäuschen mich. Ich hatte doch gewisse Kenntnisse bei Ihnen vorausgesetzt. Haben Sie denn die Stelle bei Plinius dem Älteren vergessen, wo von der Bibliothek von Karthago und ihren sagenhaften Schätzen die Rede ist?

146, als die Stadt diesem Dummkopf Scipio zum Opfer fiel, hatte die Rotte von Analphabeten, die man den römischen Senat nannte, für all diese Reichtümer nichts als Verachtung übrig. Sie wurden eingeborenen Königen zum Geschenk gemacht. Auf diese Weise empfing Mastanabal das wunderbare Erbe. Es ging von ihm auf seine Söhne und Enkel über, auf Hiempsal*, Juba I, Juba II, den Gemahl der edlen Kleopatra Selene, der Tochter der großen Kleopatra und des Mark Anton. Kleopatra Selene gebar eine Tochter, die einen Atlantenkönig heiratete. So zählt denn Antinea, die Tochter Neptuns, die unsterbliche Königin von Ägypten zu ihrer Urahnin, und daher befinden sich hier – als ihr rechtmäßiges Erbe – die Überreste der Bibliothek von Karthago, ergänzt durch die der Bibliothek von Alexandria.

Die Wissenschaft flieht vor dem Menschen. Während sich in Berlin, London, Paris und anderswo jene beklagenswerten pseudowis-

* Der numidische König Jugurtha. (A. d. Ü.)

senschaftlichen Türme von Babel erhoben, hat sich die wahre Wissenschaft in diesen Wüstenwinkel des Ahaggars geflüchtet. Mögen sie dort draußen weiter ihre Hypothesen schmieden, zu denen sie der angebliche Verlust der geheimnisvollen Werke der Antike zwingt. Diese Werke sind nicht verloren. Hier sind sie, die hebräischen, chaldäischen und assyrischen Werke. Hier die großen ägyptischen Überlieferungen, die Solon, Herodot und Plato beeinflußt haben. Hier die griechischen Mythographen, die Magier der römischen Provinz Afrika, die indischen Träumer, kurz und gut alle Schätze, deren Fehlen jede zeitgenössische Dissertation zu einem lächerlichen Torso macht. Glauben Sie mir, der bescheidene kleine Geschichtslehrer, den alle verächtlich als Narren abtaten, hat sich bitter gerächt. Ihre falsche, lückenhafte Gelehrsamkeit wird mich bis zu meinem Lebensende mit Heiterkeit erfüllen. Und dank Neptuns eifersüchtigem Bestreben, seine geliebte Klito von der übrigen Welt zu trennen, wird nach meinem Tod weiterhin der Irrtum in ihren erbärmlichen Machwerken herrschen.«
»Sie haben soeben«, bemerkte Morhange nachdenklich, »den Einfluß Ägyptens auf die Zivilisation dieser Eingeborenen erwähnt. Aus Gründen, die ich Ihnen vielleicht bei passender Gelegenheit einmal auseinandersetzen darf, würde ich gern wissen, worauf Sie sich bei Ihrer Behauptung stützen.«
»Das will ich Ihnen gern erklären, mein Herr«, erwiderte Le Mesge.
Nun griff ich etwas brüsk in die Unterhaltung ein.
»Auf ein Wort, mein Herr! Offen gesagt, ich finde Ihre historischen Erörterungen mehr als fehl am Platz. Meine Schuld ist es nicht, wenn Ihre Gelehrtenlaufbahn ein so plötzliches Ende fand und Sie heute weder am Collège de France noch anderswo dozieren. Im Augenblick interessiert mich nur eins: Wozu sind wir hier, wozu bin ich hier? Mich kümmert die griechische und berberische Abstammung ihres Namens herzlich wenig, ich will wissen, was diese Dame Antinea eigentlich mit mir vorhat. Mein Kamerad möchte etwas über ihre Beziehungen zu dem alten Ägypten erfahren. Schön und gut. Was mich betrifft, so bin ich weit mehr auf

ihre Beziehungen zu dem Generalgouverneur von Algier und unseren Arabischen Bureaux gespannt.«
Le Mesge antwortete mit einem sarkastischen Lachen:
»Sie sollen eine Antwort erhalten, die Ihnen beiden Genugtuung verschafft.«
Und er fügte hinzu:
»Folgen Sie mir. Es wird Zeit, daß Sie alles erfahren.«

X

Der rote Marmorsaal

Wieder folgten wir Le Mesge durch eine endlose Reihe von Gängen und Treppen.
»In diesem Labyrinth verliert man jeden Orientierungssinn«, flüsterte ich Morhange zu.
»Man könnte vor allem den Kopf dabei verlieren«, erwiderte ebenso leise mein Gefährte. »Dieser alte Narr ist zweifellos sehr belesen. Aber weiß der Teufel, was er im Schilde führt. Immerhin hat er uns versprochen, daß wir alles erfahren werden.«
Le Mesge war vor einer schweren dunklen Tür stehengeblieben, in die bizarre Zeichen eingeschnitzt waren. Er schloß die Türe auf.
»Meine Herren, darf ich bitten«, sagte er und ließ uns vorangehen.
Kalte Luft schlug uns entgegen: In dem Saal, in den wir eingetreten waren, herrschte eine wahre Kellertemperatur.
Anfangs konnte ich durch die Dunkelheit die Raumverhältnisse nicht recht erkennen. Die absichtlich spärliche Beleuchtung bestand aus zwölf großen Kupferlampen in Säulenform, die auf dem Boden standen und mit breiten roten Flammen brannten. Als die Tür aufging, ließ der Zugwind vom Gang her die Flammen aufflackern, so daß sie unsere Schatten vergrößert und merkwürdig verzerrt auf den Boden warfen. Als die Luft sich wieder beruhigt hatte, stiegen die Flammen wieder senkrecht und fast reglos in das Dunkel empor.
Diese zwölf Riesenlampen, jede gut drei Meter hoch, waren in etwa kreisförmig angeordnet. Inmitten dieses Kreises – der mindestens einen Durchmesser von fünfzig Fuß hatte – fiel mir ein dunkler Fleck auf, auf dem sich in roten Streifen ein zittriges Licht spiegelte. Als ich näher trat, erkannte ich eine sprudelnde Quelle.

Dieses frische Wasser war der Grund für die Temperatur, die mich so verblüfft hatte.
Breite natürlich Sitze waren in den Fels in der Mitte gehauen, dem die murmelnde dunkle Quelle entsprang. Seidene Kissen bedeckten die Steinsitze. Zwölf Räucherpfannen bildeten im Inneren des Lichterkranzes einen weiteren Kreis etwa vom halben Durchmesser des ersten. In der Dunkelheit sah man ihren Rauch nicht zum Gewölbe aufsteigen, aber ihr betäubender Duft, zusammen mit der Frische und dem Sprudeln des Wassers, verbannte aus der Seele jeden anderen Gedanken als den, für immer hier verweilen zu wollen.
Le Mesge hatte uns gebeten, in der Mitte des Saales auf den Steinsitzen Platz zu nehmen. Er selbst setzte sich zwischen uns.
»In ein paar Augenblicken«, sagte er, »werden sich Ihre Augen an das Halbdunkel gewöhnt haben.«
Ich bemerkte, daß er so leise und feierlich wie in einem Tempel sprach.
Und tatsächlich gewöhnten wir uns nach und nach an das rötliche Licht. Aber nur der untere Teil des riesigen Saales war wirklich erkennbar.
Das ganze Gewölbe blieb weiterhin im Schatten, so daß man seine Höhe nicht abschätzen konnte. Nur vage sah ich direkt über uns einen großen goldenen Leuchter, auf den ein zitternder flammendroter Schein fiel. Aber es war unmöglich, die Länge der Kette zu schätzen, die in der dunklen Wölbung verankert war.
Der Marmorboden war so ebenmäßig glatt, daß sich die großen Säulenlampen darin widerspiegelten.
Der Saal bildete einen vollkommenen Kreis, deren Mittelpunkt die Quelle bildete, der wir den Rücken zukehrten.
Wir saßen also den gerundeten Wänden gegenüber. Bald konnten wir unsere Blicke nicht mehr von ihnen lösen. Sie waren nämlich durchaus bemerkenswert. Ringsum war in regelmäßigen Abständen eine Reihe dunkler Nischen in den Stein gehauen, deren schwarze Umrisse vor uns nur durch die Tür unterbrochen wurden, durch die wir eingetreten waren. Hinter uns mußte sich eine

zweite Tür befinden, die ich, wenn ich mich umwandte, an einer dunkleren Lücke in der Nischenreihe erriet. Ich zählte von einer Türe zur anderen sechzig dieser Nischen, im ganzen also 120. Jede war drei Meter hoch und ein Meter breit. Jede enthielt eine Art Kasten, oben breiter als unten. Nur der untere Teil war geschlossen. In allen diesen Kästen, außer in zweien, die mir gegenüberstanden, glaubte ich eine glänzende Gestalt von offenbar menschlicher Form zu erkennen, etwas wie eine Statue aus sehr heller Bronze. In dem mir gegenüberliegenden Halbrund zählte ich genau dreißig dieser merkwürdigen Statuen.
Was hatte es mit diesen Standbildern auf sich? Ich wollte sie mir aus der Nähe ansehen und stand auf.
Le Mesge legte eine Hand auf meinen Arm und flüsterte, noch immer sehr leise: »Gleich, nur Geduld.«
Die Blicke des Professors waren starr auf die Tür gerichtet, durch die wir in den Saal getreten waren und hinter der jetzt das Geräusch sich nähernder Schritte laut wurde.
Sie öffnete sich leise und drei weiße Tuareg kamen herein. Zwei von ihnen trugen auf den Schultern einen länglichen Sack, der dritte war offenbar ihr Aufseher.
Auf sein Geheiß legten sie den Sack auf den Boden und zogen aus einer der Nischen den langen Kasten, der in jeder von ihnen stand.
»Sie können jetzt nähertreten, meine Herren«, sagte Le Mesge zu uns.
Auf ein Zeichen von ihm zogen sich die drei Tuareg einige Schritte zurück.
»Sie fragten mich soeben«, sagte Le Mesge, zu Morhange gewandt, »welchen Beweis ich für den ägyptischen Einfluß auf dieses Land habe. Zunächst einmal, was halten Sie von diesem Kasten?« Mit diesen Worten deutete er auf den Kasten, den die Diener eben aus der Nische gezogen und auf den Boden gelegt hatten. Morhange konnte seine Überraschung nicht ganz verbergen. Vor uns hatten wir nämlich einen jener Kästen, in denen man die Mumien aufzubewahren pflegte. Es war das gleiche glänzende buntbemalte Holz,

mit dem einzigen Unterschied, daß die Tifinaghschrift hier die Hieroglyphen ersetzte. Schon allein von der Form her – unten schmaler und oben breit – hätten wir das sofort bemerken müssen.
Da die untere Hälfte dieses Kastens geschlossen war, sah das ganze in etwa aus wie ein rechtwinkliges Hufeisen.
Le Mesge kniete nieder und befestigte auf der Vorderseite des Kastens eine rechteckige weiße Karte, eine Art breites Etikett, das er aus seinem Schreibtisch genommen hatte, bevor er die Bibliothek verließ.
»Lesen Sie, wenn Sie wollen«, forderte er uns noch immer im gleichen gedämpften Ton auf.
Ich kniete mich ebenfalls nieder, denn im Licht der Säulenlampen konnte man nur mühsam lesen. Immerhin erkannte ich die Handschrift des Professors.
In großen Buchstaben standen da die einfachen Worte:
»Nummer 53. Major Sir Archibald Russell, geboren in Richmond am 5. Juli 1860, gestorben im Ahaggar am 3. Dezember 1896.«
Überrascht sprang ich auf: »Major Russell«, rief ich.
»Leise, leise«, flüsterte Le Mesge. »Niemand hat das Recht, hier laut zu werden.«
»Ist das der Major Russell«, fuhr ich fort und gehorchte dabei unwillkürlich seiner Aufforderung, »der letztes Jahr Khartum verließ, um das Sokoto zu erforschen?«
»Gewiß, das ist er«, erwiderte der Professor.
»Und... wo ist Major Russell jetzt?«
»Er ist hier«, antwortete Le Mesge.
Auf ein Zeichen von ihm traten die weißen Tuareg wieder vor. Ein schreckliches Schweigen herrschte in diesem geheimnisvollen Saal, das allein durch das kühle Plätschern der Quelle unterbrochen wurde.
Die drei Schwarzen hatten begonnen, den Sack zu öffnen, den sie neben den bemalten Kasten gelegt hatten. Von einem unsagbaren Grauen gepackt sahen Morhange und ich zu.
Bald zeigte sich uns eine starre menschliche Gestalt. Ein roter Flammenschein streifte sie. Wir sahen vor uns auf dem Boden, in

einen Schleier aus weißem Musselin gehüllt, eine Statue aus blasser Bronze, eine Statue, die denen glich, die ringsum steif in den Nischen standen und einen undruchdringlichen Blick auf uns zu richten schienen.

»Sir Archibald Russell«, flüsterte Le Mesge feierlich.

Morhange näherte sich stumm. Er hatte den Mut, den Musselinschleier zu heben. Lange, sehr lange betrachtete er die stumme Bronzestatue.

»Eine Mumie, eine Mumie«, sagte er endlich, »nein, Sie irren sich, das ist keine Mumie.«

»Genau genommen«, gab Le Mesge zu, »ist es tatsächlich keine Mumie. Und doch haben Sie hier die sterbliche Hülle von Sir Archibald Russell vor sich. Allerdings muß ich Ihnen zugeben, daß das von Antinea eingeführte Verfahren der Einbalsamierung von dem der alten Ägypter abweicht. Wir verwenden hier kein kohlensaures Natron, keine Leinwandstreifen, keine Duftsubstanzen. Unsere Forschung im Ahaggar ist beim ersten Versuch zu einem Ergebnis gelangt, das die europäische Wissenschaft erst nach langen Irrwegen gefunden hat. Als ich hierherkam, stellte ich voller Überraschung fest, daß man hier eine Methode anwandte, die ich ausschließlich im Besitz der zivilisierten Welt glaubte.«

Le Mesge schlug mit gekrümmtem Zeigefinger leicht auf die mattglänzende Stirn von Sir Archibald Russell. Es gab einen metallischen Klang.

»Das ist doch Bronze«, murmelte ich. »Es ist also keine Menschenstirn, sondern doch Bronze.«

Le Mesge zuckte mit den Schultern und erwiderte mit ziemlicher Schärfe: »Es ist eine Menschenstirn und keine Bronze. Bronze, mein Herr, ist dunkler. Dieses Metall hier ist das große unbekannte Metall, das Plato im Kritias erwähnt: Ein Mittelding zwischen Gold und Silber. Man findet es nur im Atlantis-Gebirge. Wir nennen es Orichalk.«

Ich sah es mir ein bißchen genauer an und jetzt erkannte ich, daß dieses Metall das gleiche war wie das, das mir an den Wänden der Bibliothek aufgefallen war.

»Es ist Orichalk«, fuhr Le Mesge fort. »Offenbar scheinen Sie nicht zu begreifen, wie sich ein menschlicher Körper in eine Statue aus Orichalk verwandeln kann. Ihnen aber, Herr Hauptmann, hätte ich doch etwas mehr an Wissen zugetraut. Haben Sie denn nie von Dr. Variots Verfahren gehört, einen menschlichen Körper noch anders als durch Einbalsamieren zu konservieren? Haben Sie nie das Buch* dieses Arztes gelesen? Er erläutert darin die sogenannte galvanoplastische Methode. Das Hautgewebe wird dabei, um als leitendes Element zu dienen, mit einer leichten Schicht von Silbersalz überzogen. Dann wird der Körper in ein Band aus Kupfersulfat getaucht und die Polarisierung wirkt ganz von selbst. Das Verfahren, durch das dieser ehrenwerte englische Major metallisiert wurde, ist im Grunde das gleiche. Mit dem Unterschied allerdings, daß man die Kupfersulfatlösung durch eine Lösung aus Orichalksulfat ersetzt hat, ein Metall, das sehr viel seltener ist. Und so haben Sie hier statt der Kupferstatue irgendeiner armseligen Spitalsleiche eine Statue aus einem sehr viel kostbareren Metall als Gold und Silber vor sich, kurz und gut, eine Statue, die der Urenkelin Neptuns würdig ist.«

Le Mesge gab ein Zeichen. Die schwarzen Sklaven ergriffen den Körper. In wenigen Augenblicken hatten sie das Gespenst aus Orichalk in den bemalten Holzkasten gleiten lassen. Dann wurde er aufrecht in seine Nische gestellt. Ein gleiches Gehäuse daneben trug die Nummer 52.

Nach getaner Arbeit verschwanden die Diener lautlos. Der kalte Hauch des Todes ließ wieder die roten Lichter aufflackern, die große tanzende Schatten auf den Boden warfen. Morhange und ich standen noch ebenso reglos da wie die blassen Metallphantome, die uns umgaben. Nach einer Weile raffte ich mich auf und ging taumelnd hinüber zu der Nische neben der des englischen Majors. Ich suchte das Etikett, das Etikett Nummer 52.

An die rote Marmorwand gelehnt las ich:

* Variot: »L'Anthropologie galvanique«. Paris 1890. (Anmerkung von Leroux)

»Nummer 52. Hauptmann Laurent Deligne, geboren am 22. Juli 1861 in Paris, gestorben im Ahaggar am 22. Oktober 1896.«

»Hauptmann Deligne«, flüsterte Morhange, »zog 1895 von Colomb-Béchar nach Timmimun, und seither hat man nichts mehr von ihm gehört.«

»Ganz richtig«, bemerkte Le Mesge und nickte zustimmend.

»Nummer 51«, las jetzt Morhange mit unsicherer Stimme. »Oberst von Wittmann, geboren im Jahre 1855 in Jena, gestorben im Ahaggar am 1. Mai 1896...« Oberst Wittmann, der Erforscher des Kanem, der in der Gegend von Agades verschwunden ist!«

»Ganz richtig«, bemerkte Le Mesge wieder.

»Nummer 50«, las ich und hielt mich an der Wand fest, um nicht zu fallen. »Marquis Alonzo d'Oliveira, geboren am 20. Februar 1868 in Cadiz, gestorben im Ahaggar am 1. Februar 1896... Oliveira, der nach Arauan aufbrach.«

»Ganz richtig«, sagte Le Mesge. »Dieser Spanier war ein sehr gebildeter Mann. Unsere Diskussionen über die genaue geographische Lage des Königreichs des Antäus waren äußerst interessant.«

»Nummer 49«, sagte Morhange und seine Stimme war nur noch ein Hauch. »Leutnant Woodhouse, geboren am 16. September 1870 in Liverpool, gestorben im Ahaggar am 4. Oktober 1895.«

»Fast noch ein Kind«, bemerkte Le Mesge.

»Nummer 48«, las ich, »Unterleutnant Louis de Maillefeu, geboren am...«

Ich konnte nicht weiterlesen. Der Schmerz erstickte meine Stimme.

Louis de Maillefeu, mein bester Freund, mein Jugendfreund, mein Kamerad in Saint-Cyr... Ich sah ihn an, ich erkannte ihn wieder unter der Metallkruste! Louis de Maillefeu... Und, die Stirn an die kalte Wand gepreßt, fing ich rückhaltlos an zu weinen.

Ich hörte, wie Morhange in gepreßtem Ton zu Le Mesge sagte:

»Es reicht jetzt. Diese Szene hat lang genug gedauert.«

»Er wollte doch alles wissen«, erwiderte dieser. »Was kann ich dafür?«

Ich trat auf ihn zu und packte ihn an den Schultern:
»Wie kommt er hierher? Woran ist er gestorben?«
»Wie alle anderen«, erwiderte der Gelehrte, »wie Leutnant Woodhouse, wie Hauptmann Deligne, wie Major Russell, wie Oberst von Wittmann, wie die 47 von gestern und wie die von morgen.«
»Woran sind sie gestorben?«, fragte Morhange in einem für ihn ungewöhnlich scharfen Ton.
Le Mesge sah Morhange an, der bei seiner Antwort erblaßte, und sagte:
»Woran sie gestorben sind, fragen Sie? Sie sind aus Liebe gestorben.«
Und sehr leise und sehr ernst fügte er hinzu:
»Nun wissen Sie es.«
Sanft und mit einer Rücksicht, die wir ihm kaum zugetraut hätten, führte Le Mesge uns von den Metallstatuen weg. Einen Augenblick später befanden Morhange und ich uns wieder – mehr liegend als sitzend – auf den Kissen der Steinsitze in der Mitte des Saales. Zu unseren Füßen murmelte die unsichtbare Quelle ihre Klage.
Le Mesge saß wieder zwischen uns.
»Jetzt wissen Sie es«, wiederholte er. »Aber Sie verstehen es noch nicht.«
Langsam und fast feierlich fügte er hinzu:
»Sie sind, wie Ihre Vorgänger, Antineas Gefangene... Die Gefangenen ihrer Rache.«
»Ihrer Rache?«, fragte Morhange, der sich offenbar wieder gefaßt hatte. »Und wofür will sie sich rächen? Was haben der Leutnant und ich der Atlantenfürstin angetan? Wodurch haben wir uns ihren Haß zugezogen?«
»Das ist ein alter, ein sehr alter Streit«, erwiderte der Professor ernst. »Ein Streit, der weit über Sie hinausgeht, Herr Hauptmann.«
»Könnten Sie uns das vielleicht näher erklären, Herr Professor?«
»Sie sind die Männer, sie ist das Weib«, erwiderte Le Mesge.

»Das sagt alles.«

»Wirklich, mein Herr, ich sehe nicht recht... wir sehen nicht recht ein...«

»Sie werden schon noch verstehen. Haben Sie denn vergessen, wie sehr sich die schönen Barbarenköniginnen des Altertums über die Fremdlinge zu beklagen hatten, die der Zufall an ihre Gestade trieb? Der Dichter Victor Hugo hat in seiner Ballade ›Die Tochter O-Tahitis‹ ihr unwürdiges Verhalten sehr gut beschrieben. Soweit wir zurückdenken können, es ist immer das gleiche: nichts als Egoismus und Undankbarkeit. Diese Herren zogen reichlich Nutzen aus der Schönheit und den Schätzen der Dame und verschwanden dann eines schönen Morgens. Und sie hatte noch Glück, wenn diese Herren sich nicht genaue Aufzeichnungen gemacht hatten und dann mit Schiffen und Truppen zurückkehrten, um das Land zu besetzen.«

»Ihre Belesenheit macht Ihnen alle Ehre, mein Herr«, bemerkte Morhange. »Fahren Sie nur fort.«

»Muß ich Ihnen Beispiele nennen? Leider gibt es mehr als genug. Erinnern Sie sich an die rücksichtslose Art des Odysseus gegenüber Kalypso oder des Diomedes gegenüber Kallirrhoë? Oder wie Theseus Ariadne behandelte? Jason war Medea gegenüber von unbegreiflicher Leichtfertigkeit. Die Römer haben diese Tradition mit noch größerer Rohheit fortgesetzt. Aeneas, der übrigens viel Ähnlichkeit mit Pastor Spardek hat, führte sich Dido gegenüber ganz abscheulich auf. Die göttliche Kleopatra mußte in Cäsar einen lorbeerbekränzten Schurken erkennen. Und Titus endlich, der Heuchler Titus, hat zuerst ein ganzes Jahr lang in Idumäa von den Wohltaten der Berenike gelebt und dann das arme Weib nur zu dem Zweck nach Rom mitgeschleppt, um es dort erst recht zu demütigen. Es war höchste Zeit, daß die Söhne Japhets * den Töchtern Sems * endlich für diese ungeheuere Schuld büßen.

* Japhet und Sem gelten als Söhne Noahs und als Ahnherrn der in der Völkertafel 1. Moses 10 aufgeführten Völker; von Japhet leiten sich die Japhetiten – Indogermanen –, von Sem die Semiten ab. (A. d. Ü.)

Und nun hat sich eine Frau gefunden, um für ihr Geschlecht das große Hegelsche Gesetz der Dialektik wieder in Kraft treten zu lassen. Durch die klugen Maßnahmen Neptuns von der Welt der Arier getrennt, läßt sie sich die jüngsten und kräftigsten Männer zuführen. Ihr Körper ist willig, aber ihre Seele unerbittlich. Sie nimmt sich von diesen Abenteurern alles, was sie ihr geben können. Sie leiht ihnen ihren Leib, doch ihre Seele bleibt für sie unerreichbar. Sie ist die erste Herrscherin, aus der die Leidenschaft niemals auch nur für einen Augenblick eine Sklavin gemacht hat. Niemals mußte sie sich selbst wieder zurückerobern, denn sie hat sich nie hingegeben. Sie ist die einzige Frau, der es gelungen ist, die beiden so eng ineinander verflochtenen Dinge, die Liebe und die Wollust, auseinanderzuhalten.«
Le Mesge schwieg einen Augenblick und fuhr dann fort:
»Einmal am Tag kommt sie in diesen unterirdischen Saal. Gedankenverloren steht sie vor diesen starren Statuen. Sie betastet diese kalten Körper, die sie so brennendheiß gekannt hat. Dann, nachdem sie noch einen verträumten Blick auf die leere Nische geworfen hat, in der ihr augenblicklicher Liebhaber bald für immer in seinem kalten Panzer aus Orichalk schlafen wird, kehrt sie gemächlich zu dem ungeduldig Wartenden zurück.«
Le Mesge schwieg. Wieder hörte man das Murmeln der Quelle im Dunkel. Mein Puls raste, mein Kopf brannte, und ich fühlte mich wie von Fieber geschüttelt.
»Und sie alle«, rief ich ohne Rücksicht auf diesen Ort aus, »sie alle haben nachgegeben! Sie alle haben sich gefügt! Oh, sie soll nur kommen, da wird sie sich aber wundern!«
Morhange sagte nichts und Le Mesge erwiderte in sehr sanftem Ton:
»Lieber Herr, Sie reden wie ein Kind. Sie wissen nichts. Sie haben Antinea noch nicht gesehen. Aber lassen Sie sich eins gesagt sein: unter all diesen hier – er wies mit einer Handbewegung auf den stummen Kreis der Standbilder – gab es Männer, die ebenso mutig und vielleicht weniger leicht erregbar waren als Sie es sind. Einer, ich glaube es war die Nummer 32, war ein äußerst phlegmatischer

Engländer. Als er zum ersten Mal vor Antinea trat, rauchte er seine Zigarre. Und wie alle anderen, so hat auch er sich der Herrscherin gebeugt. Reden Sie nicht soviel, bevor Sie sie nicht gesehen haben. Als ein trockener Gelehrter bin ich wohl wenig geeignet, um Ihnen einen Vortrag über Leidenschaft zu halten, und ich fühle mich verlegen, wenn ich Ihnen sagen soll, wie Antinea ist. Nur eins kann ich Ihnen versichern, sobald Sie sie gesehen haben, werden Sie sich an nichts anderes mehr erinnern. Familie, Vaterland, Ehre, alles werden Sie für diese Frau verleugnen.«

»Alles, wirklich alles?«, fragte Morhange sehr gelassen.

»Alles«, bekräftigte Le Mesge. »Sie werden alles vergessen, alles verleugnen.«

Wieder hörte man das leise Geräusch von Schritten. Le Mesge sah auf seine Uhr und bemerkte:

»Nun, Sie werden ja sehen.«

Die Tür öffnete sich. Ein Riese von einem weißen Targi, der größte von allen, die wir bisher an diesem unheimlichen Ort gesehen hatten, trat ein und kam auf uns zu.

Er verneigte sich und berührte leicht meinen Arm.

»Folgen Sie ihm«, sagte Le Mesge.

Ich gehorchte ihm schweigend.

XI

Antinea

Ich durchschritt mit meinem Begleiter einen neuen Gang. Meine Erregung wuchs von Minute zu Minute. Ich wollte so rasch wie möglich diesem Weib entgegentreten, um ihm zu sagen ... Im übrigen hatte ich mit meinem Leben bereits abgeschlossen. Ich täuschte mich jedoch, wenn ich hoffte, dieses Abenteuer würde sich sogleich zu einem Heldenepos entwickeln. In der Realität sind die Kunstgattungen nie so scharf getrennt. Ich hätte mich daran erinnern sollen, wie oft schon in meinem Leben das Lächerliche und das Tragische eng miteinander verflochten gewesen waren. Als wir an einer kleinen hellen Tür angekommen waren, ließ mein Begleiter mich allein eintreten.

Ich befand mich in einem der luxuriösesten Badezimmer, die man sich vorstellen kann. Eine Decke aus mattem Glas tauchte den Marmorboden in ein sanftes rosafarbenes Licht. Der erste Gegenstand, den ich bemerkte, war eine Wanduhr, deren Ziffern durch die Zeichen des Tierkreises ersetzt waren. Der kleine Zeiger hatte das Zeichen des Widders noch nicht erreicht. Es war also erst drei Uhr!

Dieser Tag war mir schon so lang wie ein Jahrhundert vorgekommen! Und dabei war kaum ein halber vergangen.

Plötzlich kam mir ein ganz anderer Gedanke, und ich brach in ein bitteres Gelächter aus.

»Antinea ist offenbar darauf bedacht, daß ich ihr in bester Verfassung gegenübertrete.«

Ein großer Orichalkspiegel nahm eine ganze Wand ein. Als ich einen Blick hineinwarf, wurde mir klar, daß diese Forderung schon anstandshalber nicht unberechtigt war.

Mein ungepflegter Bart, eine richtige Schmutzkruste rings um die

Augen, die in Rinnen über meine Wangen lief, mein Anzug, der vom Lehm der Sahara bedeckt und von den Dornbüschen des Ahaggars zerrissen war, das alles ließ mich nicht gerade als großartigen Kavalier erscheinen.

Ich zögerte nicht, mich auszuziehen und in die Porphyr-Badewanne zu steigen, die in der Mitte des Raumes stand. In dem lauen duftenden Wasser ergriff mich eine wohlige Müdigkeit. Vor mir tanzten tausend Töpfchen auf einem kostbar geschnitzten Frisiertisch. Sie waren, ganz unterschiedlich in Form und Farbe, aus einer äußerst durchsichtigen Jade hergestellt. Die sanfte feuchte Wärme beruhigte alle Gedanken.

»Zum Teufel mit Atlantis, dem unterirdischen Saal und dem alten Le Mesge«, mehr konnte ich nicht mehr denken.

Dann schlief ich in meinem Bad ein.

Als ich die Augen wieder aufschlug, hatte der Zeiger der Wanduhr fast das Zeichen des Stiers erreicht. Vor mir stand ein großer Neger, der seine schwarzen Hände auf den Rand der Badewanne stützte. Er hatte nackte Arme; um seine Stirn trug er einen großen orangefarbenen Turban. Er betrachtete mich schweigend und lachte mich dabei mit seinen weißen Zähnen an.

»Was will dieser Kerl hier?« dachte ich.

Der Schwarze lachte nun laut und packte mich, ohne ein Wort zu sagen; er hob mich wie eine Feder aus dem parfümierten Wasser, das jedoch inzwischen eine Farbe angenommen hatte, die ich lieber nicht beschreiben will.

Ohne zu wissen wie, fand ich mich auf einer leicht geneigten Marmorbank ausgestreckt wieder.

Der Schwarze fing an, mich nach allen Regeln der Kunst zu massieren.

»He da, ein bißchen sanfter, du Grobian!« rief ich.

Der Neger lachte bloß und griff noch etwas kräftiger zu.

»Woher kommst du? Aus Kanem oder Borku? Für einen Tuareg lachst du ein bißchen zuviel.«

Keine Antwort. Dieser Schwarze war ebenso gutgelaunt wie schweigsam.

»Na schön, mir kann das ja egal sein«, dachte ich und gab es auf, ihn zum Reden zu bringen. »Jedenfalls ist er mir bedeutend sympathischer als der alte Le Mesge, der eine wahre Plage ist mit seinem ewigen Dozieren. Für den Hammam in der Rue des Mathurins wäre er bei Gott der ideale Mann.«
»Zigarette, Sidi?«
Ohne meine Antwort abzuwarten, hatte der Schwarze mir eine Zigarette in den Mund gesteckt und gab mir Feuer. Dann fuhr er fort, mich von Kopf bis Fuß zu bearbeiten.
»Er ist zwar mundfaul, aber gutmütig«, dachte ich.
Ich blies ihm meine Rauchkringel ins Gesicht.
Dieser Spaß schien ihm ungeheuer zu gefallen. Er versetzte mir gleich ein paar kräftige Schläge, um mir seine gute Laune zu beweisen.
Nachdem er mich endlich durchgeknetet hatte, nahm er von dem Frisiertisch einen kleinen Topf und rieb mir den ganzen Körper mit einer rosafarbenen Salbe ein. Alle Müdigkeit wich aus meinen Gliedern, und ich fühlte mich wie neu geboren.
Mein Masseur verschwand, nachdem er mit einem Hämmerchen auf eine Kupferglocke geschlagen hatte. Ihm folgte eine alte, verschrumpelte Negerin, die in den schreiendsten Farben gekleidet war. Sie war geschwätzig wie eine Elster, aber ich verstand anfangs kein Wort von der Redeflut, die sich über mich ergoß, während sie meine Hände und dann meine Füße packte und die Nägel mit wahrer Hingabe polierte.
Wieder ein Glockenschlag. Die Alte machte einem zweiten, sehr würdig wirkenden Schwarzen Platz, der ganz in Weiß gekleidet war und eine gestrickte Baumwollmütze auf dem länglichen Schädel trug. Es war der Barbier, und ich muß sagen, er verstand sich auf sein Handwerk. Im Handumdrehen hatte er mir das Haar geschnitten, und zwar sehr ordentlich. Dann – ohne mich zu fragen, ob ich nicht einen Bart vorzöge – rasierte er mich glatt.
Ich betrachtete wohlgefällig mein völlig verändertes Spiegelbild.
»Antinea liebt offenbar den amerikanischen Typ«, dachte ich.

»Welch ein Affront ihrem würdigen Urahn Neptun* gegenüber.«

In diesem Augenblick trat der ewig lächelnde Schwarze wieder ein und legte ein Bündel auf das Ruhebett. Der Barbier verschwand. Verblüfft stellte ich fest, daß das von meinem neuen Kammerdiener sorgfältig ausgebreitete Bündel einen weißen Flanellanzug enthielt, der genau den Anzügen glich, die die französischen Offiziere in Algerien im Sommer zu tragen pflegen.

Die weite leichte Hose schien maßgeschneidert. Der Rock war tadellos und trug sogar, was mich am meisten überraschte, die zwei Goldstreifen, die meinen Rang bezeichneten und auf beiden Seiten des Ärmels mit Litze befestigt waren. Das ganze wurde vervollständigt durch ein paar hohe, goldgesäumte Pantoffeln aus Saffianleder. Die seidene Unterwäsche schien geradewegs aus der Rue de la Paix zu kommen.

»Das Essen war ein Genuß«, dachte ich und warf einen befriedigten Blick in den Spiegel, »die Bedienung ist einmalig, aber man soll den Tag nicht vor dem Abend loben.«

Mir fiel der rote Marmorsaal wieder ein, und ich konnte bei diesem Gedanken einen leichten Schauder nicht unterdrücken. In diesem Augenblick schlug die Uhr halb fünf.

Jemand klopfte leise an die Tür. Der große weiße Targi, der mich hierhergebracht hatte, stand auf der Schwelle.

Er trat auf mich zu, berührte meinen Arm und gab mir zu verstehen, daß ich ihm folgen sollte.

Wieder durchschritten wir endlose Gänge. Ich spürte zwar eine gewisse Erregung, aber das laue Bad hatte mich in einen leichten Schwebezustand versetzt. Außerdem erwachte in mir mehr und mehr die Neugier – eine sehr viel stärkere Neugier, als ich es mir eingestehen wollte. Hätte man mir in diesem Augenblick angeboten, mich zurück auf die Straße in der Weißen Ebene bei Sikh-Salah zu bringen, ich glaube, meine Antwort wäre nein gewesen.

* Neptun wird meist mit Bart dargestellt. (A. d. Ü.)

Ich versuchte, diese Neugierde zu verdrängen, indem ich an Maillefeu dachte:
»Auch er ist wie ich durch diesen Gang geschritten und jetzt steht er dort unten im roten Marmorsaal.«
Ich hatte keine Zeit, diesem Gedanken weiter nachzuhängen. Plötzlich traf mich etwas mit der Wucht eines Felsbrockens. Ich wurde zu Boden geworfen. Im Gang war es stockdunkel, und ich konnte nichts sehen. Ich hörte nur ein bösartiges Knurren. Der weiße Targi war ausgewichen und stand mit dem Rücken an der Wand.
»Also gut«, murmelte ich und rappelte mich wieder auf, »jetzt kommt wohl der unangenehme Teil des Tages.«
Wir gingen weiter. Bald begann ein anderes Licht als das der spärlichen rosa Nachtlichter den Gang zu erhellen. Wir gelangten so vor eine hohe Bronzetür, die von einem bizarren lichten Filigranwerk durchbrochen war. Ein klarer Glockenschlag ertönte und die beiden Flügel öffneten sich. Der Targi blieb draußen und schloß die Tür hinter mir.
Unwillkürlich machte ich ein paar Schritte in den Saal hinein, in dem ich offenbar allein war. Doch gleich darauf blieb ich wie angewurzelt stehen und hielt mir die Hand über die Augen. Der strahlend blaue Himmel blendete mich.
Ich war noch an das Halbdunkel gewöhnt. Hier aber flutete ungehindert durch eine ganze Seite des riesigen Saals das helle Tageslicht herein.
Dieser Raum lag im unteren Teil des Berges, der von mehr Wänden und Galerien durchzogen war als eine ägyptische Pyramide. Auf gleicher Ebene wie der Garten, den ich am Morgen vom Balkon der Bibliothek aus gesehen hatte, schien er diesen fortzusetzen. Der Übergang war fast unmerklich: Dort waren Teppiche unter den großen Palmen ausgebreitet, hier flogen Vögel durch den Säulenwald des Saales.
Wegen des scharfen Kontrasts erschien der Raum dort, wo nicht das Tageslicht aus der Oase hineinfiel, dunkel. Die Sonne, die gerade hinter dem Gebirge unterging, färbte den Kies auf den Alleen

rosa, und der gravitätische Flamingo, der auf einem Bein am Ufer des kleinen saphirblauen Sees stand, wirkte fast dunkelrot.
Plötzlich lag ich zum zweiten Mal am Boden. Irgend etwas Schweres war mir mit voller Wucht auf die Schultern gefallen. Ich spürte am Hals eine warme, seidenweiche Berührung und einen heißen Atem im Nacken. Gleichzeitig hörte ich wieder das bösartige Knurren, das mich schon im Gang so erschreckt hatte.
Mit einer kräftigen Bewegung kam ich wieder frei und schickte aufs Geratewohl einen Faustschlag in die Richtung meines Angreifers. Diesmal erscholl ein Gebrüll vor Schmerz und Wut. Ihm antwortete ein schallendes Gelächter. Aufgebracht sprang ich auf die Füße, um diesem unverschämten Menschen meine Meinung zu sagen. Aber mein Blick wurde plötzlich starr. Ich sah mich Antinea gegenüber.

In dem dunkelsten Teil des Saales, unter einer Art Gewölbe, das durch das malvenfarbene Licht von zwölf murrinischen Glasfenstern künstlich beleuchtet wurde, lagen vier Frauen auf einem Berg buntgestreifter Kissen und weißer Perserteppiche – den kostbarsten dieser Art.
Drei von ihnen mußten – nach der ebenmäßigen Schönheit ihrer Züge zu urteilen – Tuareg sein. Sie trugen weiße goldgestickte Seidengewänder. Die vierte war von dunkler, fast schwarzer Hautfarbe. Sie war wohl die jüngste von allen. Sie trug eine Tunika aus roter Seide, die die Bräune ihres Gesichts, ihrer nackten Arme und Füße besonders hervorhob. Die vier Frauen lagen rings um die aufeinander gestapelten Teppiche, über denen ein riesiges Löwenfell ausgebreitet war. Auf ihm ruhte Antinea mit aufgestützten Ellbogen.
Antinea! Jedesmal, wenn ich sie wiedersah, fragte ich mich, ob ich sie damals in meiner Verwirrung wohl richtig angeschaut hatte. Denn jedesmal erschien sie mir noch schöner als vorher.
Noch schöner! Ein armseliges Wort, eine armselige Sprache. Aber vielleicht liegt der Fehler gar nicht in der Sprache, sondern bei denen, die damit Mißbrauch treiben?

Man konnte dieser Frau nicht gegenüberstehen, ohne zugleich an jene zu denken, für die Ephraktäus den Atlas unterwarf, Sapor das Zepter des Osymandias an sich brachte, für die Mamylos Susa und Tentyris unterwarf und Antonius die Flucht ergriff...

»O zitternd Menschenherz, nie schlugest du so warm,
Als da dich heiß umschlang ihr stolzer Herrscherarm.«

Der ägyptische Klaft fiel auf ihre reichen Locken herab, die so tiefschwarz waren, daß sie fast blau wirkten. Die beiden Zipfel des schweren golddurchwirkten Stoffes reichten bis auf die schlanken Hüften herab. Um die kleine gewölbte eigensinnige Stirn schlängelte sich der smaragdäugige goldene Uräus und hob über dem Kopf der Herrscherin seine doppelte Zunge aus Rubinen. Sie trug ein schwarzes, mit Goldfäden durchzogenes Schleiergewand. Es war sehr leicht, sehr weit geschnitten und durch eine weiße Musselinschärpe, die mit Irisblumen aus schwarzen Perlen bestickt war, in der Taille zusammengehalten.
Das war Antineas Kleidung. Aber was verbarg sich unter diesem hübschen Flitter? Ein schmales junges Mädchen mit schrägen grünen Augen und dem Profil eines Sperbers. Ein temperamentvoller kleiner Adonis. Eine kindliche Königin von Saba, aber mit einem Blick und einem Lächeln, wie man sie nie bei einer Orientalin findet. Ein Wunder an Ironie und Lässigkeit. Antineas Körper sah ich nicht. Selbst wenn ich den Mut dazu gehabt hätte, hätte ich wohl kaum daran gedacht, ihn näher zu betrachten. Und das war vielleicht das Erstaunlichste bei diesem ersten Eindruck. Allein der Gedanke an die Opfer im roten Marmorsaal, an die fünfzig jungen Männer, die diesen schmalen Körper in ihren Armen gehalten hatten, wäre mir in diesem denkwürdigen Augenblick unerträglich profan erschienen. Trotz des kühnen seitlichen Schlitzes in ihrem Gewand, trotz ihrer nackten Arme und ihres großzügigen Dekolletés, trotz der unter ihrem Schleier sich vage abzeichnenden Formen und ungeachtet ihrer grausigen Legende gelang es dieser Frau, ein sehr reines, ich möchte fast sagen, sehr jungfräuliches Geschöpf zu bleiben.

Fürs erste schüttete sie sich immer noch vor Lachen aus über meinen sicherlich sehr komischen Anblick, als ich plötzlich auf dem Boden lag.
»König Hiram«, rief sie.
Ich drehte mich um und entdeckte meinen Angreifer.
Hoch aufgerichtet stand auf einem der Säulenkapitelle, gut zwanzig Fuß vom Boden, ein prächtiger Gepard. Er war noch immer wütend wegen des Faustschlags, den ich ihm versetzt hatte.
»König Hiram, hierher!« wiederholte Antinea.
Wie eine Springfeder fiel das Tier in sich zusammen und kauerte gleich darauf zu Füßen seiner Herrin. Ich sah, wie seine rote Zunge ihre zarten nackten Fußgelenke leckte.
»Bitte den Herrn um Verzeihung«, befahl sie.
Der Gepard warf mir einen haßerfüllten Blick zu. Die gelbliche Haut seiner Schnauze zog sich um den schwarzen Schnurrbart zusammen.
»Fftt«, fauchte er wie eine große Katze.
»Wirst du jetzt endlich...?« sagte Antinea in schärferem Ton.
Widerwillig kroch das kleine Raubtier auf mich zu. Demütig legte es den Kopf zwischen die Vorderpfoten und wartete.
Ich streichelte seine schöne gefleckte Stirn.
»Man darf es ihm nicht übelnehmen«, meinte Antinea. »Gegenüber Fremden ist er anfangs immer so.«
»Dann muß er wohl oft schlechte Laune haben«, erwiderte ich lakonisch.
Das waren meine ersten Worte. Sie zauberten ein Lächeln auf Antineas Lippen.
Sie musterte mich lange und ohne Hast, wandte sich dann an eine der Tuaregfrauen und befahl:
»Agida, sieh zu, daß man Segejr-ben-Scheich 25 Goldpfund auszahlt.«
»Du bist Leutnant?« fragte sie nach einer Weile.
»Ja.«
»Und woher stammst du?«
»Aus Frankreich.«

»Das dachte ich mir«, bemerkte sie ironisch, »aber aus welcher Gegend?«
»Aus einem Departement, das sich Lot et Garonne nennt.«
»Und aus welchem Ort genau?«
»Aus Duras.«
Sie überlegte einen Augenblick und sagte dann:
»Duras! Ein kleines Flüßchen fließt dort vorbei, die Dropt. Und in der Nähe steht ein großes altes Schloß.«
»Sie kennen Duras?« rief ich erstaunt.
»Man kommt dorthin von Bordeaux aus mit einer Lokalbahn«, fuhr sie fort. »Sie führt durch ein kesselförmiges Tal mit Weinbergen ringsum und zerfallenen Schlössern auf den Hügeln. Die Dörfer haben hübsche Namen: Monségur, Sauveterre-de-Guyenne, La Tresne, Créon... Créon, wie in der Antigone.«
»Waren Sie denn schon einmal dort?«
Sie sah mich groß an und bemerkte mit einem Anflug von Ungeduld:
»Du kannst mich ruhig duzen. Früher oder später wirst du das doch tun müssen. Fang lieber gleich damit an.«
Dieses drohende Versprechen erfüllte mich mit einem unendlichen Glücksgefühl. Jetzt fielen mir Le Mesges Worte wieder ein: »Reden Sie nicht soviel, bevor Sie sie nicht gesehen haben... Familie, Vaterland, Ehre, alles werden Sie für diese Frau verleugnen.«
»Ob ich schon einmal in Duras gewesen bin?« fuhr sie schallend lachend fort. »Du bist wirklich komisch. Bildest du dir ein, Neptuns Urenkelin reiste in einem Abteil erster Klasse auf einer Lokalbahn?«
Sie deutete auf die hohe weiße Felswand, die die Palmen im Garten überragte, und sagte mit großem Ernst:
»Das ist mein ganzer Horizont.«
Unter den verschiedenen Büchern, die auf ihrem Löwenfell lagen, griff sie eines, das sie wahllos aufschlug:
»Das ist der Fahrplan vom Westen Frankreichs«, sagte sie. »Was für eine phantastische Lektüre für jemanden, der nie reist. Es ist

jetzt halb sechs Uhr abends. Vor drei Minuten ist ein Zug, ein Personenzug, in Surgères, Charente Inférieure, angekommen. In sechs Minuten fährt er weiter und in zwei Stunden trifft er in La Rochelle ein. Wie sonderbar, hier an so etwas zu denken. Eine solche Entfernung!... Ein so bewegtes Leben! Und hier, welche Bewegungslosigkeit!«

»Sie sprechen ausgezeichnet Französisch«, bemerkte ich.

Sie antwortete mit einem etwas gequälten Lächeln:

»Die Umstände zwingen mich dazu. Ich spreche Deutsch, Italienisch, Englisch und Spanisch. Meine Art zu leben hat aus mir sozusagen eine Sprachgelehrte gemacht. Aber Französisch ist mir sogar noch lieber als die Tuaregsprache und das Arabische. Manchmal kommt es mir wie meine Muttersprache vor. Und du kannst mir glauben, das sage ich nicht etwa, um dir einen Gefallen zu tun.«

Schweigen. Ich dachte an ihre Ahnfrau, von der Plutarch sagte: »Es gab wenig Völker, für die sie einen Dolmetscher brauchte. Kleopatra sprach zu den Äthiopern, Troglodyten, Hebräern, Arabern, Syrern, Medern und Parthen in ihrer eigenen Sprache.«

»Bleib doch nicht so steif mitten im Saal stehen. Ich kann das nicht mit ansehen. Komm, setz dich zu mir. Mach Platz, König Hiram.«

Der Gepard gehorchte mürrisch.

»Gib mir deine Hand«, befahl sie.

Neben ihr stand eine große Onyxschale. Sie nahm daraus einen ganz einfachen Orichalkring und steckte ihn an meinen linken Ringfinger. Dabei bemerkte ich, daß sie den gleichen Ring trug.

»Tanit-Serga, biete Herrn de Saint-Avit ein Rosensorbet an.«

Die kleine Schwarze in dem roten Seidengewand reichte es mir.

»Sie ist meine Privatsekretärin«, stellte Antinea sie vor. »Mademoiselle Tanit-Serga aus Gao am Niger. Ihre Familie ist fast ebenso alt wie meine.«

Bei diesen Worten sah sie mich mit ihren grünen Augen eindringlich an.

»Und dein Kamerad, der Hauptmann«, fragte sie wie beiläufig.

»Ich kenne ihn noch nicht. Wie ist er? Sieht er dir ähnlich?« Zum erstenmal, seit ich bei ihr war, dachte ich an Morhange. Ich gab ihr keine Antwort.
Antinea lächelte.
Sie streckte sich der Länge nach auf dem Löwenfell aus. Dabei entblößte sie ihr rechtes Bein.
»Es wird Zeit, daß du zu ihm zurückkehrst«, sagte sie gedehnt. »Du wirst bald meine Befehle erhalten. Tanit-Serga, begleite ihn und zeige ihm zuerst sein Zimmer. Er kennt es wohl noch nicht.«
Ich erhob mich und ergriff ihre Hand, um sie zu küssen. Sie preßte diese Hand so heftig an meine Lippen, daß sie unter dieser Art von Besitzergreifung fast geblutet hätten.

Ich befand mich nun wieder in dem finsteren Gang. Das Mädchen im roten Gewand ging mir voran.
»Hier ist dein Zimmer«, sagte sie. »Wenn du willst, bring ich dich jetzt in den Speisesaal, wo die anderen gemeinsam zu Abend essen.«
Sie sprach ein reizendes lispelndes Französisch.
»Nein, Tanit-Serga, nein, ich bleib heut abend lieber hier. Ich habe keinen Hunger und bin müde.«
»Du erinnerst dich an meinen Namen«, bemerkte sie.
Sie schien stolz darauf. Ich spürte, in ihr würde ich im Notfall eine Verbündete haben.
»Ich erinnere mich an deinen Namen, kleine Tanit-Serga, weil er so schön ist *.«
Ich fügte hinzu:
»Geh jetzt, Mädchen, ich möchte allein sein.«
Sie machte keinerlei Anstalten, das Zimmer zu verlassen, was mich zwar rührte, aber doch ein wenig verärgerte. Ich spürte das dringende Bedürfnis, mit meinen Gedanken allein zu sein.
»Mein Zimmer liegt über deinem«, sagte sie schließlich. »Auf die-

* In der Berbersprache bedeutet Tanit Quelle. Serga ist die weibliche Form des Adjektivs asreg = blau. (Fußnote von Leroux)

sem Tisch steht eine Glocke. Du brauchst nur zu läuten, wenn du etwas willst. Ein weißer Targi steht zu deiner Verfügung.«
Unwillkürlich mußte ich über diese Empfehlung lächeln. Es war wie in einem Hotel – mitten in der Sahara! Ich brauchte nur zu läuten und man stand mir zu Diensten.
Ich sah mich in meinem Zimmer um. Mein Zimmer! Für wie lange würde es meines sein?
Es war ziemlich geräumig. Kissen, ein Ruhebett, ein in den Felsen gehauener Alkoven, ein breites Fenster, vor dem ein Rollvorhang aus Stroh hing.
Ich ging zum Fenster und zog ihn hoch. Die Abendsonne drang herein.
Ich lehnte mich auf die steinerne Fensterbank, das Herz voll von unaussprechlichen Gedanken. Das Fenster ging nach Süden und lag etwa sechzig Meter über dem Erdboden. Die glatte vulkanische Felswand unter mir ragte steil und schwarz empor. Vor mir, etwa zwei Kilometer entfernt, erhob sich eine andere Felswand, der erste Erdwall aus dem ›Kritias‹. In weiter Ferne dahinter sah ich die unendliche rote Wüste.

XII

Morhange steht auf und verschwindet

Meine Müdigkeit war so groß, daß ich bis in den nächsten Tag hinein schlief. Ich erwachte erst gegen drei Uhr nachmittags. Sofort fielen mir die Ereignisse des letzten Tages wieder ein und ich fragte mich, was von alldem wirklich zu halten sei.
»Also, was ist als nächstes zu tun?« fragte ich mich und gab mir selbst die Antwort: »Vor allem muß ich mich mit Morhange beraten.«
Außerdem hatte ich einen Bärenhunger.
Die Glocke, die Tanit-Serga mir gezeigt hatte, stand gleich neben mir. Ich läutete, und ein weißer Targi erschien.
»Führ mich in die Bibliothek«, befahl ich.
Er gehorchte. Wieder gingen wir durch ein Labyrinth von Treppen und Gängen, und mir wurde klar, daß ich mich hier nie ohne Führer zurechtfinden würde.
Morhange war tatsächlich in der Bibliothek. Er war in die Lektüre eines Manuskripts vertieft.
»Eine Abhandlung von Sankt-Optatus, die als verloren gilt«, rief er mir entgegen. »Ach, wenn doch Dom Granger hier wäre! Sehen Sie nur: Halbunzialschrift *.«
Ich antwortete nicht. Gleich beim Eintreten hatte ein Gegenstand auf dem Tisch neben dem Manuskript meine Aufmerksamkeit gefesselt. Es war ein Orichalkring, der genau dem glich, den mir Antinea gegeben hatte und den sie selbst trug.
Morhange lächelte.

* Die Halbunzialen (von lat. uncia = Zoll) sind im Gegensatz zu den älteren Unzialbuchstaben, die sie etwa im 7. Jhdt. abgelöst haben, eine mit Groß- und Kleinbuchstaben gemischte Schrift. (A. d. Ü.)

»Also?« sagte ich.
»Was also?«
»Sie haben sie also gesehen?«
»Gewiß, ich habe sie gesehen«, erwiderte Morhange.
»Sie ist sehr schön, nicht wahr?«
»Das läßt sich kaum bestreiten«, erwiderte mein Gefährte. »Ich möchte sogar behaupten, daß sie ebenso intelligent wie schön ist.«
Schweigen. Morhange drehte den Orichalkring zwischen seinen Fingern. Er schien erstaunlich gelassen.
»Sie wissen, welches Geschick uns hier erwartet?« fragte ich.
»Ich weiß es. Le Mesge hat es uns gestern ja mit diskreten Worten und mythologischen Beispielen erklärt. Gewiß ein sehr ungewöhnliches Abenteuer.«
Er schwieg, sah mir dann voll ins Gesicht und fuhr fort: »Ich bereue zutiefst, daß ich Sie da hineingezogen habe. Und nur eines vermag mich zu trösten: Daß Sie sich offenbar seit gestern abend ziemlich leicht mit alldem abgefunden haben.«
Woher nahm Morhange nur seine Menschenkenntnis? Ich antwortete ihm nicht und gab damit den besten Beweis, daß er sich nicht getäuscht hatte.
»Was haben Sie vor?« fragte ich schließlich leise.
Er schloß sein Manuskript, lehnte sich bequem in seinen Stuhl zurück, zündete eine Zigarre an und erwiderte:
»Ich habe lange darüber nachgedacht. Und mit ein bißchen Sophisterei habe ich eine Richtschnur für mein Verhalten entdeckt. Sie ist ganz simpel und steht für mich unwiderruflich fest.
Aufgrund meiner Eigenschaft als – wenn auch nur halber – Mönch stellt sich die Frage für mich etwas anders als für Sie. Ich muß zugeben, ich bin da in eine ganz schöne Zwickmühle geraten. Zwar habe ich die Gelübde noch nicht abgelegt. Aber ganz abgesehen davon, daß mir schon das neunte Gebot die Beziehungen zu einem Weib untersagt, das nicht meine Frau ist, kann ich dieser Art Dienst auf Befehl, zu dem der ehrenwerte Segejr-ben-Scheich uns angeworben hat, auch nicht viel abgewinnen. Andererseits habe

ich bei alldem zu bedenken, daß mein Leben mir nicht allein gehört. Ich kann darüber nicht so frei verfügen wie ein privater Forscher zum Beispiel, der seine eigenen Ziele verfolgt und die Reise mit eigenen Mitteln bestreitet. Ich habe eine Sendung zu erfüllen und Ergebnisse heimzubringen. Könnte ich daher meine Freiheit zurückgewinnen, nachdem ich den hier üblichen sonderbaren Tribut bezahlt hätte, so würde ich Antinea gewiß, soweit ich kann, zufriedenstellen. Ich kenne den nachsichtigen Geist der Kirche und insbesondere des Ordens, in den ich eingetreten bin, gut genug: Mein Vorgehen würde zweifellos entschuldigt, vielleicht sogar gebilligt werden. Die heilige Maria aus Ägypten hat unter ähnlichen Umständen ihren Leib den Schiffern preisgegeben, und es gereichte ihr zum ewigen Ruhm. Sie war aber sicher, damit ihr gottgefälliges Ziel zu erreichen. Der Zweck heiligte die Mittel.

Bei mir liegen die Dinge ganz anders. Ob ich den Gelüsten dieser Dame nachgebe oder nicht, ich werde auf jeden Fall demnächst im roten Marmorsaal als Nummer 54 oder 55 katalogisiert, je nach dem, ob sie sich zuerst an mich oder an Sie wendet. Unter diesen Umständen...«

»Unter diesen Umständen?«

»Unter diesen Umständen wäre es für mich unverzeihlich, ihr zu Willen zu sein.«

»Was werden Sie also tun?«

»Was ich tun werde?...«

Morhange lehnte sich in seinem Sessel zurück, blies eine Rauchwolke an die Decke und erwiderte lächelnd:

»Nichts, und das ist genug. Sehen Sie, in dieser Beziehung ist der Mann der Frau unbestreitbar überlegen. Aufgrund seiner Konstitution kann er ganz einfach passiven Widerstand leisten. Das kann die Frau nicht.«

Und mit einem ironischen Blick fügte er hinzu:

»Gezwungen wird nur der, der das auch will.«

Ich senkte den Kopf.

»Ich habe«, fuhr er fort, »gegenüber Antinea alle Register der subtilsten Dialektik gezogen. Völlig vergebens. ›Warum aber‹, sagte ich schließlich, als alle Argumente aufgebraucht waren, ›warum nicht auch Le Mesge?‹ Sie fing an zu lachen und sagte: »Und warum nicht gleich Reverend Spardek? Le Mesge und Spardek sind Gelehrte, die ich hoch schätze, aber:

> Den eitlen Träumer laß auf ewig uns verfluchen,
> der als ein erster in verworfner Nüchternheit
> sich an dem Rätsel, dem verschloß'nen, zu versuchen
> die Liebe einen will mit Recht und Sittlichkeit. *

Und außerdem«, fügte sie mit ihrem wirklich bezaubernden Lächeln hinzu, »hast du wahrscheinlich weder den einen noch den anderen richtig angesehen.« Darauf folgten einige Komplimente über meine körperlichen Vorzüge, auf die ich nichts zu erwidern wußte, so sehr hatten mich jene Verse Baudelaires aus der Fassung gebracht.

Sie erzählte mir dann noch ein bißchen mehr: »Le Mesge ist mir als Gelehrter nützlich. Er kann Spanisch und Italienisch, ordnet meine Papiere und bemüht sich, meine göttliche Abstammung bis ins einzelne nachzuweisen. Reverend Spardek kann englisch und deutsch. Graf Bielowski beherrscht die slawischen Sprachen. Außerdem liebe ich ihn wie einen Vater. Er hat mich noch als Kind gekannt, zu einer Zeit, als ich noch nicht an jene Dinge dachte, von denen du weißt. Alle drei sind mir unentbehrlich im Umgang mit Besuchern verschiedener Nationalitäten, obgleich ich inzwischen selbst ganz gut die Sprachen spreche, die ich brauche... Doch ich rede und rede! Es ist das erste Mal, daß ich jemandem eine Erklärung über mein Verhalten gebe. Dein Freund ist weniger neugierig.« Daraufhin verabschiedete sie mich. Wirklich eine erstaunliche Frau! Man könnte meinen, sie sei eine Schülerin Renans **,

* Aus »Les fleurs du mal« von Baudelaire, in der Übersetzung von Karl Fischer, Luchterhand 1955.

** Ernest Renan, französischer Orientalist und Verfasser »leicht geschürzter« (Meyer's Lexikon) theologischer Werke (1823–1892) (A. d. Ü.)

aber mit mehr Erfahrung, was die rein körperliche Lust angeht, als ihr Lehrmeister.«

»Meine Herren, wo bleiben Sie denn«, rief Le Mesge, der plötzlich hereinstürmte, »man erwartet Sie zum Abendessen.«

Der kleine Professor von Mont-de-Marsan war an diesem Abend besonders heiter gestimmt. Er hatte sich eine neue violette Rosette ins Knopfloch gesteckt.

»Nun?« erkundigte er sich mit fast kindlichem Übermut. »Haben Sie sie gesehen?«

Weder Morhange noch ich antworteten.

Reverend Spardek und der Hetman von Schitomir hatten schon angefangen zu essen, als wir eintraten. Die sinkende Sonne warf ein himbeerfarbenes Licht auf die gelblichen Strohmatten.

»Nehmen Sie Platz, meine Herren«, rief Le Mesge übertrieben laut. »Leutnant de Saint-Avit, Sie waren gestern abend nicht unser Gast. Sie werden daher zum ersten Mal die Küche unseres Bambara-Kochs Kuku probieren. Ich bin gespannt, was Sie dazu sagen.«

Ein schwarzer Diener setzte mir einen prachtvollen Knurrhahn vor, der in einer Brühe von Tomaten und rotem Pfeffer schwamm. Ich sagte schon, wie ausgehungert ich war. Der Fisch war ausgezeichnet, aber die Soße machte durstig.

»Weißer Hoggar von 1879«, flüsterte mir der Hetman zu, während er meinen Becher mit einem schweren topasfarbenen Wein füllte. »Ich pflege ihn selbst: Er steigt nicht in den Kopf, höchstens in die Beine.«

Ich leerte meinen Becher in einem Zug. Bald erschien mir die ganze Abendgesellschaft in einem mehr als rosigen Licht.

»Nun, Herr Hauptmann«, rief Le Mesge meinem Freund zu, der friedlich seinen Knurrhahn verzehrte. »Was sagen Sie zu diesem Stachelfloßler? Er ist heute im See der Oase gefangen worden. Fangen Sie endlich an, die Hypothese vom Saharameer ernst zu nehmen?«

»Dieser Fisch ist allerdings ein Argument«, erwiderte mein Gefährte.

Plötzlich verstummte er. Die Tür hatte sich geöffnet, und ein weißer Targi trat ein. Auch die anderen Gäste schwiegen. Langsam trat der verschleierte Diener auf Morhange zu und berührte seinen rechten Arm.

»Gut«, sagte dieser, erhob sich und folgte dem Boten.

Die Kanne mit dem Hoggar 1879 stand zwischen mir und Graf Bielowski. Ich füllte meinen Becher – einen Becher, der einen halben Liter faßte – und leerte ihn hastig auf einen Zug. Der Hetman warf mir einen mitfühlenden Blick zu.

Le Mesge stieß mich mit dem Ellenbogen an und witzelte:

»Haha, Antinea respektiert die Rangordnung.«

Reverend Spardek lächelte verschämt.

»Haha, haha!« – Le Mesge verschluckte sich fast vor Kichern.

Mein Becher war leer. Einen Augenblick lang überlegte ich, ob ich ihn nicht dem Herrn Geschichtsprofessor an den Kopf werfen sollte. Dann hielt ich es aber für besser, ihn wieder zu füllen und auszutrinken.

»Herr Morhange kann diesen delikaten Hammelbraten nur noch in Gedanken genießen«, rief der Professor, immer anzüglicher werdend, und schob sich ein großes Stück Fleisch in den Mund.

»Da hat er auch nicht viel versäumt«, bemerkte der Hetman verdrießlich. »Das ist kein Braten, sondern das Horn eines Wildschafs. Kuku fängt wirklich an, uns auf den Arm zu nehmen.«

»Beklagen Sie sich beim Reverend«, erwiderte Le Mesge säuerlich. »Ich habe ihm oft genug gesagt, er soll sich andere Konfirmanden suchen als unseren Koch.«

»Herr Professor!« protestierte Spardek in gekränkter Würde.

»Und ich bestehe darauf!« schrie Le Mesge, der offenbar schon etwas angesäuselt war. »Ich rufe Herrn de Saint-Avit als Richter an. Er ist eben erst angekommen und daher ohne Vorurteil. Ich frage ihn daher: Hat man das Recht, einem Bambarakoch den Kopf zu verdrehen, indem man ihn den lieben langen Tag lang mit theologischen Vorträgen anödet, mit denen er absolut nichts anfangen kann?«

»Oh nein, Sie irren sich!« erwiderte der Geistliche betrübt. »Leider hat er eine Vorliebe für theologische Streitgespräche.«
»Kuku ist ein Faulpelz, der Colas nur zum Vorwand nimmt, um die Hände in den Schoß zu legen und unsere Schnitzel anbrennen zu lassen«, bemerkte der Hetman. »Es lebe der Papst!« rief er und füllte die Gläser in der Runde.
»Ich kann Ihnen nur sagen, dieser Bambara macht mir Sorgen«, fuhr Spardek mit großer Würde fort. »Wissen Sie, wie weit es schon mit ihm gekommen ist: Er leugnet die Transsubstantiation. Es fehlt nicht mehr viel, und er verfällt in den Irrglauben Zwinglis und Ökolampadius'. Kuku verleugnet die wahre Abendmahlslehre!«
»Mein Herr«, rief Le Mesge aufgebracht, »man sollte die Leute, die am Herd stehen, in Ruhe lassen. So hielt es Jesus, der wohl ein ebenso guter Theologe war wie Sie und dem es nie einfiel, Martha von ihren Kochtöpfen wegzulocken, um sie zu beschwatzen.«
»Sehr richtig«, bestätigte der Hetman.
Er hielt zwischen seinen Knien einen großen Krug und versuchte, ihn zu entkorken.
»Côtes Rôties, Côtes Rôties«, flüsterte er mir zu, als ihm das gelungen war. »Die Becher her!«
»Kuku leugnet die Transsubstantiation«, seufzte der Pastor und leerte betrübt sein Glas.
»Lassen Sie sie nur reden«, flüsterte mir der Hetman von Schitomir ins Ohr. »Sie sehen ja, sie sind total betrunken.«
Aber er selbst sprach auch schon mit schwerer Zunge und hatte ziemliche Mühe, meinen Becher halbwegs zu füllen.
Eigentlich wollte ich nichts mehr trinken. Aber dann mußte ich an Morhange denken:
»In diesem Augenblick ist er gerade dabei ... Er kann sagen, was er will ... Sie ist eine wunderschöne Frau.«
Ich griff nach dem Becher und leerte ihn in einem Zug.
Le Mesge und der Pastor verwickelten sich jetzt in eine hitzige theologische Diskussion. Sie warfen sich nacheinander das »Book of common Prayer«, die Erklärung der Menschenrechte und die

Bulle »Unigenitus« an den Kopf. Der Hetman als Mann von Welt behielt dabei die Oberhand: Was wieder einmal beweist, daß – selbst im stärksten Rausch – die Erziehung dem angelernten Wissen gegenüber eindeutig überlegen ist.
Graf Bielowski hatte sicherlich fünfmal mehr als der Professor und der Pastor getrunken. Aber er vertrug den Wein auch zehnmal besser.
»Lassen wir diese Trunkenbolde allein«, sagte er verächtlich. »Kommen Sie, mein Freund. Unsere Partner erwarten uns im Spielsaal.«

»Meine Damen und Herren«, rief der Hetman, als wir den Saal betraten, »erlauben Sie mir, Ihnen einen neuen Spielpartner vorzustellen, meinen Freund, Leutnant de Saint-Avit.«
»Laß mir diesen Spaß«, flüsterte er mir zu. »Es sind alles Diener des Hauses... Aber ich brauche diese Illusion, verstehst du.«
Erst jetzt merkte ich, daß auch er nicht mehr ganz nüchtern war.
Der Spielsaal war ein langer enger Schlauch. Ein großer niedriger Tisch, rings von Kissen umgeben, auf denen sich etwa ein Dutzend Eingeborene räkelten: Das war das ganze Mobiliar. An den Wänden zwei Stahlstiche, die einen etwas ungewöhnlichen Geschmack verrieten: Leonardos »Johannes der Täufer« und »Das Haus der letzten Patronen« von Alphonse de Neuville. Auf dem Tisch rote Tonbecher und ein schwerer Krug mit Palmenschnaps.
Unter den Anwesenden sah ich alte Bekannte wieder: Meinen Masseur, die verschrumpelte Alte, den Barbier, zwei oder drei andere weiße Tuareg, die ihre Schleier abgelegt hatten und genüßlich an ihren langen Pfeifen mit den Kupferdeckeln rauchten. Im Augenblick waren sie – offenbar in Erwartung von Besserem – in ein Kartenspiel vertieft. Zwei von Antineas schönen Hofdamen, Agida und Sidia, waren auch unter den Gästen. Ihre glatte goldbraune Haut schimmerte durch die silberdurchwirkten Schleier. Es tat mir leid, daß ich das rote Seidengewand der kleinen Tanit-Serga nirgends erblicken konnte. Wieder mußte ich an Morhange denken, aber nur einen kurzen Augenblick lang.

»Die Spielmarken her, Kuku!« befahl der Hetman. »Wir sind schließlich nicht zu unserem Vergnügen hier.«
Der Zwingli-Anhänger aus der Küche brachte ihm eine Schachtel voll bunter Spielmarken. Graf Bielowski zählte sie zuerst sorgfältig, dann teilte er sie in kleine Häufchen – alles mit einem ungeheuren Ernst.
»Die weißen sind einen Louis wert«, erklärte er mir, »die roten hundert, die gelben fünfhundert, die grünen tausend Franken. Ja, wir spielen hier nicht um Bagatellen. Aber das werden Sie gleich selbst sehen.«
»Ich nehme die Bank für 10000«, sagte der Küchen-Protestant.
»12000«, entgegnete der Hetman.
»13000«, rief Sidia, die mit einem verführerischen Lächeln auf einem Knie des Grafen saß und ihre Marken sorgsam zu kleinen Säulen aufschichtete.
»14000«, sagte ich.
»15000«, erhöhte Rosita, die verschrumpelte Schwarze mit greller Stimme.
»17000«, überbot sie der Hetman.
»20000«, entschied der Koch.
Und er wiederholte noch einmal laut und warf uns dabei einen herausfordernden Blick zu:
»20000! Ich nehme die Bank für 20000.«
Der Hetman konnte seine schlechte Laune nur mühsam verbergen. »Verflixter Kuku!« rief er. »Gegen diesen Kerl kommt man einfach nicht an. Sie werden sich in acht nehmen müssen, Leutnant.« Kuku hatte sich am Tischende auf die Knie gesetzt und mischte die Karten mit einer Schnelligkeit, die mich verblüffte.
»Ich hab es Ihnen ja gesagt: Hier wird gespielt wie in der schlimmsten Spielhölle«, bemerkte der Hetman voller Stolz.
»Faites vos jeux, meine Herren«, kreischte der Schwarze. »Faites vos jeux, meine Herren.«
»Nun warte doch, du Dummkopf«, sagte Bielowski. »Du siehst doch, daß die Gläser leer sind. Hierher, Kakambo.«
Der ewig lächelnde Masseur füllte uns sogleich die Becher.

»Heb ab«, sagte Kuku zu Sidia, dem schönen Targimädchen zu seiner Rechten.
Wohl aus Aberglauben hob Sidia mit der Linken ab. Es gab aber auch noch eine andere Erklärung: Mit der Rechten führte sie eben den Becher zum Mund. Ich sah, wie sich ihre zarte goldbraune Brust hob und senkte.
»Ich gebe«, sagte Kuku.
Wir saßen folgendermaßen: Links von Kuku der Hetman und Agida, deren Taille er mit der Ungeniertheit des echten Aristokraten umschlungen hielt, daneben Kakambo, eine Targifrau und zwei verschleierte Schwarze, die ernst und aufmerksam dasaßen. Rechts Sidia, ich, die alte Rosita, der Barbier Baruf, eine andere, mir unbekannte Frau und zwei andere weiße Tuareg, die ebenso andächtig das Spiel verfolgten wie die beiden links.
»Ich nehme«, sagte der Hetman.
Sidia lehnte ab.
Kuku zog die Karten, gab dem Hetman eine Vier und sich selbst eine Fünf.
»Acht«, rief Bielowski.
»Sechs«, entgegnete die hübsche Sidia.
»Sieben«, rief Kuku. »Ein Feld zahlt das andere«, fügte er ungerührt hinzu.
»Ich passe«, sagte der Hetman.
Kakambo und Agida taten das gleiche. Auf unserer Seite spielte übrigens niemand sehr hoch: Die verschrumpelte Schwarze zum Beispiel setzte nie mehr als 20 Franken auf einmal.
»Ich verlange die Gleichheit der beiden Felder«, sagte Kuku, durch nichts zu erschüttern.
»Dieser Mensch ist wirklich unerträglich«, knurrte der Graf. »Da. Bist du jetzt zufrieden?«
Kuku gab und legte Neun ab.
»Bei meiner Ehre!« schrie Bielowski. »Ich hatte die Acht...«
Ich hatte zwar zwei Könige, ließ mir jedoch meine Enttäuschung nicht anmerken. Rosita nahm mir die Karten aus der Hand. Ich betrachtete Sidia, die zu meiner Rechten saß. Ihr langes schwarzes

Haar fiel bis auf die Schultern hinunter. Sie war wirklich ein schönes Mädchen, wenn auch etwas betrunken, wie diese ganze komische Gesellschaft. Sie sah mich auch an, aber verstohlen, wie ein scheues Reh.
»Aha«, dachte ich. »Sie hat wahrscheinlich Angst. Offenbar steht auf meiner Stirn geschrieben: Privates Jagdgebiet.« Ich streifte ihren Fuß, den sie sofort zurückzog.
»Wer will Karten?« fragte Kuku.
»Ich nicht«, erwiderte der Hetman.
»Ich auch nicht«, sagte Sidia.
Der Koch zog eine Vier.
»Neun«, rief er.
»Das war meine Karte«, fluchte der Graf. »Und die Fünf, ich hatte die Fünf. Ach, hätte ich nur damals nicht seiner Majestät dem Kaiser Napoleon III versprochen, nie mehr die Fünf zu spielen. Es gibt wirklich Augenblicke, da fällt es mir verdammt schwer... Und dieser Hundesohn von einem Neger kommt sich jetzt als der Größte vor.«
So war es auch: Kuku raffte drei Viertel aller Spielmarken zusammen, erhob sich äußerst würdevoll und grüßte nach allen Seiten hin:
»Auf morgen, meine Herren.«
»Packt euch alle fort!« schrie der Hetman von Schitomir.
»Aber Sie bleiben doch noch, Herr de Saint-Avit, nicht wahr?« Als wir allein waren, goß er sich noch einen großen Becher Schnaps ein. Die Luft war so voller Tabakqualm, daß man kaum die Decke sehen konnte.
»Wie spät ist es?« fragte ich.
»Halb eins, aber Sie können mich doch jetzt nicht allein lassen, mein Junge, mein lieber Junge. Mir ist so traurig ums Herz.« Er fing an zu weinen. Seine grünen Frackschöße auf dem Kissen hinter ihm sahen aus wie zwei große Schmetterlingsflügel.
»Nicht wahr, Agida ist ein hübsches Kind?« sagte er noch immer unter Tränen. »Sie hat zwar eine etwas dunklere Haut, aber sie erinnert mich trotzdem immer an die Gräfin von Teruel, die

schöne Gräfin von Teruel, Mercedes. Sie wissen doch, die, die in Biarritz vor dem Jungfernfelsen just in dem Augenblick splitternackt badete, als Bismarck auf der Schiffsbrücke stand. Erinnern Sie sich nicht? Mercedes von Teruel?«
Ich zuckte die Achseln.
»Ach ja, ich vergaß, Sie waren damals noch zu jung. Wahrscheinlich erst zwei oder drei Jahre alt. Ein Kind. Ja, ein Kind. Ach, mein Junge, wenn ich daran denke, welche Zeiten ich erlebt habe. Und nun sitze ich mit diesen Wilden am Spieltisch... Ich muß Ihnen erzählen...«
Ich stand auf und versuchte, mich ihm zu entwinden.
»Bleib, bleib!« beschwor er mich. Ich will dir alles erzählen, was du willst, ich sage dir alles, wie ich hier herkam, Dinge, die ich noch nie einem anderen erzählt habe. Bleib, es drängt mich, einem wahren Freund mein Herz auszuschütten. Ich habe Vertrauen zu dir. Dir werde ich alles sagen. Du bist Franzose und ein Edelmann. Ich weiß, daß du ihr nichts weitersagen wirst.«
»Daß ich nichts weitersagen werde. Wem?«
»Ihr...«
Seine Stimme wurde unsicher. Ich glaubte, ein Zittern der Furcht darin zu bemerken.
»Wem – ihr?«
»Ihr..., Antinea«, flüsterte er.
Ich setzte mich wieder.

XIII

Die Geschichte des Hetmans von Schitomir

Graf Kasimir war an dem Punkt angelangt, an dem die Trunkenheit einen gewissen Ernst, eine Art von Zerknirschtheit annimmt.
Er besann sich eine Weile und begann dann diese Erzählung, deren farbige altertümliche Art ich hier leider nur unvollkommen wiedergeben kann.

»Wenn sich die neuen Muskattrauben in Antineas Gärten zu röten beginnen, werde ich achtundsechzig Jahre alt. Mein lieber Junge, es ist eine traurige Sache, in seiner Jugend alles vorweggenommen zu haben. Und es stimmt nicht, daß das Leben ein beständiger Wiederanfang ist. Wie bitter für jemanden, der die Tuilerien von 1860 gekannt hat, hierher verschlagen zu werden.
Eines Abends, kurz vor dem Krieg (ich weiß, Victor Noir lebte damals noch), gestanden mir einige reizende Frauen, deren Namen ich hier verschweige (von Zeit zu Zeit lese ich die Namen ihrer Söhne in der Gesellschaftschronik des ›Gaulois‹), sie würden so gern einmal die wirkliche Demi-Monde kennenlernen. Ich führte sie daher zu einem Ball in der Grande Chaumière. Dort verkehrte ein Publikum von Möchtegern-Künstlern, Studenten und Dirnen. In der Mitte des Lokals tanzten mehrere Paare den Cancan, daß die Lüster zitterten. Besonders auffallend war ein kleiner, brünetter junger Mann, der einen schlecht geschnittenen Gehrock und eine karierte Hose trug, die sicherlich von keinem Träger gehalten wurde. Er schielte, hatte einen struppigen Bart und klebriges Haar, das an Karamelbonbons erinnerte. Die Sprünge, die er machte, waren geradezu aufsehenerregend. Die Damen wollten seinen Namen wissen. Er hieß Léon Gambetta.

Wenn ich heute daran denke, daß ich mit einem einzigen Pistolenschuß damals diesen schmierigen Advokaten hätte niederstrecken können. Mein Glück und das meiner Wahlheimat wäre für immer gesichert gewesen; denn, mein teurer Freund, ich bin Franzose aus Neigung, wenn auch nicht von Geburt.

Ich bin 1829 in Warschau geboren; mein Vater war Pole und meine Mutter Russin, genauer gesagt Wolhynin. Von ihr erbte ich meinen Titel eines Hetmans von Schitomir. Er wurde mir auf die Bitte meines erhabenen Herrn, Napoleons III., von Zar Alexander II. neu verliehen, als dieser Paris besuchte.

Aus politischen Gründen, die man nur erklären könnte, wenn man die ganze Geschichte des unglücklichen Polens aufrollte, verließ mein Vater, Graf Bielowski, Warschau im Jahre 1830 und ließ sich in London nieder. Nach dem Tod meiner Mutter begann er, sein ungeheures Vermögen langsam zu verschleudern, aus Kummer, wie er mir sagte. Als er zur Zeit der Affäre Pritchard starb, hinterließ er mir kaum 1000 Pfund Sterling an Rente und zwei oder drei Spieltischtricks, die sich jedoch später als unbrauchbar erwiesen.

An die Zeit, als ich neunzehn, zwanzig Jahre alt war, erinnere ich mich immer besonders gern. Binnen kurzem brachte ich dieses kleine Erbe bis auf den letzten Penny durch. London war damals wirklich eine entzückende Stadt. Ich hatte mir in Piccadilly eine ganz hübsche Junggesellenwohnung eingerichtet.

> Piccadilly! Shops, palaces, bustle and breeze
> The whirling of wheels, and the murmur of trees. *

Fuchsjagden in der Briska **, Spazierfahrten im Buggy ***, Empfänge und Feste, ganz abgesehen von den galanten Vergnügungen

* Piccadilly! Läden, Paläste, geschäftiges Treiben,
das Klappern der Räder und das Rauschen der Bäume.

** Aus dem Russischen: Ein leichter Wagen, der auch in einen Schlitten verwandelt werden kann. (A. d. Ü.)

*** Ungedeckter Einspänner mit zwei hohen Rädern. (A. d. Ü.)

mit den leichten Schönen von Drury-Lane nahmen meine ganze Zeit in Anspruch. Ach, ich vergaß ja das Wichtigste: das Spiel. Ein Gefühl kindlicher Pietät trieb mich dazu, die Spieltricks meines verstorbenen Herrn Vaters auszuprobieren. Das Spiel wurde auch zur Ursache des Ereignisses, von dem ich jetzt erzählen will und durch das mein Leben eine so merkwürdige Wendung nehmen sollte.

Mein Freund Lord Malmesbury hatte mich schon des öfteren aufgefordert: ›Sie müssen mich einmal zu Miß Howard begleiten, einer ganz reizenden Dame, die in der Oxford-Street 277 wohnt.‹ Eines Abends gab ich nach. Es war am 22. Februar 1848. Die Herrin des Hauses bezauberte alle durch ihre Schönheit, und die Gäste waren sehr liebenswürdig. Ich traf auch einige alte Bekannte wieder: Lord Clebden, Lord Chesterfield, Sir Francis Mountjoye, Major der 2. Life-Guards, und den Grafen d'Orsay. Es wurde gespielt und anschließend unterhielt man sich über Politik. Die Ereignisse in Frankreich waren das Hauptthema der Gespräche, und man diskutierte endlos über die Folgen des Aufstands, der am Morgen dieses Tages in Paris ausgebrochen war, weil man dort ein Reform-Bankett *im zwölften Arrondissement untersagt hatte. Der Telegraph hatte diese Nachricht soeben übermittelt. Bis dahin hatte mich Politik herzlich wenig interessiert. Und es ist mir heut noch ein Rätsel, wie ich plötzlich darauf kam, mit dem ganzen Eifer meiner neunzehn Jahre zu behaupten, die neuesten Nachrichten aus Paris bedeuteten die Republik für morgen und das Kaiserreich für übermorgen...

Die Gäste quittierten meine Worte mit diskretem Lächeln, und ihre Blicke richteten sich auf einen unter ihnen, der als fünfter an einem Bouillottetisch saß, an dem man eben die Partie beendet hatte.

Auch dieser Gast lächelte. Er stand auf und trat auf mich zu. Er war von mittlerer Größe, eher klein und trug einen blauen Geh-

* Bei dem die Gegner der Republik ihre Forderungen bekanntmachen wollten. (A. d. Ü.)

rock. Sein Blick hielt einen nicht fest, sondern schweifte in die Ferne.
Alle Anwesenden beobachteten diese Szene mit sichtlichem Vergnügen.
›Mit wem habe ich die Ehre?‹ fragte er mit sehr leiser, sanfter Stimme.
›Graf Kasimir Bielowski‹, erwiderte ich etwas scharf, um ihm zu zeigen, daß der Altersunterschied kein Grund sei, um seine Frage zu rechtfertigen.
›Nun, mein lieber Graf, ich hoffe, Ihre Prophezeiung geht in Erfüllung, und vielleicht sieht man Sie dann auch einmal in den Tuilerien«, sagte lächelnd der Gast in dem blauen Gehrock.
Endlich fiel es ihm auch ein, sich vorzustellen; er setzte hinzu:
›Prinz Louis Napoleon Bonaparte.‹

Ich habe keine aktive Rolle bei dem Staatsstreich gespielt und bedaure es auch nicht. Mein Grundsatz ist, daß ein Fremder sich nicht in die inneren Unruhen eines Landes einmischen sollte. Der Prinz verstand diese Zurückhaltung und vergaß den jungen Mann nicht, der sich als ein so guter Prophet erwiesen hatte.
Ich war einer der ersten, den er ins Elysée berief. Eine ausgesprochen verleumderische Anspielung in ›Napoléon le Petit‹* trug noch dazu bei, mein Glück endgültig zu besiegeln. Ein Jahr später, nach der Ermordung von Erzbischof Sibour, wurde ich zum Kammerherrn ernannt, und der Kaiser war so gütig, mich mit der Tochter des Marschalls Repeto, Herzogs von Mondovi, zu verheiraten.
Ich muß jedoch gestehen, diese Verbindung war nicht ganz, was sie hätte sein sollen. Die Gräfin war zehn Jahre älter als ich, ein zänkisches, nicht gerade hübsches Weibsbild. Außerdem hatte ihre Familie auf Gütertrennung bestanden. Ich aber hatte zu jener Zeit nur noch die 25000 Franken Gehalt als Kammerherr. Ein

* Von Victor Hugo, der als politischer Gegner Napoleons III. in die Verbannung gehen mußte und dort Haßgedichte auf ihn verfaßte. (A. d. Ü.)

trauriges Los für einen Mann, der in der Gesellschaft des Grafen d'Orsay und des Herzogs de Gramont-Caderousse verkehrte. Ohne das Wohlwollen des Kaisers wäre ich verloren gewesen.

An einem Frühjahrsmorgen im Jahre 1862 war ich gerade in meinem Arbeitszimmer mit der Korrespondenz beschäftigt. Darunter befand sich ein Brief seiner Majestät, der mich für vier Uhr in die Tuilerien berief, und eine Nachricht von Clementine, daß sie mich um fünf Uhr erwarte. Clementine, das war das reizende Geschöpf, für das ich mich damals in ziemliche Unkosten gestürzt habe. Ich war auf meinen Erfolg bei Clementine besonders stolz, weil ich sie eines Abends in der Maison Dorée dem Fürsten von Metternich weggeschnappt hatte, der sehr verliebt in sie war. Der ganze Hof beneidete mich um diese Eroberung. Ich war daher moralisch gezwungen, nun selbst für ihren Unterhalt aufzukommen. Aber Clementine war ja so bezaubernd! Der Kaiser selbst... Die übrigen Briefe waren leider Gottes alles Rechnungen der Lieferanten des holden Kindes, die sie immer wieder, trotz meiner zaghaften Vorhaltungen, in meine eheliche Wohnung schicken ließ.
Im ganzen machten sie etwas mehr als 40000 Franken aus. Kleider und Ballgarderobe aus dem Haus Gagelin-Opigès, 23 Rue Richelieu; Hüte und Haarschmuck von Madame Alexandrine, 14 Rue d'Antin; feine Unterwäsche von Madame Pauline, 100 Rue de Cléry; Litzen und Handschuhe von Joséphine aus der ›Ville de Lyon‹, 6 Rue de la Chaussée-d'Antin; Seidentücher aus der ›Malle des Indes‹; Taschentücher von der Compagnie Irlandaise; Spitzen aus dem Haus Ferguson; Lait Antéphelique von ›Candes‹... Diese Körperlotion von ›Candes‹ verblüffte mich am meisten. Auf der Rechnung standen 51 Flaschen. 637 Franken 50 für diese Lait Antéphelique! Damit konnte man ein ganzes Schwadron von Leibgardisten einreiben!
›So geht das nicht weiter‹, murmelte ich und stopfte die Rechnungen in meine Tasche.
Zehn Minuten vor vier trat ich durch das Tor der Tuilerien. Im Adjudantensaal traf ich Bacciocchi.

›Der Kaiser ist erkältet‹, sagte er zu mir. ›Er hütet das Zimmer, hat aber Befehl gegeben, Sie sofort vorzulassen, wenn Sie erscheinen. Kommen Sie.‹
Seine Majestät stand in einem geschnürten Leibrock und in weiten Kosakenhosen gedankenverloren an einem Fenster. Das blasse Grün der Tuilerien schimmerte in dem lauen sanften Regen.
›Ach, da bist du ja‹, sagte Napoleon. ›Nimm dir eine Zigarette. Ich hab gehört, ihr habt gestern abend im Château des Fleurs ganz schön über die Stränge geschlagen, du und Gramont-Caderousse.‹
Ich erwiderte mit einem selbstzufriedenen Lächeln:
›Wie, Ihre Majestät wissen bereits...‹
›Ich weiß, aber sicher noch nicht alles.‹
›Kennen Majestät schon Gramonts neuestes Bonmot?‹
›Nein, aber nun erzähl mal.‹
›Also, es war so. Wir waren fünf oder sechs, ich, Viel-Castel, Gramont, Persigny...‹
›Persigny?‹ unterbrach mich der Kaiser. ›Nach allem, was man sich in Paris von seiner Frau erzählt, sollte er mit Gramont besser nicht mehr verkehren.‹
›Das war es ja, Sire. Also, Persigny war offensichtlich mit seinen Nerven ziemlich am Ende. Er fing an, sich über die Herzogin zu beklagen und welch Kummer ihr Lebenswandel ihm bereite.‹
›Nicht gerade sehr taktvoll‹, murmelte der Kaiser.
›Ganz richtig, Sire. Und wissen Sie nun, was Gramont ihm daraufhin sagte?‹
›Was denn?‹
›Er rief: »Herzog, ich verbiete Ihnen, in meiner Gegenwart meine Geliebte zu beleidigen.«‹
›Gramont geht ein bißchen weit‹, bemerkte Napoleon mit einem Lächeln.
›Das fanden wir auch, Sire, sogar Viel-Castel, obwohl er sich insgeheim sehr darüber amüsierte.‹
›Da fällt mir ein‹, bemerkte der Kaiser nach kurzem Schweigen,

›ich vergaß, mich nach dem Befinden der Gräfin Bielowski zu erkundigen.‹
›Es geht ihr gut, Sire. Danke der Nachfrage.‹
›Und Clementine? Noch immer so charmant?‹
›Gewiß, Sire, aber...‹
›Ich hab gehört, Baroche habe sich unsterblich in sie verliebt.‹
›Das ist zwar sehr schmeichelhaft, Sire. Aber es kommt mich auch teuer zu stehen.‹
Und mit diesen Worten zog ich die Rechnungen aus der Tasche, die am Morgen gekommen waren, und legte sie vor dem Kaiser auf den Tisch.
Er warf einen flüchtigen Blick darauf und bemerkte lächelnd: ›Also wenn es weiter nichts ist. Darum kümmere ich mich schon. Ich muß dich nämlich auch um einen Gefallen bitten.‹
›Ich stehe Majestät ganz zur Verfügung.‹
Er läutete.
›Lassen Sie Herrn Mocquard kommen.‹
›Ich bin erkältet‹, fügte er hinzu. ›Mocquard wird dir alles erklären.‹
Der Privatsekretär des Kaisers trat ein.
›Mocquard‹, sagte Napoleon. ›Sie wissen, was ich von Bielowski erwarte. Erklären Sie ihm die Sache.‹
Damit wandte er sich ab und trommelte mit den Fingern an die Fensterscheibe, gegen die jetzt der Regen prasselte.
›Lieber Graf‹, sagte Mocquard und setzte sich mir gegenüber, ›es ist ganz einfach. Sie haben bestimmt schon von diesem Henri Duveyrier gehört, einem begabten jungen Forschungsreisenden?‹
Ich schüttelte den Kopf, einigermaßen verblüfft über diese Frage.
›Duveyrier‹, fuhr Mocquard fort, ›ist vor kurzem von einer besonders abenteuerlichen Reise in den Süden Algeriens und die Sahara nach Paris zurückgekehrt. Vivien de Saint-Martin, den ich vor ein paar Tagen traf, erzählte mir, die Geographische Gesellschaft habe vor, ihm dafür die große Medaille in Gold zu verleihen. Nun hat Duveyrier im Verlauf dieser Reise mit den Stammesfürsten

eines Volkes Beziehungen angeknüpft, das sich bisher dem Einfluß der französischen Armee erfolgreich entzogen hat, nämlich der Tuareg.‹

Ich sah den Kaiser an und muß wohl derart verdutzt dreingeschaut haben, daß er anfing zu lachen.

›Hör nur weiter‹, sagte er.

›Duveyrier hat erreicht, daß eine Abordnung dieser Stammesfürsten nach Paris kommt, um Seiner Majestät ihre Aufwartung zu machen. Dieser Besuch kann äußerst wichtige Konsequenzen haben, und der Herr Kolonialminister ist überzeugt, sie zur Unterzeichnung eines Handelsvertrags bewegen zu können, der unseren Landsleuten besondere Vorteile garantiert. Und diese Fürsten, fünf an der Zahl, unter denen sich Scheich Otman, der Amenokal oder Sultan des Stammes der Asdscher befindet, treffen morgen früh in der Gare de Lyon an. Duveyrier wird sie dort abholen, aber der Kaiser hat gedacht, man könnte außerdem ...‹

›Ich habe mir gedacht‹, unterbrach ihn Napoleon III., den meine ratlose Miene offenbar sehr amüsierte, ›es wäre nur korrekt, wenn einer meiner Kammerherrn diese muslimischen Würdenträger bei ihrer Ankunft begrüßt. Aus diesem Grund hab ich dich auch kommen lassen, mein armer Bielowski. Du mußt keine Angst haben‹, setzte er, laut herauslachend, hinzu. ›Duveyrier ist ja bei dir und du sollst dich nur um die gesellschaftliche Seite des Empfangs kümmern. Du wirst diese Imams zu dem Mittagessen begleiten, das ich ihnen morgen in den Tuilerien gebe, und ihnen dann am Abend – natürlich sehr diskret, wegen ihrer strengen religiösen Vorschriften – einen Einblick in das Pariser Gesellschaftsleben verschaffen. Aber übertreib die Sache nicht. Vergiß nicht, in der Sahara sind sie hohe religiöse Würdenträger. Ich verlasse mich ganz auf deinen Takt und lasse dir freie Hand. Mocquard!‹

›Sire?‹

›Sie werden dem Grafen Bielowski die nötigen Mittel zum Empfang der Tuareg-Delegation zur Verfügung stellen und sie dem Budget des Außenministeriums und dem der Kolonien je zur Hälfte belasten. Mir scheinen für den Anfang 100000 Franken ausreichend... Sollte der Graf gezwungen sein, diesen Betrag zu überschreiten, braucht er Sie bloß zu benachrichtigen.‹

Clementine bewohnte in der Rue Boccador einen kleinen maurischen Pavillon, den ich für sie dem Grafen Lesseps abgekauft hatte. Sie lag im Bett, als ich kam, und brach bei meinem Anblick in Tränen aus.
›Ach, was haben wir bloß angestellt‹, schluchzte sie, ›wie konnten wir nur so unvorsichtig sein!‹
›Clementine, was ist denn passiert?‹
›Ach, was haben wir getan, was haben wir getan!‹ rief sie unter Tränen, während sie mich unter ihrer schwarzen Haarflut fast begrub und sich mit ihrem warmen, nach Eau de Nanon duftenden Körper an mich preßte.
›Was um Himmels willen ist denn geschehen?‹
Sie flüsterte mir etwas ins Ohr.
›Nein!‹, rief ich bestürzt. ›Bist du sicher?‹
›Und ob ich sicher bin.‹
Ich war wie vor den Kopf geschlagen.
›Du scheinst nicht sehr erfreut darüber zu sein‹, bemerkte sie ziemlich spitz.
›Aber nein, Clementine, wie kannst du das nur denken, nur... Ich bin sehr glücklich, glaub mir.‹
›Beweis es mir: Laß uns morgen den ganzen Tag zusammen verbringen.‹
›Morgen‹, rief ich, ›unmöglich!‹
›Warum?‹ fragte sie argwöhnisch.
›Weil ich morgen einer Tuareg-Delegation als Fremdenführer dienen muß... Befehl des Kaisers.‹
›Was für einen Bären willst du mir da aufbinden?‹ erwiderte Clementine.
Nun gleicht leider nichts einer Lüge so sehr wie die Wahrheit. Ich wiederholte Clementine fast Wort für Wort, was ich soeben von Mocquard erfahren hatte. Sie hörte mir mit einer Miene zu, die so viel bedeutete wie: Nicht mit mir, mein Lieber.

Ich war schließlich so wütend, daß ich ihr vorschlug: ›Dann komm doch und sieh selbst! Morgen esse ich mit ihnen zu Abend. Ich lade dich ein.‹

›Und ich werde ganz gewiß kommen‹, erwiderte Clementine sehr würdevoll.

Zugegeben, ich habe in diesem Augenblick nicht richtig reagiert. Aber nach einem solchen Tag... Rechnungen für über 40000 Franken gleich nach dem Frühstück. Die nicht gerade verlockende Aussicht, am nächsten Tag fünf Wilde in Paris herumführen zu müssen. Und dann noch die Nachricht, demnächst Vater eines unehelichen Kindes zu werden...

›Schließlich hat der Kaiser es mir doch ausdrücklich befohlen‹, dachte ich auf dem Nachhauseweg. ›Ich soll den Tuareg einen Einblick in das gesellschaftliche Leben von Paris geben. Clementine bewegt sich sehr gewandt in diesen Kreisen, und im Augenblick darf man sie nicht reizen. Ich werde für morgen abend ein Chambre Séparée im Café de Paris reservieren und Gramont und Viel-Castel bitten, ihre reizenden Maitressen mitzubringen. Es wird ein Heidenspaß sein zu beobachten, wie sich diese Wüstensöhne in solch einer galanten Gesellschaft benehmen.‹

Der Zug aus Marseille kam um zehn Uhr zwanzig an. Auf dem Bahnsteig traf ich Duveyrier, einen braven jungen Mann von dreiundzwanzig Jahren mit blauen Augen und blondem Schnurrbart. Die Tuareg fielen ihm beim Aussteigen um den Hals. Er hatte zwei Jahre lang mit ihnen unter einem Zelt am Ende der Welt gelebt. Er stellte mich dem Ältesten, dem Scheich Otman, und den vier anderen vor: gutaussehende Männer in blauem Baumwollgewand und mit roten Lederamuletten. Gott sei Dank sprachen alle ein halbwegs französisches Kauderwelsch, so daß man sich ganz gut verständigen konnte.

Wir hatten ein dichtgedrängtes Programm: das Mittagessen in den Tuilerien, am Nachmittag Besuche im Museum, im Rathaus, in der kaiserlichen Buchdruckerei. Jedesmal schrieben die Tuareg ihren Namen in das goldene Besucherbuch. Das wollte kein Ende nehmen. Denn der vollständige Name von Scheich Otman zum

Beispiel lautete: Otman-ben-el-Hadsch-el-Bekri-ben-el-Hadsch-el-Fakki-ben-Mohammed-Buja-ben-si-Achmed-es-Suki-ben-Machmud*. Und es gab fünf Namen dieser Art!
Dennoch war ich ausgezeichneter Laune, denn auf den Boulevards und überall war unser Erfolg kolossal. Im Café de Paris um halb sieben Uhr abends ging es dann erst richtig los. Die etwas angeheiterte Delegation umarmte mich stürmisch: Bono Napoleon, bono Eugenie, bono Kasimir. Gramont Caderousse und Viel-Castel saßen schon in der Nummer 8 mit Anna Grimaldi von den Folies-Dramatiques und Hortense Schneider von den Varietés. Beide waren so bezaubernd, daß es einem schier den Atem verschlug. Als jedoch meine reizende Clementine eintraf, verblaßten selbst sie neben ihr. Ich muß dir unbedingt ihr Kleid beschreiben: Eine Abendrobe aus weißem Tüll über einem dunkelblauen Tarlatanrock**. Der weite plissierte Tüllrock war auf jeder Seite mit grünen Blättergirlanden gerafft, durch die sich rosa Winden zogen, so daß man vorn und auf der Seite den Tarlatanrock darunter sah. Die Girlanden gingen bis zum Gürtel hoch, und zwischen zwei Zweigen waren lange rosa Satinschleifen befestigt. Das enge Oberteil war großzügig ausgeschnitten und hatte einen losen Spitzenbesatz. Auf dem Kopf trug sie einen Diademkranz aus rosa Blüten. Zwei lange Blättergewinde waren in das lange schwarze Haar geflochten und fielen ihr in den Nacken. Als Umhang trug sie eine Art goldgestickten Bischofsmantel aus blauem Kaschmir, der mit weißem Satin gefüttert war.
Soviel Glanz und Schönheit erregte sofort die Aufmerksamkeit der Tuareg, und ganz besonders die des Nachbarn zur Rechten von Clementine, El Hadj-ben-Gemama, dem Bruder von Scheich Otman, dem Amenokal seines Stammes. Schon bei der Wildbretsuppe, die mit Tokaier begossen wurde, war er hingerissen. Als

* Im goldenen Buch der Nationaldruckerei habe ich die Namen der Tuareg-Fürsten und ihrer Begleiter Henri Duveyrier und Graf Bielowski durch Zufall entdeckt. (Fußnote von Leroux)
** Ein baumwollener Gaze-Stoff (A. d. Ü.)

man die eingemachten Früchte aus Martinique in Likör anbot, zeigte er ihr bereits ganz deutlich seine leidenschaftliche Verehrung. Beim Zypernwein schließlich konnte es nicht mehr den mindesten Zweifel an seinen Gefühlen geben. Hortense stieß mich mit dem Fuß unter dem Tisch an. Gramont, der dasselbe bei Anna versuchen wollte, irrte sich dabei in der Richtung und erntete den entrüsteten Protest eines Targi. Als es Zeit wurde, zum Ball Mabille aufzubrechen, war uns allen jedenfalls klar, was unsere Besucher vom Verbot des Propheten bezüglich des Alkohols hielten.
Während im Mabille Clementine, Gramont, Anna, Hortense, Viel-Castel und die drei Tuareg den neuesten Tanz, einen Galopp, tanzten, nahm mich Scheich Otman beiseite und vertraute mir mit sichtlicher Befriedigung eine Botschaft an, mit der ihn sein Bruder betraut hatte.

Am nächsten Morgen begab ich mich schon früh zu Clementine.
›Mein Kind‹, sagte ich ihr, nachdem es mir mit Mühe gelungen war, sie zu wecken, ›hör zu, ich muß ernst mit dir reden.‹ Sie rieb sich verschlafen die Augen.
›Wie findest du diesen jungen arabischen Herrn, der sich gestern so sehr um dich bemüht hat?‹
›Nun... nicht übel‹, bemerkte sie errötend.
›Weißt du, daß er in seinem Land unumschränkter Herrscher ist und sein Reich fünf- oder sechsmal so groß ist wie das unseres erhabenen Kaiser Napoleons III.?‹
›Er hat mir so etwas angedeutet‹, erwiderte sie plötzlich hellwach.
›Sag mal, würde es dir nicht gefallen, bald selbst auf einem Thron zu sitzen, so wie unsere erhabene Herrscherin, die Kaiserin Eugenie?‹
Clementine sah mich sprachlos an.
›Sein eigener Bruder, Scheich Otman, hat mich in seinem Namen um meine Fürsprache bei dir gebeten.‹
Clementine schwieg, ebenso verblüfft wie geschmeichelt.
›Ich und Kaiserin‹, stammelte sie schließlich.

›Du mußt dich nur entscheiden. Er will deine Antwort vor Mittag haben. Bist du einverstanden, essen wir zusammen bei Voisin zu Mittag und besiegeln die Sache.‹

Ich sah, daß Clementines Entschluß bereits feststand, aber sie hielt sich für verpflichtet, mir gegenüber etwas Zartgefühl zu zeigen.

›Ja und du‹, seufzte sie. ›Ich kann dich doch nicht so verlassen!‹

›Mach keinen Unsinn, mein Kind‹, sagte ich, sanft auf sie einredend. ›Du weißt vielleicht nicht, daß ich ruiniert bin, und zwar völlig. Ich weiß noch nicht einmal, wie ich morgen deine Lait Antéphelique bezahlen soll.‹

›Ach ja‹, bemerkte sie voller Mitgefühl und fügte dann nachdenklich hinzu: ›Und... das Kind?‹

›Welches Kind?‹

›Nun... unser Kind.‹

›Ach richtig! Setz es mit auf die Rechnung. Ich bin sicher, Scheich Achmed findet am Ende gar, daß es ihm ähnlich sieht.‹

›Dir fällt zu allem immer ein Scherz ein‹, erwiderte sie, halb lachend und halb weinend.

Am nächsten Tag verließen die fünf Tuareg und Clementine Paris mit dem Expreßzug nach Marseille. Strahlend stützte sich die künftige Herrscherin auf Scheich Achmeds Arm, der sich vor Freude nicht zu fassen wußte.

›Gibt es viele Modegeschäfte in unserer Hauptstadt?‹ fragte sie neugierig ihren Verlobten.

Der antwortete mit einem breiten Lachen unter seinem Schleier: ›Besef, besef, bono, bono.‹

Als es Abschied nehmen hieß, wurde Clementine doch ein wenig rührselig.

›Kasimir, hör zu, du bist immer gut zu mir gewesen. Ich bin bald Königin. Wenn du je hier Schwierigkeiten hast, versprich mir, schwör mir...‹

Der Scheich hatte verstanden. Er zog einen Ring von seinem Finger und steckte ihn an meine Hand.

›Sidi Kasimir Kamerad‹, versicherte er eindringlich. ›Du uns besu-

chen. Ring Sidi Achmed nehmen, überall zeigen. Im Hoggar alle Kamerad. Bono Hoggar, bono.‹
Als ich den Bahnhof verließ, hatte ich ganz und gar den Eindruck, eine sehr gelungene Komödie inszeniert zu haben.«

Der Hetman von Schitomir war inzwischen völlig betrunken. Ich hatte große Mühe, das Ende seiner Geschichte zu verstehen, vor allem, weil er zwischendurch ständig Strophen aus Jacques Offenbachs Erfolgsoperetten trällerte:

Als sie sich dem Wald zuwenden,
tritt ein schöner Mann heraus,
einen Apfel in den Händen,
Freundchen, mal das Bild dir aus!

»Für wen, glaubst du, war die Schlacht bei Sedan wohl die unangenehmste Überraschung? Natürlich für Kasimir, den kleinen Kasimir. Bis zum fünften September hatte er 5000 Louis zu bezahlen und nicht einen Sou in der Tasche. Ich raffte meinen Hut und meinen Mut zusammen und eilte zu den Tuilerien. Es war natürlich kein Kaiser mehr da, aber wenigstens noch eine Kaiserin. Sie war immer so gut zu mir gewesen. Ich fand sie allein – ja, in einer solchen Situation machen sich die Leute schnell auf und davon –; nur der Senator, Herr Mérimée, war bei ihr, der einzige Literat, den ich je gekannt habe, der zugleich Weltmann war. ›Madame‹, sagte er gerade zu ihr, ›lassen Sie alle Hoffnung fahren. Thiers, den ich auf dem Pont-Royal getroffen habe, läßt nicht mit sich verhandeln.‹
›Madame‹, sagte ich und küßte ihr die Hand, ›ich hoffe, Ihre Majestät werden immer wissen, wo ihre wahren Freunde zu finden sind.‹

Evoë, um zu gefallen
einem hübschen jungen Mann,
Evoë, wenden die Himmlischen oft seltsame Mittel an,
wenden sie seltsame Mittel an.

Ich kehrte zurück in meine Wohnung in der Rue de Lille. Unterwegs begegnete ich der Kanaille, die auf dem Weg vom Parlament ins Rathaus war. Mein Entschluß war gefaßt.
›Madame‹, sagte ich zu meiner Frau, ›wo sind meine Pistolen?‹
›Was ist geschehen?‹ fragte sie entsetzt.
›Alles ist verloren. Nur die Ehre kann ich noch retten. Ich lasse mein Leben auf den Barrikaden.‹
›Oh, Kasimir‹, schluchzte sie und fiel mir um den Hals, ›wie sehr habe ich Sie verkannt. Können Sie mir verzeihen?‹
›Ich verzeihe Ihnen, Aurélie‹, erklärte ich würdevoll und gerührt, ›auch ich habe mir manches vorzuwerfen.‹
Ich riß mich von dieser Trauerszene los. Es war sechs Uhr. In der Rue du Bac winkte ich einen Kutscher herbei, der offensichtlich auf Kundschaft lauerte, und rief ihm zu:
›Zwanzig Franken Trinkgeld, wenn du es schaffst, rechtzeitig zum Zug nach Marseille um 6 Uhr 37 zum Bahnhof zu kommen.‹«
Mehr konnte der Hetman von Schitomir nicht mehr sagen. Er hatte sich in die Kissen gerollt und schlief wie ein Toter.
Etwas unsicheren Schritts ging ich hinüber zu dem großen Flügelfenster.
Blaßgelb stieg die Sonne hinter den tiefblauen Bergen auf.

XIV

Stunden der Erwartung

Saint-Avit erzählte mir mit Vorliebe seine abenteuerliche Geschichte des Nachts. Er teilte sie in kleine, streng chronologisch aufgebaute Abschnitte ein und griff niemals jenen dramatischen Ereignissen vor, deren tragisches Ende ich bereits kannte. Er tat das sicherlich nicht aus Effekthascherei. Nein, eine solch berechnende Absicht lag ihm fern. Ich glaube eher, er suchte dadurch seine ungeheure Nervosität zurückzudrängen, die diese Erinnerungen bei ihm auslösten.

Eines Abends war gerade die Post aus Frankreich eingetroffen. Die Briefe, die uns der Feldwebel gebracht hatte, lagen noch ungeöffnet auf dem kleinen Tisch. In dem blassen Lichtschein der Petroleumlampe konnte man die Handschriften der Adressen erkennen. Oh, das triumphierende Lächeln Saint-Avits, als ich mit einer einzigen Handbewegung den ganzen Stoß Briefe zurückschob und ihn bat:

»Erzähl weiter.«

Und er ließ sich nicht lange bitten.

»Du kannst dir nicht vorstellen, in welchem Zustand ich von jenem Tag an war, an dem der Hetman von Schitomir mir seine Geschichte erzählt hatte, bis zu jenem anderen, als ich wieder Antinea gegenüberstand. Ich wanderte wie im Fieber umher. Das Erstaunlichste jedoch war, der Gedanke, sozusagen zum Tod verurteilt zu sein, hatte damit am wenigsten zu tun. Im Gegenteil, dieses Fieber rührte viel eher daher, daß ich mit größter Ungeduld das Ereignis erwartete, das meinen Untergang besiegeln sollte: Antineas Befehl, vor ihr zu erscheinen. Aber dieser Befehl ließ auf sich warten. Und daraus entstand meine krankhafte Ungeduld.

Hatte ich überhaupt während dieser Stunden einen Augenblick klarer Besinnung? Ich glaube nicht. Ich kann mich nicht daran erinnern, je gedacht zu haben: Hast du denn keinen Funken Ehrgefühl? Da bist du nun in diese unglückliche Situation geraten und tust nicht nur nichts, um dich aus ihr zu befreien, nein, du segnest noch dein Sklavendasein und sehnst deinen Untergang herbei.«
Ich bemäntelte nicht einmal mehr diesen Wunsch, hierbleiben und dieses Abenteuer bis zum Ende durchstehen zu wollen. Ich hätte ja durchaus eine Ausrede dafür finden können, zum Beispiel, daß ich ohne Morhange keinen Fluchtversuch unternehmen wolle. Und wenn seine Abwesenheit mich auch mit einer dumpfen Unruhe erfüllte, so aus ganz anderen Gründen als dem Wunsch, ihn gesund und munter zu wissen.
Übrigens wußte ich, daß er gesund und munter war. Die weißen Tuareg, die in Antineas persönlichem Dienst standen, waren zwar ziemlich schweigsam und die Frauen kaum gesprächiger. Aber von Sidia und Agida hörte ich immerhin, daß er zum Beispiel gern Granatäpfel aß oder keinen Bananen-Couscous mochte. Doch kaum versuchte ich, Auskünfte etwas anderer Art zu erhalten, eilten sie ängstlich durch die langen Flure davon. Tanit-Serga allerdings verhielt sich anders. Die Kleine schien einen wahren Widerwillen dagegen zu haben, mir irgend etwas zu erzählen, was mit Antinea zu tun hatte. Dabei wußte ich, daß sie ihrer Herrin geradezu hündisch ergeben war. Aber kaum erwähnte ich ihren Namen oder in diesem Zusammenhang den von Morhange, verfiel sie in hartnäckiges Schweigen.
Die weißen Hausgenossen zu befragen, widerstrebte mir. Übrigens waren auch diese drei düsteren Genossen wenig zugänglich. Der Hetman von Schitomir verfiel immer mehr dem Alkohol. Alles was ihm an Verstand noch übrig geblieben war, hatte er offenbar an jenem Abend aufgebraucht, als er mir seine Jugendgeschichte erzählte. Ich begegnete ihm von Zeit zu Zeit in den Gängen, durch die er unsicheren Schrittes schwankte. Oft trällerte er dann mit schwerer Zunge ein paar Strophen aus der »Reine Hortense«:

»De ma fille Isabelle
Sois l'époux à l'instant,
Car elle est la plus belle
Et toi le plus vaillant.« *

Pastor Spardek, dieser alte Heuchler, war mir so zuwider, daß ich ihn am liebsten stundenlang geohrfeigt hätte. Blieb das häßliche kleine Männchen mit der Rosette im Knopfloch, der gewissenhafte Verfasser der Aufschriften im roten Marmorsaal... Jedesmal, wenn ich ihm begegnete, hätte ich ihm am liebsten ins Gesicht geschrien: »Ach, Herr Professor, erinnern Sie sich noch an dieses bemerkenswerte Beispiel für eine Apokope: Ατλαντίνεα, wobei alpha, tau und lambda wegfallen. Mir ist da noch ein anderes, ebenso seltenes Wort eingefallen: Κληημεντινεα, Clementine. Man muß sich nur kappa, lambda, epsilon und my wegdenken. Wenn Morhange noch unter uns weilte, könnte er uns eine Menge gelehrter Dinge darüber sagen. Doch leider beehrt Morhange uns nicht mehr mit seiner Anwesenheit. Er ist einfach verschwunden.«
Meine brennende Neugier stieß bei Rosita, der alten Negerin, auf etwas mehr Verständnis; nie habe ich mir so oft die Nägel polieren lassen wie in jenen Tagen der Ungewißheit. Inzwischen, nach sechs Jahren, ist sie sicherlich schon gestorben. Ich tue ihr also keinen Schimpf mehr an, wenn ich verrate, daß sie heimlich trank. Die arme Alte war wehrlos gegen die Flaschen, die ich ihr brachte und aus Höflichkeit mit ihr leerte.
Im Gegensatz zu den anderen Sklaven, die aus dem Süden kommen und von den Händlern aus Ghat in der Türkei verkauft werden, war sie in Konstantinopel geboren und von ihrem Herrn, der zum Kaimakam ** von Ghadames ernannt worden war, nach

* Meiner Tochter Isabelle,
reich die Hand zum ehelichen Bund,
denn sie ist das schönste Mädchen
und du bist der kühnste Held.

**Aus dem Arabischen: der Stellvertreter, Vorsteher eines Verwaltungsbezirks; unserem Landrat vergleichbar (A. d. Ü.)

Afrika gebracht worden... Aber ich will eine Geschichte, die schon reich genug an dramatischen Ereignissen ist, nicht durch die Erzählung der Abenteuer dieser Handpflegerin noch mehr verwirren.

Antinea, so erzählte sie mir, ist die Tochter von El Hadsch Achmed-ben-Gemama, Amghar * des Ahaggars und Scheich des vornehmen Stammes der Kel-Rhela. Sie ist im Jahre der Hidschra 1281 ** geboren. Alle, die um ihre Hand anhielten, hat sie abgewiesen. Aber man hat ihren Willen respektiert, denn im Land des Ahaggars, in dem sie heute herrscht, ist der Wille der Frauen Gesetz. Sie ist die Großnichte von Sidi-el-Senussi; nur ein Wort von ihr, und das Blut der Rumis fließt in Strömen vom Dscherid bis zum Tuat und vom Tschadsee bis zum Senegal. Sie hätte jederzeit als angesehene Frau im Land der Rumis leben können. Sie empfängt sie jedoch lieber bei sich.«

»Kennst du eigentlich Segejr-ben-Scheich«, fragte ich sie. »Er ist ihr sehr ergeben, nicht wahr?«

»Niemand hier kennt Segejr-ben-Scheich näher, denn er ist ständig unterwegs. Richtig ist, daß er Antinea ganz ergeben ist. Er ist ein Senussi, und Antinea ist die Kusine des Oberhaupts der Senussi. Außerdem verdankt er ihr sein Leben. Er ist einer der Mörder des großen Kebirs *** Flatters. Aus Furcht vor der Rache der Franzosen wollte Ikhenukhen, der Amenokal der Tuareg-Asdscher, Segejr an sie ausliefern. Als die ganze Sahara sich von ihm abwandte, fand er Schutz bei Antinea. Segejr wird es ihr nie vergessen, denn er ist ein rechtschaffener Mann und gehorcht dem Gesetz des Propheten. Zum Dank führte er seiner Beschützerin, die damals zwanzig Jahre alt und jungfräulich war, drei Offiziere des ersten französischen Besatzungskorps in Tunesien zu. Sie tragen im roten Marmorsaal die Nummern eins, zwei und drei.«

* Der Amghar, der Führer der Tuareg des Ahaggars, wird immer aus dem Stamm der Kel-Rhela gewählt. (A. d. Ü.)

** 1863

*** Einflußreicher Mann; aus dem arab. kebir = groß (A. d. Ü.)

»Hat Segejr-ben-Scheich seinen Auftrag denn immer erfolgreich ausgeführt?«

»Segejr weiß, was man von ihm erwartet. Und außerdem kennt er die unendliche Sahara ebenso gut wie ich meine kleine Felsenkammer. Anfangs gab es Pannen. So hat er zum Beispiel von einer seiner ersten Reisen den alten Le Mesge und den klapperdürren Spardek mitgebracht.«

»Und was hat Antinea dazu gesagt?«

»Antinea? Sie hat so gelacht, daß sie ihnen das Leben schenkte. Und Segejr-ben-Scheich hat sich seitdem nie mehr geirrt, so beleidigt war er, daß sie ihn ausgelacht hat.«

»Er hat sich nie mehr geirrt?«

»Nein. Ich habe allen, die er hergebracht hat, Hände und Füße gepflegt. Alle waren jung und schön. Aber ich muß sagen, dein Kamerad, der mit dir zusammen gekommen ist, war vielleicht der schönste bisher.«

»Warum«, fragte ich, um vom Thema abzulenken, »warum hat sie dem Pastor und Le Mesge nicht zugleich mit dem Leben auch die Freiheit geschenkt?«

»Offenbar hatte sie Verwendung für sie«, erwiderte die Alte. »Und außerdem darf niemand, der einmal hier war, diesen Ort wieder verlassen. Sonst würden die Franzosen nicht lange auf sich warten lassen, und wenn sie erst einmal den roten Marmorsaal gesehen hätten, würde keiner von uns am Leben bleiben. Übrigens hat nur einer von all denen, die Segejr-ben-Scheich hierhergebracht hat, noch zu fliehen versucht, nachdem er Antinea gesehen hat.«

»Behält sie sie lange?«

»Das hängt von ihnen ab und davon, wie sie ihr gefallen. Meist so zwei, drei Monate. Je nachdem. Ein belgischer Offizier, ein baumlanger Athlet, hat sich keine acht Tage gehalten. Dagegen erinnert sich hier jeder an den kleinen Douglas Kaine, einen englischen Offizier. Er ist fast ein Jahr bei ihr geblieben.«

»Und dann?«

»Und dann ist er gestorben«, sagte die Alte, als sei sie erstaunt über meine Frage.

»Woran ist er gestorben?«
Sie antwortete mit den gleichen Worten wie Le Mesge:
»Wie alle anderen, aus Liebe.«
»Ja, aus Liebe«, fuhr sie fort. »Sie sterben alle aus Liebe, wenn sie sehen, daß ihre Zeit vorüber ist und Segejr-ben-Scheich sich bereit macht, ihren Nachfolger zu suchen. Viele sind ganz sanft, mit den Augen voller Tränen gestorben. Sie schliefen nicht mehr und aßen nicht mehr. Ein Offizier der französischen Marine hat ganz einfach den Verstand verloren. Er sang immer des Nachts ein trauriges Lied aus seiner Heimat, das im ganzen Gebirge widerhallte. Ein anderer, ein Spanier, war wie ein toller Hund. Er wollte beißen und mußte erschlagen werden. Viele sind im Rausch gestorben. An einer Droge, die noch stärker ist als Opium. Wenn sie Antinea nicht mehr haben, rauchen sie, rauchen sie Tag und Nacht. Die meisten sind so gestorben... Sie waren die glücklicheren. Bei dem kleinen Kaine war es anders.«
»Wie ist er gestorben?«
»Nun, auf eine Art, die uns allen sehr leid tat. Ich sagte dir schon, daß er am längsten bei uns blieb. Wir hatten uns an ihn gewöhnt. In Antineas Zimmer steht auf einem mit Blau und Gold bemalten Tischchen aus Kairouan ein Gong, zu dem ein langer schwerer Silberhammer mit Ebenholzgriff gehört. Agida hat mir die Szene erzählt. Als Antinea lächelnd wie immer dem kleinen Kaine seinen Abschied gab, blieb er blaß und stumm vor ihr stehen. Sie schlug an den Gong, damit man ihn wegführte. Ein weißer Targi kam, aber schon war der kleine Kaine auf den Hammer losgestürzt, und der weiße Targi lag mit zerschmettertem Schädel am Boden. Antinea lächelte noch immer. Man brachte Kaine auf sein Zimmer. Noch in der gleichen Nacht täuschte er die Wachsamkeit der Diener und sprang aus dem Fenster in eine Tiefe von zweihundert Fuß. Die Arbeiter aus der Einbalsamierungswerkstatt haben mir gesagt, daß sie mit seiner Leiche die größte Mühe hatten. Sie haben es aber doch noch ganz gut hinbekommen. Du kannst dich selbst davon überzeugen. Im roten Marmorsaal steht er in der Nische Nummer 26.«

Die Alte ertränkte ihre Rührung in ihrem Glas.
»Noch zwei Tage zuvor«, fuhr sie fort, »war ich hierher gekommen, um ihm die Nägel zu polieren, denn das hier war sein Zimmer. Er ritzte gerade mit seinem Taschenmesser etwas in den Stein, dort an der Wand beim Fenster. Da, man sieht es noch.«
»Was it not Fate, that on this July midnight...«*
Zu jeder anderen Zeit hätte mich diese steinerne Inschrift neben dem Fenster, aus dem sich der kleine englische Offizier zu Tode gestürzt hatte, tief gerührt. Damals aber bewegte ein ganz anderer Gedanke mein Herz.
»Sag einmal«, fragte ich und zwang meine Stimme, so gelassen wie möglich zu klingen, »wenn Antinea einen von uns zu sich gerufen hat, schließt sie ihn dann bei sich ein? Sieht man ihn dann nicht mehr?« Die Alte schüttelte den Kopf.
»Sie hat keine Angst, er könnte fliehen. Die Berge ringsum schließen ihn ein. Antinea braucht nur ihren Silbergong zu schlagen, und schon steht er vor ihr.«
»Und doch habe ich meinen Kameraden nicht mehr gesehen, seit er bei ihr ist...«
Die Alte lächelte verständnisvoll:
»Ganz einfach, er bleibt eben lieber bei ihr; deshalb siehst du ihn nicht mehr. Antinea zwingt ihn nicht, bei ihr zu sein, sie hindert ihn aber auch nicht daran.«
Erbittert schlug ich mit der Faust auf den Tisch und rief: »Pack dich, alte Närrin, und zwar rasch!«
Erschrocken floh Rosita, nachdem sie hastig ihre Maniküresachen zusammengerafft hatte.
»Was it not Fate, that on this July midnight...«
Ich konnte nicht anders, ich mußte ihn sehen. In meiner Erregung verirrte ich mich in den Gängen, wurde von Reverend Spardek, den ich zufällig traf, wieder auf den richtigen Weg gebracht und fand mich schließlich vor dem roten Marmorsaal wieder. Ich trat ein.

* War's nicht das Schicksal, das in dieser Julimitternacht...

Die Kühle der Krypta, der Duft, der aus den Räucherpfannen aufstieg, taten mir wohl. Durch das Murmeln eines dahinplätschernden Wassers wird auch der finsterste Ort freundlich und hell. Der Wasserfall, der mitten im Saal rauschte, beruhigte mich. Eines Tages, unmittelbar vor einem Kampf, lag ich mit meinem Trupp im hohen Gras und wartete auf das Signal, das uns in den Kugelregen schicken würde. Zu meinen Füßen floß ein Bach. Ich lauschte auf das muntere Geplätscher, bewunderte das Spiel von Licht und Schatten in dem klaren Gewässer, die kleine Tierwelt, die schwarzen Fischlein, die grünen Algen, den gewellten gelben Sand... Das Geheimnis des Wassers hat mich immer fasziniert.

Und selbst in diesem finsteren Saal wurden meine Gedanken durch den im Halbdunkel liegenden Wasserfall unwillkürlich angezogen. Ich empfand ihn als Freund. Er tröstete mich inmitten der starren Zeugen so vieler Greueltaten.

Nummer 26. Er war es wirklich. Leutnant Douglas Kaine, geboren in Edingburgh am 21. September 1862, gestorben im Ahaggar am 16. Juli 1890. Nicht einmal achtundzwanzig Jahre alt. Ein schmales Gesicht unter der Kruste von Orichalk. Ein melancholischer, leidenschaftlicher Mund. So muß er ausgesehen haben. Armer Junge. Edinburgh! Ich kenne Edinburgh gut, ohne je dort gewesen zu sein. Von den Schloßmauern aus erblickt man die Hügel von Pentland. »Senken Sie ein wenig Ihren Blick«, sagte zu Anne de Saint-Yves Stevensons sanfte Miß Flora, »und Sie werden am Fuße des Hügels eine Baumgruppe und eine Rauchsäule entdekken, die über ihr aufsteigt. Dort liegt Swanston Cottage, wo mein Bruder und ich mit unserer Tante wohnen. Ich wäre glücklich, wenn es Ihnen dort gefallen würde.« Als Douglas nach dem Darfur zog, ließ er sicherlich in Edinburgh eine ebenso blonde Miß Flora wie die von Saint-Yves zurück. Aber was sind diese zarten Mädchengestalten gegenüber einer Antinea? Kaine, bestimmt ein vernünftiger junger Mann, wie geschaffen für eine solche Verbindung, hat die andere geliebt. Er ist tot. Und hier steht als Nummer 27 der, um dessentwillen er sich die Saharafelsen hinuntergestürzt hat und der auch gestorben ist.

Sterben, lieben. Wie selbstverständlich klingen diese Worte in dem roten Marmorsaal. Wieviel größer erscheint Antinea inmitten dieser Runde blasser Statuen. Bedarf denn die Liebe so sehr des Todes, um sich durch ihn zu steigern? Es gibt gewiß andere Frauen auf der Welt, die ebenso schön wie Antinea, vielleicht noch schöner sind. Du bist mein Zeuge, ich habe von ihrer Schönheit eigentlich kaum gesprochen. Woher also diese Leidenschaft, dieses Fieber, dieser Todesmut? Warum bin ich bereit, Dinge zu tun, die ich mir nicht einmal vorzustellen wage, aus Angst, vor ihnen zurückschrecken zu müssen, nur um dieses Traumbild einen Augenblick lang in meinem Arm zu halten? Ich warf einen Blick auf Nummer 53, die letzte. Morhange wird die Nummer 54 tragen, 55 werde ich sein. In sechs, vielleicht acht Monaten, wenn nichts Unvorhergesehenes eintritt, wird man mich als Bildsäule ohne Augen, mit toter Seele und metallischem Körper in dieser Nische hier aufstellen.
Ich war der höchsten Glückseligkeit nahe, jener, die der Verstand einem ganz bewußt macht. Wie kindisch von mir, der schwarzen Handpflegerin gegenüber so die Fassung zu verlieren. Ich war wahrhaftig auf Morhange eifersüchtig gewesen. Warum nicht gleich auf alle anderen, die hier standen, und auf die, die noch kommen und einer nach dem anderen die schwarze Höhlung dieser noch leeren Nischen füllen würden... Morhange, das wußte ich, war in jenem Augenblick bei Antinea, und es war für mich eine bittersüße Lust, an seine Lust zu denken. Aber eines Abends, in drei oder vier Monaten vielleicht, wird es soweit sein: Die Einbalsamierer kommen in den roten Marmorsaal und die Nische Nummer 54 wird ihr Opfer aufnehmen. Ein weißer Targi tritt auf mich zu und berührt meinen Arm. Ein ungeahntes Glücksgefühl wird mich durchströmen. Und dann wäre die Reihe an mir, durch das blutige Tor der Liebe in die Ewigkeit einzugehen.
Als ich mich nach all diesen Gedanken in der Bibliothek wiederfand, tauchte die einbrechende Nacht die dort anwesenden Personen in ihren Schatten. Immerhin erkannte ich Le Mesge, den Reverend, den Hetman, Agida und mehrere weiße Tuareg, die in ein sehr lebhaftes Gespräch vertieft waren.

Erstaunt, ja berunruhigt über die Eintracht dieser Leute, die sich für gewöhnlich nicht gerade zugetan waren, näherte ich mich.
Etwas war vorgefallen, etwas ganz und gar Unerhörtes, das alle Bewohner der Felsenburg in helle Aufregung versetzte.
Man hatte im Westen, im Adrar Ahenet, zwei spanische Forscher gesichtet, die vom Rio de Oro her kamen.
Kaum war die Kunde davon eingetroffen, hatte Segejr-ben-Scheich sich zur Reise gerüstet, um sie herzubringen.
Und eben hatte er den Befehl erhalten, nichts zu unternehmen. Es war kein Zweifel mehr möglich:
Zum erstenmal in ihrem Leben liebte Antinea.

XV

Tanit-Sergas traurige Geschichte

»Rraau, rraau.«

Ich erwachte benommen aus dem Halbschlaf, in den ich endlich versunken war. Blinzelnd öffnete ich die Augen und wich sogleich erschrocken zurück.

»Rraau.«

Zwei Fuß von meinem Gesicht entfernt sah ich die gelbe, schwarzgepunktete Schnauze von König Hiram. Der Gepard sah zu, wie ich erwachte, ohne großes Interesse übrigens, denn er gähnte. Sein dunkelroter Rachen, in dem die schönen weißen Zähne blitzten, öffnete und schloß sich langsam.

Gleichzeitig hörte ich ein helles Gelächter.

Es kam von der kleinen Tanit-Serga. Sie hockte auf einem Kissen neben dem Diwan, auf dem ich lag, und verfolgte neugierig meine Begegnung mit dem Gepard.

»König Hiram hat sich gelangweilt«, glaubte sie erklären zu müssen, »deshalb hab ich ihn hierhergebracht.«

»Na schön«, brummte ich unwillig, »aber sag mal, könnte er sich nicht ebensogut woanders langweilen?«

»Er ist so allein«, erwiderte die Kleine. »Man hat ihn fortgejagt, weil sein Spiel zu laut wurde.«

Bei diesen Worten erinnerte ich mich an die Ereignisse des letzten Tages.

»Wenn du willst, bring ich ihn wieder weg«, sagte Tanit-Serga.

»Nein, laß ihn ruhig da.«

Ich musterte den Gepard voller Mitgefühl. Unser gemeinsames Mißgeschick brachte uns einander näher.

Ich ging sogar soweit, seine gewölbte Stirn zu streicheln. König Hiram bewies seine Dankbarkeit, indem er sich wohlig in ganzer

Länge streckte und seine riesigen ambragelben Krallen zeigte. Dabei wurde die Strohmatte auf dem Fußboden ganz schön zerfetzt.
»Galee ist auch hier«, bemerkte die Kleine.
»Galee? Wer ist denn das?«
Gleichzeitig bemerkte ich auf Tanit-Sergas Schoß ein merkwürdiges Tier von der Gestalt einer großen Katze mit anliegenden Ohren und langer Schnauze. Sein hellgrauer Pelz war etwas rauh.
Das Tier sah mich mit drolligen, kleinen rosa Augen an.
»Es ist mein Ichneumon«, erklärte mir Tanit-Serga.
»Ist das nun die ganze Menagerie?« fragte ich etwas gereizt. Ich muß dabei wohl eine so lächerliche sauertöpfische Miene aufgesetzt haben, daß Tanit-Serga laut lachte. Ich stimmte mit ein.
»Galee ist mein Freund«, sagte sie, als sie sich wieder gefaßt hatte. »Ich hab ihm das Leben gerettet. Er war damals ganz klein. Ich erzähl dir das ein andermal. Sieh doch, wie brav er ist.«
Mit diesen Worten setzte sie den Ichneumon auf meinen Schoß.
»Es ist lieb von dir, Tanit-Serga, daß du mich wieder einmal besuchst«, bemerkte ich und strich dem Tier über den Rücken. »Wie spät ist es eigentlich?«
»Schon nach neun Uhr. Sieh doch, die Sonne steht schon hoch am Himmel. Laß mich die Jalousie herunterziehen.«
Dunkel füllte den Raum. Galees Augen wurden noch rosiger und König Hirams glänzten tiefgrün.
»Ja, es ist sehr lieb von dir«, wiederholte ich, meine Gedanken verfolgend. »Wie ich sehe, bist du heute frei. Noch nie bist du so früh am Morgen gekommen.«
Ein Schatten glitt über die Stirn des jungen Mädchens.
»Allerdings, ich bin frei«, bemerkte sie voller Bitterkeit.
Ich sah sie nun aufmerksamer an. Zum erstenmal bemerkte ich, daß Tanit-Serga hübsch war. Ihr Haar, das sie offen trug, war eher gewellt als kraus. Ihre Züge waren von bemerkenswerter Reinheit: sehr gerade Nase, kleiner Mund mit schmalen Lippen,

eigenwilliges Kinn. Ihr Teint war kupferfarben, nicht schwarz. Der schlanke biegsame Leib hatte nichts gemein mit dem der abstoßend fetten Matronen, zu denen die schwarzen Frauen meist werden, wenn sie gut genährt sind.
Ein breiter, schwerer Kupferring umschloß ihr die Stirn und das Haar. An den Handgelenken und den Knöcheln trug sie vier noch breitere Bänder, und als Kleid ein langes Gewand aus grüner Seide mit spitzem Ausschnitt und Goldstickerei. Grün – Bronze – Gold.
»Du bist eine Songhai, Tanit-Serga, nicht wahr?« fragte ich in sanftem Ton.
Sie antwortete nicht ohne Stolz:
»Ja, das bin ich.«
»Ein sonderbares Mädchen«, dachte ich bei mir.
Es gab ganz offensichtlich einen Punkt, auf den Tanit-Serga das Gespräch nicht kommen lassen wollte. Ich hatte nicht vergessen, in welch tiefverletztem Ton sie mir erzählt hatte, man habe König Hiram fortgejagt, und wie sie dabei das »man« betont hatte.
»Ich bin eine Songhai«, wiederholte sie. »Ich bin in Gao am Niger, der alten Songhai-Hauptstadt, geboren. Meine Vorfahren haben das große Mandingo-Reich beherrscht. Auch wenn ich hier eine Sklavin bin, darf man mich deswegen nicht verachten.«
Galee saß auf einem sonnigen Platz und putzte mit seinen Vorderpfoten seinen glänzenden Schnurrbart. König Hiram lag schlafend auf der Strohmatte und ließ hier und da ein klägliches Knurren hören.
»Er träumt«, sagte Tanit-Serga und legte einen Finger auf die Lippen.
»Nur die Jaguare träumen«, bemerkte ich.
»Die Geparde träumen auch«, erwiderte sie ernsthaft, ohne auch nur entfernt den Witz meiner literarischen Anspielung * zu be-

* Nämlich auf ein Gedicht von Leconte de Lisle, »Poèmes barbares«. (A. d. Ü.)

greifen. Nach einem Augenblick des Schweigens sagte sie: »Du bist sicher hungrig. Und wahrscheinlich hast du keine große Lust, mit den anderen zu essen.«

Ich antwortete nicht.

»Man muß essen«, fuhr sie fort. »Wenn es dir recht ist, hole ich das Essen für dich und mich. Ich werde auch für König Hiram und Galee etwas mitbringen. Wenn man Kummer hat, soll man nicht allein bleiben.«

Und mit diesen Worten verschwand die kleine grüngoldene Fee, ohne meine Antwort abzuwarten.

So begann meine freundschaftliche Beziehung zu Tanit-Serga. Jeden Morgen kam sie mit den beiden Tieren in mein Zimmer. Selten erwähnte sie Antinea, und auch dann nur indirekt. Die Frage, die beständig auf meinen Lippen lag, schien ihr unerträglich zu sein, und ich merkte, wie sie alle derartigen Themen vermied, selbst wenn ich es wagte, das Gespräch dahin zu lenken. Um sie leichter zu umgehen, plapperte sie unaufhörlich, wie ein kleiner unruhiger Papagei.

Ich wurde krank. Tanit-Serga pflegte mich so hingebungsvoll, daß ich mir keine bessere Krankenschwester hätte wünschen können. Die beiden Raubtiere, das große und das kleine, saßen zu beiden Seiten meines Bettes, und während ich fieberte, sah ich ihre geheimnisvoll traurigen Augen auf mich gerichtet. Mit ihrer leicht singenden Stimme erzählte mir Tanit ihre Geschichten und darunter die, die sie für die schönste hielt: die ihres eigenen Lebens.

Erst später begriff ich plötzlich, wie sehr diese kleine Barbarin sich ihren Platz in meinem eigenen Leben erobert hatte. Wo auch immer du jetzt sein magst, liebstes Mädchen, von welch friedlichem Ufer aus du meinen tragischen Weg verfolgen magst, wirf einen Blick auf deinen Freund, verzeih ihm, daß er dir nicht von Anfang an die Zuneigung entgegengebracht hat, die dir gebührte.

»Ich bewahre von meinen Kinderjahren her«, sagte sie, »das Bild einer jungen rosafarbenen Sonne, die im Morgennebel über einem breiten, trägen, fast spiegelglatten Fluß aufsteigt. Es war der Niger, der ›Fluß, der Wasser hat‹. Es war... Aber du hörst mir ja gar nicht zu.«

»Ich hör dir zu, ganz gewiß, kleine Tanit-Serga.«

»Wirklich, ich langweile dich nicht? Willst du, daß ich weiterrede?«

»Erzähl, Tanit-Serga, erzähl weiter.«

»Nun gut. Mit meinen Freundinnen, denen ich sehr zugetan war, spielte ich oft am Ufer des wasserreichen Flusses unter den Judendornbäumen, den Brüdern jenes Ziziphus-Strauches, dessen Dornen das Haupt eures Propheten blutigstachen und den wir Baum des Paradieses nennen, weil unser Prophet gesagt hat, unter ihm werden die Erwählten des Paradieses weilen und er werde so groß sein, daß ein Reiter in einem Jahrhundert nicht seinen Schattenkreis durchreiten könne*.

Dort flochten wir schöne Kränze aus Mimosen, den roten Blüten des Kapernstrauches und weißen Kümmelblumen. Danach warfen wir sie in die grünen Wellen, um die bösen Geister zu beschwören. Wenn ein Flußpferd schnüffelnd seinen pausbäckigen Kopf hob, schütteten wir uns aus vor Lachen und bombardierten es mit unseren Kränzen so lange, bis es in einem Schaumregen wieder untertauchte.

So verging der Vormittag. Dann senkte sich über das glühendheiße Gao der Tod der roten Siesta. Wenn sie zu Ende war, kehrten wir zum Ufer des Flusses zurück und sahen zu, wie unter Wolken von Stechmücken und Eintagsfliegen die riesigen Kaimans mit ihren Panzerschuppen nach und nach aus dem Wasser stiegen und sich genüßlich in den gelben Uferschlamm eingruben.

* Koran 66,17 (Fußnote von Leroux). Die Koran-Fundstelle ist unzutreffend. Vermutlich handelt es sich um eine Stelle aus den Sprüchen der Propheten. (A. d. Ü.)

Auch mit ihnen trieben wir unsere Scherze wie mit den Flußpferden am Morgen. Und, wenn dann die Sonne hinter den schwarzen Zweigen der Feigenbäume unterging, tanzten wir, mit den Füßen stampfend und in die Hände klatschend, den heiligen Reigen. Dazu sangen wir den Songhai-Hymnus.
So verbrachten wir unsere Tage, wie es freigeborenen Mädchen zukam. Du irrst dich jedoch, wenn du glaubst, daß uns nur Spiel und Tanz interessierte. Soll ich dir einmal erzählen, wie ich einem französischen Offizier das Leben gerettet habe, der bestimmt noch einen viel höheren Rang hatte als du, wenn ich an die vielen goldenen Streifen auf seinen weißen Ärmeln denke?«
»Nur zu, kleine Tanit«, sagte ich, mit den Gedanken ganz woanders.
»Es ist nicht recht von dir, dich über mich lustig zu machen und mir kaum zuzuhören«, fuhr sie etwas gekränkt fort. »Aber was soll's. Ich erzähl diese Dinge ja mehr für mich, der Erinnerung wegen. Also, oberhalb Gaos macht der Niger einen Bogen. Ein kleines Kap mit riesigen Gummibäumen springt in den Fluß vor. Es war an einem Augustabend, die Sonne wollte gerade untergehen, und in dem benachbarten Wald hatten sich alle Vögel schon ihren Schlafplatz für die Nacht gesucht. Plötzlich hörten wir im Westen ein unbekanntes Geräusch: ›Bum, bum, bum, barabum‹, das sich zu nähern schien. Ein ganzer Schwarm aller möglichen Wasservögel stob plötzlich auf, Silberreiher, Pelikane, Wildenten, und suchte Zuflucht in den Gummibäumen. Dann bemerkten wir in der Luft eine schwarze Rauchsäule, die von dem aufkommenden Abendwind nur langsam weitergetrieben wurde.
Es war ein Kanonenboot, das um das Kap herumfuhr, dabei das Wasser an beiden Ufern aufwühlte und die herabhängenden Zweige bewegte. Die blau-weiß-rote Fahne hinten schleppte im Wasser, so drückend war der Abend noch.
Das Boot landete an unserem kleinen hölzernen Steg. Eine Barke wurde heruntergelassen, mit zwei einheimischen Dienern am Ruder und drei Offizieren, die kurz darauf ans Ufer sprangen.

Der älteste von ihnen, ein großer, klapperdürrer Franzose in einem weiten weißen Burnus, der sich fast fließend in unserer Sprache verständigte, wünschte mit Scheich Sonni*-Askia zu sprechen. Als mein Vater sich näherte und den Franzosen zu erkennen gab, erzählte ihm der Alte, der Befehlshaber des Kreises Timbuktu sei sehr zornig, denn eine Meile von hier sei das Kanonenboot auf einen unsichtbaren Damm aus Pflöcken aufgelaufen, so daß es leck geworden sei und man die Fahrt nach Ansongo nicht fortsetzen könne.

Mein Vater antwortete, die Franzosen seien ihm als die Beschützer der armen seßhaften Bevölkerung gegen die Tuareg immer willkommen. Der Damm sei nicht als Falle errichtet worden, sondern um den Fischfang zu erleichtern. Aber er werde den französischen Offizieren alle Mittel und Kräfte Gaos zur Verfügung stellen, unter anderem eine Schmiede, um das Boot auszubessern.

Während sie sich unterhielten, sah mich der eine der Offiziere, offensichtlich der ranghöchste unter ihnen, aufmerksam an, und ich erwiderte seinen Blick. Er war ein älterer Mann mit breiten, leicht gekrümmten Schultern und blauen Augen, die ebenso klar waren wie die Quelle, deren Namen ich trage.

›Komm her, Kleine‹, sagte er mit seiner sanften Stimme.

›Ich bin die Tochter von Scheich Sonni-Askia und laß mir nichts befehlen‹, erwiderte ich, beleidigt von seiner vertraulichen Anrede.

›Du hast recht‹, fuhr er lächelnd fort, ›denn du bist ein hübsches Mädchen. Schenkst du mir die Blumen, die du um den Hals trägst?‹

Es war ein großer, dunkelroter Hibiskuskranz. Ich gab ihn ihm. Er küßte mich, und der Friede war besiegelt.

Unterdessen hatten, von meinem Vater beaufsichtigt, die Diener und die stärksten Männer unseres Stammes das Kanonenboot in eine kleine Bucht gezogen.

* Beiname der Herrscher des Songhai-Reiches; im Jahre 1336 nahm Ali Kolen ihn zum ersten Mal an. (A. d. Ü.)

›Wir werden den ganzen Tag morgen brauchen, Herr Oberst‹, sagte der Bootsingenieur, der sich den Schaden gerade näher angesehen hatte. ›Vor übermorgen früh werden wir nicht weiterkommen. Und auch dann nur, wenn diese schwarzen Faulpelze nicht so trödeln wie sonst.‹
›So ein Pech‹, brummte mein neuer Freund.
Aber seine Laune hellte sich bald wieder auf, denn meine kleinen Freundinnen und ich taten unser Bestes, um ihn zu unterhalten. Wir sangen für ihn unsere schönsten Lieder, und zum Dank ließ er uns all die delikaten Dinge kosten, die man für sein Abendessen vom Schiff heruntergebracht hatte. Er schlief in unserer großen Hütte, die mein Vater ihm zur Verfügung gestellt hatte, und noch lange sah ich durch die geflochtenen Zweige der Hütte, die ich mit meiner Mutter teilte, den roten Lichtschein, den die Schiffslaterne des Kanonenbootes auf das dunkle Wasser warf, bis ich endlich einschlief. In jener Nacht hatte ich einen furchtbaren Traum. Ich sah meinen Freund, den französischen Offizier, friedlich schlummern, während ein großer Rabe über seinem Haupt schwebte und krächzte: ›Kra, kra, der Schatten der Gummibäume von Gao – kra, kra – wird in der kommenden Nacht – kra, kra – dem weißen Offizier und seiner Mannschaft gefährlich sein.‹
Kaum war der Tag erwacht, ging ich zu den Arbeitern auf dem Boot. Sie lagen alle an Deck und faulenzten, weil die Weißen noch schliefen.
Ich wandte mich an den ältesten unter ihnen und redete eindringlich mit ihm.
›Hör zu, ich habe diese Nacht im Traum den schwarzen Raben gesehen. Er hat mir gesagt, der Schatten der Gummibäume von Gao werde in der kommenden Nacht eurem Anführer Unglück bringen...‹ Und da sie alle träge auf dem Rücken liegenblieben, als hätten sie nichts gehört, fügte ich hinzu:
›Dem Anführer und seinen Leuten.‹
Als die Sonne am höchsten stand, und der Oberst zusammen mit den anderen Franzosen in der Hütte zu Mittag aß, trat der Bootsingenieur ein.

›Ich weiß nicht, was in die schwarzen Teufel gefahren ist, aber sie schaffen wie die Wilden. Wenn sie so weitermachen, Herr Oberst, können wir noch heute abend weiterfahren.‹
›Um so besser‹, sagte der Oberst, ›aber mit einer schludrigen Arbeit wäre mir nur schlecht gedient. Vor Ende der Woche brauchen wir nicht in Ansongo zu sein. Es ist besser, wir warten bis morgen früh.‹
Als ich das hörte, ging ich an allen Gliedern zitternd auf ihn zu und erzählte ihm die Geschichte meines Traums. Er hörte mich mit überraschtem Lächeln an, aber als ich geendet hatte, sagte er zu mir in ernstem Ton:
›Einverstanden, kleine Tanit-Serga, wir werden heute abend weiterfahren, da du es so haben willst.‹
Und er küßte mich auf beide Wangen.
Die Schatten waren schon gesunken, als das wieder fahrtüchtige Kanonenboot die Bucht verließ. Die Franzosen, in deren Mitte ich meinen Freund sah, grüßten noch lange, indem sie ihre Tropenhelme schwenkten, bis sie unseren Blicken entschwunden waren. Ich blieb allein auf dem schwankenden Steg stehen und sah hinunter in die dunklen Wellen, bis sich das Geräusch des rauchenden Schiffes – bum-barabum – in der Nacht verloren hatte.« *
Tanit-Serga hielt einen Augenblick inne:
»Diese Nacht war die letzte von Gao. Ich war eingeschlafen, und der Mond stand noch hoch über dem Wald, als ein Hund bellte, aber nicht lange. Dann schrien Männer und Frauen; es waren Schreie, die man nie mehr vergißt, wenn man sie einmal gehört hat. Die Strahlen der aufgehenden Sonne fielen auf mich und meine kleinen Freundinnen, wie wir nackt in Richtung Norden liefen, so rasch uns unsere Füße trugen, denn die Tuareg, die uns

* Siehe »Bulletin der Geographischen Gesellschaft von Paris« (1897) über die Nigerfahrten des Befehlshabers des Bezirks von Timbuktu, Oberst Joffre, sowie der Leutnants Baudry und Bluset und Pater Hacquarts von der Gesellschaft der Weißen Väter. (Fußnote von Leroux).

erbeutet hatten, ritten neben uns auf ihren Kamelen. Die Frauen des Stammes folgten uns, darunter auch meine Mutter, jeweils zwei mit dem Joch auf dem Hals. Es waren nur wenige Männer dabei, denn die meisten von ihnen lagen mit meinem Vater, dem tapferen Sonni-Askia, tot unter den Trümmern von Gao. Eine Bande von Auelimmiden, die gekommen waren, um die Franzosen von dem Kanonenboot zu ermorden, hatte die Stadt wieder einmal dem Erdboden gleichgemacht.
Unbarmherzig trieben uns die Tuareg an, denn sie fürchteten, selbst verfolgt zu werden. Zehn Tage lang marschierten wir so, und da Hirse und Haschisch immer weniger wurden, fiel das Laufen uns immer schwerer. Im Lande Kidal verkauften uns endlich die Tuareg an eine Karawane von Mauren aus Trarsa, die von Mabruk nach Ghat zogen. Anfangs glaubte ich, wir seien nun glücklicher dran, weil wir nicht so rasch marschieren mußten. Dann jedoch wurde die Wüste immer steiniger, und die Frauen fingen an zu stolpern und hinzufallen. Von den Männern war auch der letzte schon längst unter Stockhieben gestorben, weil sie sich weigerten weiterzuziehen.
Ich hatte noch die Kraft, mich weiterzuschleppen, und sogar möglichst weit voraus, um die Schreie meiner Freundinnen nicht hören zu müssen. Wenn eine von ihnen stürzte und offensichtlich nicht wieder aufstehen konnte, stieg einer der Treiber von seinem Kamel, schleppte sie ein paar Schritt von der Karawane weg und stach sie nieder. Eines Tages jedoch hörte ich einen Schrei, der mich zwang, zurückzuschauen. Es war meine Mutter. Sie lag auf den Knien und streckte ihre dürren Arme nach mir aus. Ich war sofort bei ihr. Aber ein großer Maure in weißem Gewand trennte uns. An seinem Hals hing an einer schwarzen Schnur ein Futteral aus rotem Leder, aus dem er sein Messer zog. Noch heute sehe ich den bläulichen Stahl auf der braunen Haut. Ein zweiter, noch furchtbarerer Schrei ertönte. Einen Augenblick später wurde ich mit Stockschlägen weggejagt und stolperte tränenblind weiter, um meinen Platz in der Karawane wieder einzuholen.
In der Gegend des Brunnens von Asiu wurden die maurischen

Händler von einer anderen Tuareg-Bande, Sklaven des großen Stammes der Kel-Rhela, der dem Ahaggar seine Gesetze gibt, angegriffen und bis auf den letzten Mann niedergemetzelt. So kam es, daß ich hierhergebracht und Antinea zum Geschenk gemacht wurde. Ich gefiel ihr, und sie ist seither immer gut zu mir gewesen. Du siehst, nicht eine gewöhnliche Sklavin hat dir heute, damit du dein Fieber vergißt, ihre Geschichte erzählt, der du nicht einmal zuhörst, sondern der letzte Sproß der großen Songhai-Herrscher: von Sonni Ali, dem Menschen- und Ländervernichter, von Askia Mohammed, der, als er eine Wallfahrt nach Mekka unternahm *, sich von fünfhundert Reitern, tausend Soldaten und mehreren Gelehrten begleiten ließ; 300000 Goldstücke nahm er dabei mit sich. Ihr Reich erstreckte sich einst vom Tschadsee bis zum Tuat und dem westlichen Meer, damals, als die Kuppel von Gaos Moschee, Schwester des Himmels, noch die aller anderen Städte überragte, so wie die Tamariske ihre Wipfel über die bescheidenen Halme des Hirsefeldes erhebt.«

* Im Jahre 1497 (A. d. Ü.)

XVI

Der silberne Hammer

Je ne m'en défends plus et je ne veux qu'aller
Reconnaître la place où je dois l'immoler.
*Racine (Andromaque)**

Es war eine Gewitternacht, in der sich die folgenden Ereignisse abspielten. Gegen fünf Uhr abends verfinsterte sich der Himmel und in der zum Ersticken schweren Luft zeigten sich die Vorboten eines Gewitters.

Ich werde mich immer daran erinnern. Es war am 5. Januar 1897. König Hiram und Galee lagen matt auf der Strohmatte in meinem Zimmer. Ich lehnte mit Tanit-Serga an der Felsenbrüstung des Fensters und beobachtete das Herannahen der Blitze.

Einer nach dem anderen tauchten sie auf, durchschnitten mit ihren bläulich gezackten Strahlen die inzwischen tiefschwarze Finsternis. Aber kein Donnerschlag folgte. Das Gewitter hatte sich in den Gipfeln des Ahaggarmassivs nicht festsetzen können. Es zog vorüber, ohne auszubrechen, und ließ uns in unserem drückenden Schwitzbad.

»Ich geh schlafen«, murmelte Tanit-Serga.

Ich sagte wohl schon, daß ihr Zimmer über dem meinem lag. Ihr Fenster öffnete sich etwa zehn Meter über meinem eigenen, an das ich angelehnt blieb.

Sie nahm Galee auf den Arm. Aber König Hiram wollte ihr nicht folgen. Mit allen vier Pfoten krallte er sich an der Strohmatte fest und heulte laut vor Wut und Verzweiflung.

* Ich weigre mich nicht mehr. Nur toller Liebe voll,
such ich den Platz mir aus, wo ich ihn opfern soll.

»Laß ihn hier«, sagte ich schließlich zu Tanit-Serga. »Dies eine Mal kann er auch hier schlafen.«

So trägt denn dieses kleine Raubtier einen großen Teil der Verantwortung für das, was nun folgen sollte.

Allein gelassen, versank ich in Gedanken. Die Nacht war pechschwarz, und das ganze Felsgebirge in Schweigen gehüllt.

Erst das immer stärker werdende Knurren des Gepards riß mich aus meiner Geistesabwesenheit.

König Hiram hatte sich an der Tür aufgerichtet und bearbeitete sie mit seinen Krallen. Er, der sich eben noch geweigert hatte, Tanit-Serga zu folgen, wollte nun um jeden Preis hinaus.

»Ruhe!« gebot ich. »Genug, leg dich!«

Ich versuchte, ihn von der Türe wegzuziehen.

Alles, was ich erreichte, war ein Pfotenschlag, der mich fast zu Boden streckte.

Also setzte ich mich wieder auf den Diwan.

Meine Ruhe dauerte nicht lange. »Nun einmal ehrlich«, sagte ich mir. »Seit Morhange mich verlassen hat, seit ich Antinea gesehen, habe ich nur noch einen Gedanken. Tanit-Sergas Geschichten mögen ganz reizend sein, aber sie können mich doch nicht darüber hinwegtäuschen. Diesen Gepard schickt mir die Vorsehung; er wird mich führen. Ja, ich spüre, in dieser Nacht werden sich noch viele merkwürdige Dinge ereignen. Wie konnte ich nur so lange untätig herumsitzen?«

Mein Entschluß war gefaßt.

»Aber wenn ich jetzt die Türe öffne, wird König Hiram durch die Gänge rasen, und ich werde ihm kaum folgen können. Ich muß anders vorgehen, wenn ich die Spur nicht verlieren will.«

Die Jalousie am Fenster wurde mit einer Schnur aufgezogen. Ich schnitt sie ab und machte daraus eine feste Leine, die ich an dem eisernen Halsring des Gepards befestigte.

Jetzt erst öffnete ich die Tür.

»So, jetzt kannst du laufen. Aber langsam, langsam.«

Es kostete mich einige Mühe, König Hirams Gangart zu mäßigen, der mich durch das finstere Labyrinth der Gänge zog.

Es war noch nicht ganz neun Uhr, und die rosa Nachtlichter in den Nischen waren fast erloschen. Von Zeit zu Zeit stießen wir auf eines, das rauchend ein letztes Mal aufflackerte. Welche Irrgänge! Schon jetzt war mir klar, daß ich den Weg zurück in mein Zimmer nie finden würde. Ich mußte dem Gepard also weiter folgen.
Zuerst sehr mürrisch hatte er sich nach und nach in seine Führerrolle geschickt. Er schob sich, fast auf dem Boden liegend, vorwärts und schnurrte beglückt.
Nichts ähnelt einem dunklen Gang so sehr wie ein anderer dunkler Gang. Ich begann zu zweifeln. Vielleicht landete ich plötzlich im Spielsaal? Doch damit tat ich König Hiram unrecht. Auch er hatte, ebenso wie ich, schon allzu lange die Anwesenheit eines teuren Wesens entbehrt, und so führte mich das brave Tier geradewegs dorthin, wo ich hinwollte.
Plötzlich, hinter einer neuen Biegung, erhellte sich das Dunkel, das uns umgab. Eine grünrote Rosette vor uns verbreitete eine schwache Helligkeit.
Im gleichen Augenblick blieb der Gepard mit sanftem Miauen vor der Tür stehen, in die diese lichte Rosette eingeschnitten zu sein schien.
Ich erkannte die Tür, die mir der weiße Targi am Tag nach meiner Ankunft geöffnet hatte, als ich von König Hiram angegriffen wurde und dann plötzlich vor Antinea stand.
»Heute verstehen wir uns viel besser«, flüsterte ich und streichelte das Tier, damit es uns nicht durch sein Knurren verriet.
Gleichzeitig versuchte ich die Tür zu öffnen. Auf dem Boden spiegelte sich grün-rot die bunte Glasrosette wieder.
Die Tür war nicht verschlossen, ich brauchte nur die Klinke herunterzudrücken. König Hiram fing an, nervös zu werden, und ich verkürzte die Leine, um ihn besser halten zu können.
Der große Saal, in dem ich Antinea zuerst gesehen hatte, lag dunkel vor mir. Aber in den Garten davor fiel das schwache Licht des Mondes. Kein Lufthauch. Der Himmel war schwer von dem Gewitter, das vorüberzog. Wie eine Zinnplatte glänzte der See.
Ich setzte mich auf ein Kissen; den Gepard, der vor Ungeduld

knurrte, hielt ich zwischen meinen beiden Knien fest. Ich dachte nach. Nicht über mein Ziel. Das stand schon seit langem fest. Aber über meine Möglichkeiten.
Plötzlich glaubte ich, ein gedämpftes Murmeln zu hören, das Geräusch mehrerer Stimmen.
König Hiram knurrte lauter und versuchte, sich loszureißen. Ich ließ die Leine etwas lockerer. Er lief der dunklen Wand entlang in die Richtung, aus der das Geräusch zu kommen schien. Ich folgte ihm und stolperte dabei so lautlos wie möglich über die umherliegenden Kissen.
Langsam gewöhnten sich meine Augen an das Dunkel, und ich bemerkte jetzt die Pyramide von Teppichen, auf der ich Antinea zuerst erblickt hatte.
Plötzlich stolperte ich wieder. Der Gepard war stehengeblieben, und ich war ihm wohl auf den Schwanz getreten. Das brave Tier gab jedoch keinen Laut von sich.
Mich an der Wand weitertastend fühlte ich eine zweite Tür. Ganz sacht drückte ich die Klinke herunter. Der Gepard knurrte leise.
»König Hiram«, flüsterte ich, »sei still.«
Und ich schlang meine Arme um seinen kräftigen Hals.
Ich spürte seine feuchte, warme Zunge auf meinen Händen. Seine Flanken zitterten vor Glück.
Vor uns tat sich ein neuer, in der Mitte erleuchteter Saal auf. Dort saßen sechs Männer auf einer Strohmatte, würfelten und tranken Kaffee aus winzigen Kupfertassen mit langen Stielen. Es waren die weißen Tuareg.
Der Schein einer an der Decke hängenden Laterne fiel auf ihren Kreis. Außerhalb dieses Lichtkegels war es stockfinster.
Die schwarzen Gesichter, die Kupfertassen, die weißen Burnusse, das zitternde Spiel von Hell und Dunkel wirkten wie eine alte Radierung.
Sie waren völlig in ihr Spiel versunken; mit ihren heiseren Stimmen gaben sie ihre Würfe bekannt.
Sacht löste ich jetzt die Leine von dem Halsband des ungeduldigen kleinen Raubtiers.

»Nun lauf, mein Kleiner.«
Mit einem hellen Schrei stürmte er los.
Und was ich erwartet hatte, geschah.
Mit seinem ersten Sprung war König Hiram mitten zwischen den weißen Tuareg gelandet und hatte die Wächter völlig durcheinandergebracht. Mit dem zweiten Sprung war er wieder im Dunkel verschwunden. Nur undeutlich konnte ich dort, mir gegenüber, eine dunkle Öffnung erkennen, offenbar ein anderer Gang.
»Dort muß es sein«, dachte ich.
Die Verwirrung im Saal war groß, trotzdem hörte man kaum einen Laut: Die wütenden Wächter hielten sich wohl aus Furcht vor ihrer Herrin zurück. Die Einsätze, die Würfelbecher und die Tassen waren auf den Boden gerollt.
Zwei der Tuareg hatten ein paar Prellungen davongetragen; leise fluchend betasteten sie die schmerzenden Stellen.
Ich hatte natürlich die Verwirrung genutzt, um unbemerkt durch den Saal zu schleichen, und stand jetzt an die Wand des zweiten Ganges gedrückt, in dem König Hiram verschwunden war. Gleichzeitig wurde ein heller Gongschlag laut. An der Erregung, die dabei die Tuareg ergriff, erkannte ich, daß ich den richtigen Weg eingeschlagen hatte.
Einer der sechs Männer stand auf, ging achtlos an mir vorüber, und ich folgte ihm. Ich war vollkommen ruhig. Jede meiner Bewegungen war genau berechnet.
»Was riskiere ich schon?« sagte ich mir. »Das Äußerste, was mir passieren kann, ist, höflich zurückbegleitet zu werden.«
Der Targi hob einen Vorhang. Ich blieb ihm auf den Fersen und stand plötzlich in Antineas Zimmer. Es war ein sehr großes Zimmer, hell und dunkel zugleich. Während sich rechts, wo Antinea sich aufhielt, einige von den Lampenschirmen begrenzte Lichtkreise abzeichneten, herrschte links völliges Dunkel.
Wer schon einmal in einer Moschee oder einem muslimischen Haus gewesen ist, weiß, was ein Mirhab ist: Eine Art viereckige Mauernische, vier Fuß über dem Boden und mit einem Vorhang geschlossen. Einige hölzerne Treppenstufen führen hinauf. Links

von mir entdeckte ich eine solche Nische. Ich schlüpfte hinein. Meine Schläfen pochten. Aber meine Gedanken waren vollkommen klar. Von hier aus sah und hörte ich alles.
Ich war in Antineas Schlafzimmer. Nichts darin war besonders auffallend, es sei denn der große Luxus an Teppichen. Die Decke blieb im Schatten, aber mehrere farbige Laternen ließen die Felle und die glänzenden Stoffe in einem sanften, gedämpften Licht schimmern.
Antinea lag auf einem Löwenfell und rauchte. Ein kleines Silbertablett und eine Kanne standen neben ihr. König Hiram schmiegte sich an ihre Füße und beleckte sie hingebungsvoll. Der weiße Targi stand reglos vor ihr, eine Hand am Herzen, die andere auf der Stirn zum Zeichen des Grußes.
Mit scharfer Stimme, ohne ihn anzublicken, herrschte Antinea ihn an:
»Warum habt ihr den Gepard hereingelassen? Ich hatte doch gesagt, ich will allein sein.«
»Er hat uns überrannt, Herrin«, erwiderte der weiße Targi demütig.
»Waren denn die Türen nicht geschlossen?«
Der Targi antwortete nicht, fragte aber nach einer Weile: »Soll ich den Gepard wieder wegbringen?«
Die bösen Blicke, die König Hiram und er dabei wechselten, zeigten deutlich, daß beide auf eine verneinende Antwort hofften.
»Laß ihn hier, wenn er schon einmal da ist«, sagte Antinea. Nervös klopfte sie mit ihrer kleinen Silberpfeife gegen das Tablett.
»Was macht der Hauptmann?«
»Er hat gerade mit gutem Appetit zu Abend gegessen«, erwiderte der Targi.
»Hat er nichts gesagt?«
»Doch, er wollte seinen Kameraden sehen, den anderen Offizier.«
Antinea hämmerte noch gereizter auf dem kleinen Tablett herum.
»Sonst hat er nichts gesagt?«
»Nein, Herrin«, erwiderte der Mann.
Die Atlantentochter wurde blaß.

»Geh und hol ihn«, sagte sie plötzlich.
Der Targi verneigte sich und ging.

Mit unbeschreiblicher Spannung hatte ich diesem Zwiegespräch gelauscht. Also hatte Morhange... War das wirklich wahr? Hatte ich zu Unrecht an Morhange gezweifelt? Er hatte mich sehen wollen und war daran gehindert worden!
Ich ließ keinen Blick mehr von Antinea.
Sie war nicht mehr die hochmütige, spöttische Prinzessin unserer ersten Unterhaltung. Kein goldener Uräus schmückte mehr ihre Stirn. Sie trug nur ein weites, silberdurchwirktes Gewand – keine Armbänder, keine Ringe. Ihr schwarzes Haar fiel lose über ihre zarten Schultern und die nackten Arme.
Unter ihren grün schimmernden Augen lagen dunkle Ringe. Die Müdigkeit grub Falten um ihren schönen Mund. Befriedigte oder schmerzte es mich, die Urenkelin der Kleopatra in diesem erbarmungswürdigen Zustand zu sehen? Ich wußte es nicht.
Neben ihren Füßen sitzend, starrte König Hiram sie voller Ergebenheit an.
Ein riesiger, goldschimmernder Orichalkspiegel war rechts in die Wand eingelassen. Plötzlich ging Antinea auf ihn zu. Sie löste ihr Gewand, und ich sah sie nackt.
Es war für mich überwältigend und quälend zugleich, eine Frau vor dem Spiegel zu sehen, die sich allein glaubt und den Mann erwartet, den sie erobern will.
Aus sechs Räucherpfannen, die im ganzen Raum verteilt waren, stiegen unsichtbare Duftwolken empor. Die balsamischen Essenzen des peträischen Arabiens * woben zitternde Netze, die meine Sinne gefangennahmen... Aufrecht, wie eine Lilie, mir den Rükken zukehrend, stand Antinea vor dem Spiegel. Und sie lächelte.
Vom Gang her wurden leise Schritte laut. Sogleich nahm Antinea

* So genannt nach der Stadt Petra. Es umfaßt den nordwestlichen – früher reichsten – und überwiegend von Nabatäern bewohnten Teil Arabiens. (A. d. Ü.)

wieder die lässige Haltung an, in der sie mir das erste Mal gegenübergetreten war. Diese Verwandlung erfolgte so rasch, daß ich kaum meinen Augen traute.
Hinter einem weißen Targi war Morhange in das Zimmer getreten. Auch er sah etwas blaß aus, aber am meisten überraschte mich der Ausdruck heiterer Ruhe, der über diesem Gesicht lag, das ich doch so gut zu kennen glaubte. Mir wurde klar, daß ich nie wirklich begriffen hatte, was für ein Mann Morhange war. Er war vor Antinea stehengeblieben und schien ihre stumme Einladung, neben ihr Platz zu nehmen, nicht beachten zu wollen. Sie sah ihn lächelnd an.
»Du wunderst dich vielleicht«, sagte sie schließlich, »daß ich dich so spät noch kommen lasse.«
Morhange schwieg.
»Hast du inzwischen nachgedacht?« fragte sie.
Morhange lächelte kaum merklich, antwortete aber nicht.
Ich bemerkte in den Zügen Antineas die Anstrengung, die es sie kostete, ihre lässige Haltung zu bewahren und ich bewunderte ihre sowie seine Selbstbeherrschung.
»Errätst du nicht, weshalb ich dich kommen ließ?« fuhr sie fort. »Nun, ich habe dir etwas mitzuteilen, worauf du sicher nicht gefaßt bist. Soll ich dir ein Geständnis machen: Ich habe noch nie einen Mann wie dich getroffen. Während ich dich hier gefangenhielt, hast du nur einen einzigen Wunsch geäußert. Du weißt, welchen?«
»Ich habe Sie um die Erlaubnis gebeten«, erwiderte Morhange, »bevor ich sterbe, meinen Freund wiederzusehen.«
Ich weiß nicht, welches Gefühl bei diesen Worten in mir überwog, freudiges Erstaunen oder Rührung: Erstaunen, weil Morhange Antinea siezte, Rührung über diese seine einzige Bitte.
Antineas feste, ruhige Stimme unterbrach meine Gedanken:
»Siehst du, deshalb habe ich dich kommen lassen, um dir zu sagen, daß du ihn wiedersehen wirst. Aber das ist noch nicht alles. Vielleicht sinke ich noch mehr in deiner Achtung, wenn du jetzt feststellst, daß du mir nur die Stirn bieten mußtest, um mir deinen

Willen aufzuzwingen, mir, die ich bisher alle anderen meinem Willen unterworfen habe. Wie dem auch sei, ich habe mich entschieden: Ich gebe euch beiden die Freiheit wieder. Morgen wird euch Segejr-ben-Scheich aus den fünf Wällen hinausführen. Bist du nun zufrieden?«

»Aber gewiß doch«, erwiderte Morhange spöttisch lächelnd.

Antinea sah ihn überrascht an.

»Auf diese Weise kann ich dann«, fuhr er fort, »den nächsten Besuch, den ich Ihnen abzustatten gedenke, etwas besser organisieren. Denn Sie zweifeln doch wohl nicht daran, daß mir sehr daran liegt zurückzukehren, um Ihnen meine Dankbarkeit zu bezeugen. Nur werde ich diesmal, um einer so großen Königin die ihr gebührende Ehre wiederfahren zu lassen, meine Regierung ersuchen, mir zwei- oder dreihundert europäische Soldaten sowie einige Kanonen zur Verfügung zu stellen.«

Antinea war blaß geworden; sie sprang auf.

»Was sagst du da?«

»Ich sage«, bemerkte eiskalt Morhange, »daß ich das vorhergesehen habe. Nach den Drohungen die Versprechungen.«

Antinea ging auf ihn zu. Er hatte seine Arme verschränkt und sah sie ernst, doch nicht ohne Mitleid an.

»Ich werde dich unter den fürchterlichsten Qualen sterben lassen«, sagte sie schließlich.

»Ich bin Ihr Gefangener«, erwiderte Morhange.

»Man wird Dinge mit dir tun, die du dir nicht einmal vorstellen kannst.«

Morhange wiederholte mit dem gleichen traurigen Ernst:

»Ich bin Ihr Gefangener.«

Antinea lief nervös auf und ab, wie ein Tier im Käfig. Schließlich ging sie auf meinen Kameraden zu und schlug ihm, besinnungslos vor Zorn, ins Gesicht.

Er lächelte bloß und packte ihre beiden schmalen Handgelenke mit festem, doch behutsamem Griff. König Hiram brüllte. Ich dachte, er würde auf Morhange losspringen; aber dessen kalter Blick bannte das Tier an seinen Platz.

»Ich lasse deinen Kameraden vor deinen Augen umbringen«, stammelte Antinea.
Mir schien, als sei Morhange etwas blaß geworden, aber nur für eine Sekunde. Er erwiderte – und Ernst und Adel seiner Worte trafen mich zutiefst.
»Mein Freund ist tapfer und fürchtet den Tod nicht. Ich bin sicher, daß er den Tod einem Leben vorzieht, das ich mit dem Preis erkaufen würde, den Sie verlangen.«
Mit diesen Worten gab er Antineas Hände frei. Sie war entsetzlich blaß. Jetzt, so dachte ich, würde sie das entscheidende Wort sprechen.
»Hör zu«, sagte sie.
Wie begehrenswert sie damals war, in ihrer zum ersten Mal ohnmächtigen Schönheit, ihrem mißachteten Machtanspruch.
»Hör zu«, wiederholte sie, »hör mir ein letztes Mal zu. Denk daran, daß ich die Tore dieses Palastes beherrsche, daß ich jede Gewalt über dein Leben habe. Denk daran, daß du nur atmest, solange ich dich liebe, daß...«
»All das habe ich bedacht«, unterbrach sie Morhange.
»Ein letztes Mal«, wiederholte Antinea.
Die heitere Ruhe, die von Morhange ausging, fesselte mich derart, daß ich nicht einmal mehr auf seine Gesprächspartnerin achtete. In diesen verklärten Zügen war nichts Irdisches mehr.
»Ein letztes Mal«, sagte Antinea mit fast gebrochener Stimme.
Morhange sah sie nicht mehr an.
»Dann sollst du haben, was du willst«, rief sie.
Sie schlug den silbernen Gong. Der weiße Targi erschien.
»Hinaus!«
Und Morhange verließ aufrecht das Zimmer.
Einen Augenblick später liegt Antinea in meinen Armen. Es ist nicht mehr die stolze, herablassende Priesterin der Wollust, die sich an mich schmiegt, sondern nur noch ein unglückliches gekränktes Kind.
Sie wunderte sich nicht einmal, als ich vor ihr auftauchte, so groß war ihre Verzweiflung. Sie lehnt ihren Kopf an meine Schulter.

Wie die Mondsichel in den schwarzen Wolken sehe ich unter dem Haar ihr feingeschnittenes Sperberprofil hindurchschimmern. Ihre Arme umschlingen mich heiß...

»O zitternd Menschenherz...«

Wer könnte solchen Umarmungen widerstehen, in dieser lauen Nacht, umgeben von tausend Wohlgerüchen. Ich spüre, daß ich jeden eigenen Willen verloren habe. Ist es noch meine Stimme, die ihr jetzt zuflüstert:
»Was du verlangst, was du willst, das wird geschehen.«
Meine Sinne sind doppelt, zehnfach geschärft. Mein Kopf ruht jetzt auf ihrem kleinen runden Knie. Duftwolken hüllen uns ein. Mir ist plötzlich, als schwankten die goldenen Laternen an der Decke wie große Weihrauchfässer. Ist es meine Stimme, die wie im Traum wiederholt:
»Was du auch verlangst, ich werde es tun.«
Ganz nah an dem meinen sehe ich Antineas Gesicht; in ihren großen grünen Augen blitzt ein eigenartiges Licht auf.
Etwas weiter weg funkeln König Hirams Raubtierblicke. Neben ihm steht der kleine blaugoldene Kairouantisch. Ich sehe auf ihm den silbernen Gong, den Antinea benutzt, um die Diener herbeizurufen. Und ich sehe den Hammer, mit dem sie vorhin den Gong geschlagen hat, einen Hammer mit langem Ebenholzgriff und schwerem Silberkopf... Jener Hammer, mit dem der kleine Leutnant Kaine den Targi erschlagen hat.
Ich sehe nichts mehr.

XVII

Die Jungfrauen vom Felsen

Ich erwachte in meinem Zimmer. Die Sonne stand schon im Zenit und erfüllte es mit grellem Licht und einer unerträglichen Hitze.

Mein erster Blick fiel auf die heruntergerissene und mitten auf dem Boden liegende Jalousie. Nach und nach erinnerte ich mich dunkel an die Ereignisse der Nacht.

Mein Kopf war schwer und schmerzte mich. Mein Verstand war wie betäubt, meine Erinnerungskraft wie gelähmt. »Eins ist sicher, ich bin mit dem Gepard hinausgegangen. Die gerötete Stelle an meinem Zeigefinger beweist, wie heftig er an seinem Strick gezogen hat. Meine Knie sind noch schmutzig, weil ich eine Zeitlang auf allen Vieren an der Wand entlang gekrochen bin, in dem Saal, in dem die weißen Tuareg Würfel spielten, als König Hiram auf sie lossprang. Und dann? Ach ja, Morhange und Antinea... Und weiter?...«

Weiter wußte ich nichts mehr. Und doch mußte sich etwas ereignet haben, etwas, an das ich mich durchaus nicht mehr erinnern konnte.

Ein schmerzliches Gefühl erfaßte mich. Ich wollte wissen, was geschehen war, und doch schien mir, als ob ich mich gleichzeitig vor diesem Wissen fürchtete. Nie habe ich etwas Quälenderes empfunden als diesen Widerspruch.

»Der Weg bis zu Antineas Gemächern ist lang«, überlegte ich weiter. »Ich muß also wohl tief geschlafen haben, als man mich hierher zurückbrachte – denn wie sonst bin ich hergekommen? Ich habe nichts davon gemerkt.«

Bei diesen Überlegungen ließ ich es bewenden; mein Kopf tat zum Zerspringen weh.

»Ich brauche ein bißchen Luft«, sagte ich mir. »Hier erstickt man ja. Die drückende Hitze nimmt einem den Verstand.«
Ich hatte das Bedürfnis, Menschen zu sehen, gleich wen. Ganz automatisch schlug ich den Weg zur Bibliothek ein.
Dort fand ich Le Mesge in einem wahren Freudentaumel. Er war gerade dabei, ein riesiges, sorgsam in braunes Sackleinen genähtes Paket aufzuschneiden.
»Sie kommen gerade recht, Herr Leutnant«, rief er, als er mich eintreten sah. »Die Zeitschriften sind eben gekommen.«
Hastig riß er an dem Umschlagstoff. Eine Flut von blauen, grünen, gelben, braunen Schriften ergoß sich über den Tisch. »Wirklich höchst erfreulich«, fuhr er fort und hüpfte vor Freude, »keine allzugroße Verspätung, denn hier sind schon die Nummern vom 15. Oktober. Ich muß diesem braven Ameur ein Kompliment machen.«
In seiner Freude wurde er geradezu geschwätzig.
»Ameur ist ein verdienstvoller türkischer Kaufmann aus Tripoli, der Bestellungen für alle interessanten Zeitschriften der beiden Kontinente annimmt. Er bringt sie bis Ghadames; wo sie dann hingehen, interessiert ihn wenig. So, da haben wir die französischen Zeitschriften.«
Le Mesge überflog hastig die Inhaltsangaben: »Innenpolitik: Drei Artikel von Francis Charmes, Anatole Leroy-Beaulieu und d'Haussonville über den Besuch des Zaren in Paris. Sieh an, ein Aufsatz über Löhne und Gehälter im Mittelalter von d'Avenel. Dann kommt die Lyrik: Verse junger Dichter, Fernand Gregh, Edmond Haraucourt. Aha, eine Besprechung von Henry de Castries' Buch über den Islam. Das kann ganz interessant sein... Aber ich bitte Sie, werter Herr, nehmen Sie sich, was Sie interessiert.«
Im Glück sind alle Menschen liebenswürdig, und Le Mesge strahlte im Augenblick vor Glück. Vom Fenster kam jetzt etwas ein wenig Luft. Ich nahm mir ein Heft der »Revue des Deux Mondes« *, lehnte mich gegen die Balustrade und blätterte sie durch.

* Zeitschrift der beiden Kontinente

Ich las nicht richtig, ich überflog nur die Seiten. Bald wanderte mein Blick über dieses Gewimmel kleiner schwarzer Buchstaben, bald über den von Felsen umgebenen Garten, der im blaßrosa Licht der sich neigenden Sonne zu glühen schien. Plötzlich fesselten einige Sätze meine Aufmerksamkeit. Eine merkwürdige Übereinstimmung zwischen Text und Landschaft fiel mir auf.

»Der Himmel über unsern Häuptern bewahrte von all seinen Wolken nur noch einige letzte, schwache Spuren, die dem weißen Aschenhäufchen erloschener Scheiterhaufen glichen. Rund um uns entzündete die Sonne die Gipfel der Felsen, die ihre feierlichen Umrisse in das tiefe Blau des Himmels reckten. Eine große Traurigkeit und eine große Süße fielen, wie ein Zaubertrank in einen ungeschliffenen Kelch, aus der Höhe in die engumschlossene Einsamkeit.« *

Hastig blätterte ich ein paar Seiten zurück. Der Nebel in meinen Gedanken schien sich langsam zu lichten.

Hinter mir tat Le Mesge, in eine andere Zeitschrift vertieft, ab und zu seine Entrüstung über die Lektüre durch unwilliges Knurren kund.

Ich las währenddes weiter.

»Wir hatten in dem grellen Lichte nach beiden Seiten hin ein gewaltigerhabenes Schauspiel zu unseren Füßen. Die Felsenkette, die in ihrer trostlosesten Öde bis zu den fernsten Spitzen vor uns lag, breitete sich aus wie eine ungeheuerliche Ansammlung gigantischer und neugestalteter Dinge, die zum Entsetzen der Menschen als Zeugen irgendeiner vorweltlichen Titanenherrschaft übrig geblieben sind. Eingestürzte Türme...«

»Es ist eine Schande, einfach eine Schande«, wiederholte der Professor.

»... eingestürzte Türme, geborstene Mauern, verfallene Burgen, ungeheure Kuppeln, gefährdete Säulenhallen, verstümmelte Kolosse, Schiffsvorderteile, Körper von Ungeheuern, Knochengerü-

* Gabriele d'Annunzio, Die Jungfrauen vom Felsen. Berlin 1902. – Ohne Übersetzerangabe.

ste von Titanen, jede Ungeheuerlichkeit und Nutzlosigkeit stellte die gewaltige Kette mit ihren Höhen und Tiefen dar. Die Fernen waren so durchsichtig klar...«
»Eine Schande ist es«, rief Le Mesge außer sich und schlug mit der Faust auf den Tisch.
»...die Fernen waren so durchsichtig klar, daß ich deutlich jede Form unterschied, als ob ich den Felsen, den Violante mir vom Fenster aus mit einer Schöpferbewegung gewiesen, ins Unendliche vergrößert vor Augen gehalten hätte...« Mit einem Schauder legte ich die Zeitschrift aus der Hand. Zu meinen Füßen sah ich schroff und schwindelnd hoch, den rotgolden schimmernden Garten umschließend, den weißen Felsen, den Antinea mir während unseres ersten Gesprächs gezeigt hatte. Jetzt flammte er rotgolden.
»Das ist mein ganzer Horizont«, hatte sie gesagt.
Inzwischen kannte Le Mesges Entrüstung keine Grenzen mehr.
»Das ist mehr als eine Schande, es ist eine Infamie.«
Ich hätte ihn am liebsten erwürgt, um ihn zum Schweigen zu bringen. Er hatte meinen Arm gepackt und rief mich zum Zeugen an.
»Lesen Sie das, mein Herr, und selbst Ihnen als Laien wird klar werden, daß dieser Artikel über das römische Afrika von monumentaler Unwissenheit und erstaunlicher Inkompetenz ist. Und wissen Sie, wer ihn geschrieben hat?«
»Lassen Sie mich los«, rief ich gereizt.
»Gaston Boissier, er ist der Autor. Stellen Sie sich das vor. Gaston Boissier, Offizier der Ehrenlegion, Hochschuldirektor, ständiger Sekretär an der Académie Française, Mitglied der Akademie für Schöne Literatur, einer von denen, die damals das Thema für meine Doktorarbeit abgelehnt haben, einer von denen, die... arme Universität, armes Frankreich!«
Ich hatte wieder zu lesen begonnen und hörte ihm nicht mehr zu. Meine Stirn war schweißgebadet. Aber mir schien, daß es in meinem Kopf – wie in einem Zimmer, dessen Fenster man nacheinander öffnet – langsam wieder licht wurde, die Erinnerungen kehrten zurück, Tauben vergleichbar, die mit heftigem Flügelschlag heimwärts streben.

»... ein unbezwingliches Zittern lief jetzt über ihren ganzen Körper, und ihre Augen weiteten sich, als ob eine grauenhafte Vision sie mit Entsetzen erfüllte.
›Antonello...‹ stammelte sie; und für einige Augenblicke konnte sie kein anderes Wort weiter vorbringen.
Ich betrachtete sie mit unsagbarer Angst; und litt in meiner Seele die Schmerzkrämpfe, die ihre teuren Lippen zusammenzogen. Und die Vision ihrer Augen ging in die meinen über; und ich sah Antonellos weißes, abgezehrtes Gesicht und das rasche Schlagen seiner Augenlider und sein verzerrtes Lächeln und seine verwirrten Bewegungen, und die Wogen von Entsetzen, die plötzlich über seinen langen, hageren Körper liefen und ihn wie ein gebrechliches Rohr hin und her schüttelten.«
Weiter las ich nicht; ich legte die Zeitschrift zurück auf den Tisch.
»So wird es sein«, murmelte ich.
Zum Aufschneiden der Seiten hatte ich das Messer benutzt, mit dem Le Mesge das Paket geöffnet hatte, ein kurzer Dolch mit Ebenholzgriff, wie die Tuareg ihn in einem Futteral an einem Armring des linken Oberarms tragen.
Ich steckte ihn in die tiefe Tasche meines Flanell-Dolmans und ging zur Tür.
Ich wollte schon hinausgehen, als mich Le Mesge zurückrief: »Herr de Saint-Avit! Herr de Saint-Avit!«
Ich drehte mich um.
»Ich wollte Sie noch um eine Auskunft bitten.«
»Worum geht es?«
»Oh, nichts weiter. Sie wissen doch, daß es meine Aufgabe ist, die Kärtchen für den roten Marmorsaal zu schreiben...«
Ich ging wieder zurück zum Tisch.
»Nun habe ich leider vergessen, mich rechtzeitig bei Hauptmann Morhange nach Geburtsort und Geburtstag zu erkundigen. Dann hatte ich keine Gelegenheit dazu, weil ich ihn nicht mehr gesehen habe. Deshalb wende ich mich jetzt an Sie. Können Sie mir helfen?«
»Ja, das kann ich«, erwiderte ich vollkommen ruhig.

Er nahm aus einer Schachtel eines der weißen Kärtchen, tauchte seine Feder ein und sagte:

»Ich schreibe also: Nummer 54... Hauptmann?«

»Hauptmann Jean-Marie-François Morhange...«

Während ich diktierte, stützte ich eine Hand auf den Schreibtisch; dabei bemerkte ich auf meinem linken Ärmel einen Flecken, einen kleinen rötlichen Fleck.

»Morhange«, wiederholte Le Mesge, der langsam und sorgfältig schrieb. »Geboren in...«

»Villefranche.«

»Villefranche (Rhône). Und das Datum?«

»Am 14. Oktober 1859.«

»Am 14. Oktober 1859. Schön. Gestorben im Ahaggar am 5. Januar 1897. Gut, das wäre erledigt. Verbindlichen Dank, mein Herr, für Ihre Gefälligkeit.«

»Gern geschehen, Herr Professor.«

Darauf schied ich in Frieden von Le Mesge.

Mein Entschluß war nun gefaßt und, glaub mir, ich war noch immer vollkommen ruhig. Dennoch verspürte ich, nachdem ich von Le Mesge Abschied genommen hatte, das Bedürfnis, zwischen der Entscheidung und der Ausführung noch ein paar Augenblicke verstreichen zu lassen.

Ich irrte zunächst in den Gängen umher. Dann, als ich zufällig in die Nähe meines Zimmers kam, ging ich hinein. Es war noch immer unerträglich heiß. Ich setzte mich auf meinen Diwan und begann zu grübeln.

Der Dolch in meiner Tasche störte mich. Ich zog ihn heraus und legte ihn auf den Boden.

Es war ein fester Dolch mit einer rautenförmigen Klinge. Zwischen Griff und Klinge lief eine Einfassung von rotem Leder. Sein Anblick erinnerte mich an den silbernen Hammer. Und ich dachte daran, wie leicht er in meiner Hand gelegen hatte, als ich damit zuschlug...

Mit erstaunlicher Deutlichkeit fielen mir jetzt alle Einzelheiten dieser Szene wieder ein. Aber ich schauderte nicht. Ja, mir schien, als sei es mir jetzt gestattet, mir diese entsetzlichen Details in aller Ruhe vorzustellen, nachdem mein Entschluß feststand, die Anstifterin zu dieser Mordtat noch in dieser Stunde zu töten.

Und wenn ich über meine Tat nachdachte, so nur, um sie mir begreiflich zu machen, nicht um sie zu verurteilen.

»War ich das wirklich«, dachte ich, »der diesen Morhange getötet hat, der einmal ein Kind war wie alle anderen und um den sich seine Mutter gesorgt hat, wenn er krank war. Habe ich diesen Lebensfaden zerschnitten, dieses Menschenleben vernichtet, mit seiner Liebe, seinen Tränen, seinem Mut, die Hindernisse zu überwinden? Welch ein erstaunliches Abenteuer!«

Das war alles. Weder Furcht noch Gewissensbisse, noch jenes shakespearesche Entsetzen, das dem Mord zu folgen pflegt und das mich noch heute, wie skeptisch, unbeteiligt und enttäuscht ich im ganzen auch sein mag, plötzlich erschüttert, wenn ich des Nachts allein in einem dunklen Raum bin.

»Auf«, dachte ich, »es wird Zeit. Ich muß es vollenden.«

Ich hob den Dolch wieder auf und, bevor ich ihn in die Tasche steckte, stieß ich einmal prüfend damit zu. Alles war in Ordnung. Der Griff lag fest in meiner Hand.

Nie hatte ich den Weg zu Antineas Zimmer allein zurückgelegt. Das erstemal hatte mich der weiße Targi, das zweitemal der Gepard geführt. Trotzdem fand ich mich ohne Schwierigkeit zurecht. Kurz bevor ich die Tür mit der Lichtrosette erreicht hatte, traf ich einen Diener.

»Laß mich durch«, befahl ich. »Deine Herrin hat mich rufen lassen.«

Der Mann gehorchte und trat zur Seite.

Gleich darauf hörte ich gedämpfte Musik. Ich erkannte den Ton einer Rebasa, der Geige der Tuaregfrauen, die nur eine Saite hat. Es war Agida, die spielte, wie immer zu Füßen ihrer Herrin sitzend. Auch die drei anderen Frauen waren bei ihr. Nur Tanit-Serga fehlte.

Damals sah ich Antinea zum letzten Mal. So laß mich noch einmal

von ihr erzählen, dir sagen, wie sie mir in diesem entscheidenden Augenblick gegenübertrat.
Fühlte sie die Drohung über ihrem Haupt schweben und hatte sie ihr trotzen wollen, indem sie zu ihren unfehlbarsten Künsten griff? Ich hatte noch ihren schmalen Körper, nackt und ohne jeden Schmuck, in Erinnerung, den ich in der vergangenen Nacht in meinen Armen gehalten hatte. Jetzt schrak ich fast zurück, denn vor mir sah ich nicht eine Frau, sondern eine wie ein Götterbild geschmückte Königin.
Der prächtige Luxus der Pharaonen erdrückte fast den zarten Körper. Sie trug auf dem Haupt den Pschent der Götter und der Könige. Er war aus purem Gold und mit Smaragden, den Edelsteinen der Tuareg, besetzt, die ringsum ihren Namen in Tifinaghschrift bildeten. Sie trug den Schenti, jenes eng anliegende ägyptische Gewand. Es war aus rotem Satin, auf dem Lotusblumen in Gold gestickt waren. Zu ihren Füßen lag ein Zepter aus Ebenholz, das in einem Dreizack auslief. Die nackten Arme waren von zwei Uräusschlangen umschlossen, deren Köpfe bis unter ihre Achseln emporzüngelten, als wollten sie sich dort verbergen. Von den Ohrgehängen des Pschent hing ein Smaragdcollier herab, dessen oberste Reihe wie ein Halsband unter dem eigenwilligen Kinn lag, während die anderen im Halbrund die nackte Brust schmückten.
Als ich eintrat, begrüßte sie mich lächelnd:
»Ich habe dich erwartet.«
Ich trat näher und blieb vier Schritte vor ihrem Thron stehen. Sie sah mich ironisch an.
»Was ist denn das?« sagte sie mit größter Seelenruhe.
Ich folgte der Richtung ihres Blickes und bemerkte, daß der Griff des Dolches aus meiner Tasche hervorsah.
Ich zog ihn ganz heraus und hielt ihn fest in meiner Hand, bereit zuzustoßen.
»Die erste unter euch, die eine Bewegung macht, lasse ich sechs Meilen von hier nackt inmitten der roten Wüste aussetzen«, sagte Antinea drohend zu ihren Frauen, die angesichts meiner Geste erschrocken aufgeschrien hatten.

Dann sagte sie, wieder zu mir gewandt:
»Dieser Dolch ist ausgesprochen häßlich, und du scheinst ihn nicht richtig zu halten. Soll ich Sidia den silbernen Hammer aus meinem Schlafzimmer holen lassen? Du kannst besser mit ihm umgehen als mit diesem Dolch.«
»Antinea«, sagte ich tonlos, »ich werde Sie töten.«
»Sag du zu mir, sag ruhig du zu mir. Gestern abend hast du es ja auch getan. Genierst du dich etwa vor diesen Frauen?« fragte sie, auf die vor Angst gelähmten Dienerinnen deutend.
»Du willst mich töten?« fuhr sie fort. »Du handelst nicht sehr konsequent. Ausgerechnet in dem Augenblick, in dem du den Lohn für den Mord an dem anderen empfangen kannst.«
»Hat... hat er gelitten?« unterbrach ich sie, plötzlich schaudernd.
»Nicht sehr. Du hast den Hammer geschwungen, als hättest du dein Leben lang nichts anderes getan.«
»Wie der kleine Kaine«, flüsterte ich.
Sie lächelte erstaunt:
»Ach, du kennst diese Geschichte... Ja, wie der kleine Kaine. Aber Kaines Tat war wenigstens logisch. Während du... Ich begreife dich nicht.«
»Ich begreife mich selbst nicht recht.«
Sie sah mich mit spöttischer Neugier an.
»Antinea«, sagte ich nach einer Weile.
»Nun, was ist?«
»Ich habe getan, was du von mir verlangt hast. Darf ich dich dafür etwas fragen?«
»Und das wäre?«
»Es war dunkel in dem Zimmer, in dem er lag, nicht wahr?«
»Sehr dunkel. Ich mußte dich zu dem Diwan führen, auf dem er schlief.«
»Er schlief? Bist du dir sicher?«
»Wenn ich es dir sage.«
»Er... war nicht gleich tot, nicht wahr?«
»Nein. Ich weiß genau, wann er starb: Zwei Minuten, nachdem du zugeschlagen hast und mit einem Schrei hinausgestürzt bist.«

»Dann hat er also nicht erfahren...«
»Was?«
»Daß ich es war, der... den Hammer führte.«
»Schon möglich, daß er es nicht erfahren hätte«, erwiderte Antinea. »Aber so war es nicht.«
»Weshalb?«
»Er hat es erfahren, weil ich es ihm gesagt habe«, sagte sie und sah mir dabei mit bewundernswertem Mut fest in die Augen.
»Und er«, murmelte ich, »hat er es geglaubt?«
»Er hat dich nachträglich an deinem Schrei erkannt, nachdem ich ihm alles erklärt hatte. Für mich wäre die Sache völlig uninteressant gewesen, wenn er nicht noch erfahren hätte, daß du es warst«, vollendete sie mit einem kurzen verächtlichen Lachen.
Ich sagte bereits, vier Schritte trennten mich von Antinea. Mit einem Sprung überwand ich die Entfernung, aber bevor ich den Dolchstoß ausführen konnte, rollte ich zu Boden. König Hiram war mir an die Kehle gesprungen.
Gleichzeitig hörte ich Antineas ruhige, gebieterische Stimme: »Ruft die Männer«, befahl sie.
Eine Sekunde später war ich von den Klauen des Gepards befreit, aber die sechs weißen Tuareg versuchten, mich zu überwältigen. Ich bin ziemlich stark und gelenkig. Es gelang mir schließlich, auf die Füße zu kommen. Dann landete einer meiner Feinde zehn Fuß von mir entfernt auf dem Boden, wohin ihn ein Faustschlag unter das Kinn, nach allen Regeln der Kunst, befördert hatte. Ein zweiter keuchte unter meinem Knie. In diesem Augenblick sah ich Antinea zum letzten Mal. Sie stand aufrecht, mit beiden Händen gegen ihr Zepter aus Ebenholz gelehnt, und betrachtete die Szene mit einem interessiert-ironischen Lächeln.
Gleich darauf schrie ich vor Schmerz laut auf und ließ mein Opfer fahren. Ein lautes Knacken in meinem linken Arm: Einer der Tuareg hatte von hinten diesen Arm erwischt, ihn umgedreht und mir dadurch die linke Schulter ausgerenkt.
Während mich zwei weiße Tuareg wie ein Paket gefesselt durch die Gänge trugen, fiel ich in Ohnmacht.

XVIII

Die Leuchtkäfer

Durch das weit offene Fenster drang das blasse Mondlicht in mein Zimmer. Neben dem Diwan, auf dem ich lag, stand eine schlanke, ganz in Weiß gekleidete Gestalt.

»Bist du es, Tanit-Serga?« flüsterte ich.

Sie legte einen Finger auf die Lippen.

»Sst, ja, ich bin's.«

Ich wollte mich auf meinem Lager aufrichten, aber ein stechender Schmerz in der Schulter ließ mich innehalten. Mein armer schmerzender Kopf erinnerte mich wieder an die Ereignisse des Nachmittags.

»Ach, liebste Freundin, wenn du wüßtest!«

»Ich weiß«, erwiderte sie.

Ich war schwächer als ein Kind. Der übergroßen Anspannung tagsüber war, als der Abend nahte, ein Nervenzusammenbruch gefolgt. Tränen stiegen mir in die Kehle und erstickten mich fast.

»Wenn du wüßtest, wenn du wüßtest!... Bring mich fort, kleine Freundin, bring mich fort.«

»Sprich leiser«, sagte sie, »vor der Tür steht ein weißer Targi Wache.«

»Bring mich hier fort, rette mich«, wiederholte ich in meiner Verzweiflung.

»Deshalb bin ich ja hier«, erwiderte sie schlicht.

Ich sah sie an. Sie trug nicht mehr ihr schönes, rotseidenes Gewand, sondern einen einfachen weißen Überwurf, den sie bis über den Kopf gezogen hatte.

»Auch ich will fort«, sagte sie mit gedämpfter Stimme, »ich will es schon seit langem. Ich will Gao wiedersehen, das Dorf am Flußufer, die blaugrünen Gummibäume, das rauschende Wasser. Seit ich hier bin, denke ich an nichts anderes. Aber ganz allein kann ich die große Sahara nicht durchqueren. Nie habe ich es gewagt, mit einem von denen, die vor dir hier waren, darüber zu sprechen. Alle dachten nur an sie... Du aber, du hast sie töten wollen.«

Ich seufzte tief auf.

»Du hast Schmerzen«, sagte sie, »sie haben dir den Arm gebrochen.«

»Zumindest verrenkt.«

»Zeig einmal.«

Mit unendlicher Zartheit strich sie mit den Fingerkuppen über meine Schulter.

»Wenn draußen vor meiner Tür ein weißer Targi Wache hält, Tanit-Serga«, sagte ich, »wie bist du dann hereingekommen?«

»Von dort«, sagte sie und zeigte auf das Fenster. Eine schwarze Linie lief senkrecht über die Mitte der breiten Öffnung. Tanit-Serga ging zum Fenster und kletterte auf die Brüstung. In ihrer Hand blitzte ein Messer: Sie schnitt damit den Strick dicht unter dem oberen Fensterrahmen ab. Mit einem dumpfen Geräusch fiel die Schnur auf den Kachelboden.

Dann kam sie zu mir zurück.

»Von hier fliehen«, sagte ich, »aber wie?«

»So, wie ich gekommen bin«, entgegnete sie und zeigte erneut auf das Fenster.

Ich lehnte mich hinaus. Mein Blick suchte den dunklen Abgrund zu durchdringen, suchte nach den unsichtbaren Felsen, jenen Felsen, auf denen der kleine Kaine den Tod gefunden hatte.

»Dort hinunter«, sagte ich schaudernd. »Es sind mehr als zweihundert Fuß.«

»Mein Seil mißt zweihundertfünfzig«, erwiderte sie. »Es ist ein guter, kräftiger Strick, ich hab ihn vorhin in der Oase heimlich mitgenommen. Man benutzt ihn beim Bäumefällen. Aber er ist noch ganz neu.«

»Dort hinuntersteigen, Tanit-Serga? Und meine Schulter?«

»Ich werde dich herunterlassen«, sagte sie sehr bestimmt. »Fühl meine Arme, sieh mal, wie kräftig sie sind. Natürlich würde ich es

damit allein nicht schaffen. Aber hast du die beiden Marmorsäulen rechts und links vom Fenster bemerkt? Wenn ich den Strick doppelt um eine von ihnen lege, kann ich dich heruntergleiten lassen, fast ohne dein Gewicht zu spüren.«
Und sie fügte hinzu:
»Außerdem hab ich alle zehn Fuß einen dicken Knoten gemacht; auf diesen Weise kann ich von Zeit zu Zeit einmal innehalten, wenn ich zu erschöpft bin.«
»Und du?« fragte ich.
»Sobald du unten bist, binde ich das Seil an der Säule fest und komme nach. Ich hab ja die Knoten, um mich auszuruhen, wenn die Schnur zu sehr in die Hände schneidet. Aber hab keine Angst: Ich bin sehr geschickt. Als Kind bin ich in Gao auf Gummibäume geklettert, die fast ebenso hoch waren, um kleine Tukane aus dem Nest zu holen. Und hinunter kommt man leichter als herauf.«
»Schön, das mag vielleicht gelingen. Aber wie kommen wir denn weiter? Kennst du denn die Wälle?«
»Niemand kennt die Wälle«, sagte sie, »außer Segejr-ben-Scheich und vielleicht Antinea.«
»Also?«
»Aber Segejr-ben-Scheichs Kamele kennen ihn vielleicht, die die er zu seinen Reisen benutzt. Ich habe das kräftigste von ihnen losgebunden und dort unten hingebracht, mit viel Gras, damit es nicht schreit und genug gefressen hat, wenn wir aufbrechen.«
»Aber...«, wandte ich ein.
Sie stampfte mit dem Fuß auf.
»Was aber? ... Bleib, wenn du willst und wenn du Angst hast. Ich jedenfalls werde gehen; ich will Gao, die blauen Gummibäume und das grüne Wasser wiedersehen.«
Ich spürte, wie ich rot wurde.
»Ich gehe mit dir, Tanit-Serga. Lieber will ich mitten im Wüstensand verdursten als länger hierbleiben. Auf, laß uns...«
»Sst«, unterbrach sie mich, »noch nicht.«
Sie deutete auf den schroffen Felsen unter uns, auf den voll das Mondlicht fiel.

»Noch nicht, wir müssen warten. Jetzt würde man uns sehen. In einer Stunde wird der Mond um die Ecke gebogen sein. Dann ist es soweit.«
Sie setzte sich und schwieg. Ihr weißes Gewand hatte sie ganz über ihr kleines dunkles Gesicht gezogen. Vielleicht betete sie. Plötzlich sah ich sie nicht mehr. Der Mond hatte sich abgewandt, und es herrschte völlige Fingernis.
Tanit-Serga legte ihre Hand auf meinen Arm. Sie zog mich zum Abgrund hin; ich bemühte mich, nicht zu zittern.
Unter uns lag der Felsen in schwarzem Schatten. Leise, aber bestimmt sagte Tanit-Serga zu mir:
»Alles ist bereit; ich habe den Strick um die Säule geschlungen. Hier ist deine Schleife. Schlüpf hinein und zieh sie unter deinen Armen fest. Ach, vergiß dieses Kissen nicht, halt es fest gegen deine kranke Schulter gepreßt... Es ist ein prallgefülltes Lederkissen... Dreh dich zur Mauer hin. Es wird dich vor Stößen und Abschürfungen schützen.«
Ich war inzwischen gefaßt und ruhig geworden: Ohne jede Nervosität setzte ich mich auf die Fensterbrüstung und ließ die Beine ins Leere baumeln. Von den Felsengipfeln wehte ein frischer Wind, der mir gut tat.
Ich fühlte, wie Tanit-Serga ihre schmale Hand in meine Jackentasche steckte.
»Da hast du eine Schachtel. Wenn du unten angelangt bist, muß ich es wissen, um dir nachfolgen zu können. Du brauchst dann nur diese Schachtel zu öffnen. Es sind Leuchtkäfer darin. Sobald ich sie sehe, klettre ich hinunter.«
Ihre Hand drückte lange die meine.
»Geh jetzt«, flüsterte sie.
Ich gehorchte.
Von diesem Abstieg in zweihundert Fuß Tiefe erinnere ich mich nur noch an eines: Wenn das Seil stockte und ich mich mit baumelnden Füßen an der vollkommen glatten Mauer befand, wurde ich ziemlich ungeduldig. »Worauf wartet diese kleine Närrin bloß«, dachte ich, »jetzt häng ich schon mindestens eine Viertel-

stunde in der Luft... So, endlich geht es weiter! Nein, schon wieder ein Halt.« Ein- oder zweimal glaubte ich, schon den Boden zu berühren. Aber es war nur ein Mauervorsprung. Rasch mußte ich mich mit dem Fuß abstoßen... Und plötzlich saß ich wirklich auf dem Boden, streckte die Hände aus. Sträucher... Ich griff in einen Stachel, ich war angelangt.

Im Nu hatte ich mich des Kissens entledigt und war aus der Schlinge geschlüpft. Mit der rechten, unversehrten Hand zog ich das Seil an, entfernte es sechs bis sieben Fuß von der Felsmauer und stellte einen Fuß darauf.

Gleichzeitig nahm ich aus meiner Tasche das kleine Schächtelchen und öffnete es.

Nacheinander erhoben sich drei leuchtende Lichtkreise in die pechschwarze Nacht; ich sah die Leuchtkäfer langsam den Felsen entlang emporsteigen. Dann zerstreuten sich die rosa Punkte und verschwanden bald...

»Du bist müde, Sidi Leutnant. Laß mich das Seil halten.«

Segejr-ben-Scheich war neben mir aus dem Dunkel aufgetaucht. Ich erkannte seine hohe Gestalt und begann an allen Gliedern zu zittern, aber ich ließ den Strick nicht los, der jetzt heftig in meiner Hand tanzte.

»Laß mich das machen«, befahl er und nahm mir die Leine aus der Hand.

Ich weiß nicht, wie mir in diesem Augenblick geschah. Ich stand neben dieser großen, dunklen Silhouette. Was um Himmels willen sollte ich mit meiner verrenkten Schulter gegen diesen Mann, dessen Stärke und Wendigkeit ich nur zu gut kannte, wohl ausrichten? Und wozu auch? Ich sah, daß er, sich mit den Füßen fest aufstemmend, mit beiden Händen das Seil sehr viel besser hielt als ich selbst es hätte tun können.

Ein Geräusch über unseren Köpfen. Im Dunkel unterschieden wir eine kleine schmale Gestalt.

»Da bist du ja«, sagte Segejr-ben-Scheich, indem er in seinen starken Armen den kleinen Schatten auffing und auf den Boden

stellte, während das losgelassene Seil an die Felswand schlug. Tanit-Serga schrie auf, als sie den Targi erkannte.
Er preßte ihr die Hand auf den Mund.
»Willst du wohl ruhig sein, du Kameldiebin, du verschlagenes kleines Biest.«
Er hatte sie am Arm gepackt. In einem Ton, der keinen Widerspruch duldete, wandte er sich nun an mich:
»Komm mit.«
Ich gehorchte. Während des kurzen Weges hörte ich, wie Tanits Zähne vor Furcht klapperten.
Wir kamen zu einer kleinen Grotte.
»Tretet ein«, sagte der Targi.
Er zündete eine Fackel an. In ihrem rötlichen Licht sah ich ein prächtiges Mehari, das friedlich wiederkäute.
»Die Kleine ist nicht dumm«, sagte Segejr-ben-Scheich, auf das Tier deutend. »Sie hat das schönste und stärkste Tier gewählt, aber sonst denkt sie an nichts.«
Er ging mit der Fackel näher auf das Kamel zu.
»Ja, sonst hat sie an nichts gedacht«, fuhr er fort. »Sie hat es nur gesattelt. Weder Wasser noch Vorräte. Binnen drei Tagen wärt ihr elendiglich verhungert und verdurstet.«
Tanit-Serga klapperte nicht mehr mit den Zähnen. Sie sah den Targi halb furchtsam, halb hoffnungsvoll an.
»Sidi Leutnant«, sagte Segejr-ben-Scheich, »komm hierher, neben das Kamel, damit ich dir alles erklären kann. Sieh hier, auf jeder Seite hängt ein voller Wasserschlauch. Geht so sparsam wie möglich mit diesem Wasser um, denn ihr werdet durch ein furchtbares Land ziehen. Ihr findet vielleicht während der ersten fünfhundert Kilometer keinen einzigen Brunnen.
Hier in den Satteltaschen sind Konservenbüchsen. Nicht viel, denn das Wasser ist wichtiger. Es ist auch ein Gewehr dabei. Deine Jagdflinte, Sidi. Ich hoffe für dich, daß du sie nur brauchen wirst, um Antilopen zu schießen. Doch jetzt zu etwas anderem.«
Er entrollte ein großes Papier, über das er sich einen Augenblick lang beugte. Als er mich wieder ansah, lächelte er.

»In welche Richtung wolltest du reiten, nachdem du die fünf Wälle hinter dich gebracht hast?« fragte er.
»Nach Ideles, um von dort auf den Weg zurückzukommen, auf dem du uns, den Hauptmann und mich, getroffen hast«, erwiderte ich.
Segejr-ben-Scheich schüttelte mitleidig den Kopf.
»Das hab ich mir gedacht«, murmelte er.
Und er fügte hinzu:
»Bevor die Sonne morgen untergeht, hätte man euch, die Kleine und dich, eingeholt und umgebracht. Gen Norden führt der Weg durch den Ahaggar, und der ganze Ahaggar ist Antineas Reich. Ihr müßt nach Süden ziehen.«
»Gut, ziehen wir nach Süden«, entgegnete ich.
»Und welchen Weg würdest du da nehmen?«
»Nun, über Silet und Timmissao.«
Wieder schüttelte der Targi den Kopf und sagte:
»Auch da wird man euch suchen. Es ist nämlich die gute Straße, die Straße mit genügend Brunnen. Und man weiß, daß du sie kennst. Die Tuareg würden bereits am ersten Brunnen auf dich warten.«
»Hast du eine andere Idee?«
»Gewiß«, sagte Segejr-ben-Scheich. »Ihr dürft auf die Straße von Timissao nach Timbuktu erst nach etwa 700 Kilometern stoßen, entweder bei Iferuan oder besser noch beim Oued Tilemsi. Dort hört das Durchzugsgebiet der Ahaggar-Tuareg auf, und es beginnt das der Auelimmiden.«
Da mischte sich Tanit-Serga mit leiser, aber bestimmter Stimme ein:
»Es waren die Auelimmiden, die die Meinen ermordet und mich zur Sklavin gemacht haben. Ich will nicht durch ihr Gebiet ziehen.«
»Schweig, du häßliches kleines Biest«, befahl ihr Segejr-ben-Scheich mit strenger Stimme.
Und, zu mir gewandt, fuhr er fort:
»Du hast gehört, was ich gesagt habe. Die Kleine hat zwar nicht

ganz unrecht. Die Auelimmiden sind ein grausamer Stamm. Aber sie fürchten die Franzosen. Viele von ihnen unterhalten freundschaftliche Beziehungen zu den Posten nördlich des Nigers. Und außerdem stehen sie auf Kriegsfuß mit den Ahaggar-Tuareg, die euch in ihrem Gebiet nicht verfolgen werden. Es bleibt also dabei: Ihr dürft auf die Straße nach Timbuktu erst dort stoßen, wo das Durchzugsgebiet der Auelimmiden beginnt. Ihr Land ist dicht bewaldet und reich an Quellen. Wenn ihr erst einmal beim Oued Tilemsi seid, werden euch blühende Mimosen auf dem Rest der Strecke begleiten. Übrigens ist der Weg von hier zum Tilemsi kürzer als der über Timmissao. Er ist schnurgerade.«

»Das stimmt, er ist schnurgerade«, erwiderte ich, »aber du weißt doch wohl, daß man dabei durch die Tanesruft hindurch muß.«

Segejr-ben-Scheich winkte ungeduldig ab.

»Natürlich weiß ich das. Ich weiß auch, was die Tanesruft bedeutet. Selbst ich, der ich kreuz und quer durch die ganze Sahara gezogen bin, würde mich scheuen, durch die Tanesruft oder das südliche Tassiligebirge zu reiten. Ich weiß, daß die Kamele, die sich dort verirren, zugrunde gehen oder verwildern, denn niemand würde sein Leben wagen, um sie wieder einzufangen... Aber gerade die Furcht vor dieser Landschaft kann euch retten. Vergeßt nicht, ihr habt nur diese Wahl: entweder den Weg durch die Tanesruft, auf dem ihr vielleicht verdurstet, oder eine der anderen Straßen, auf denen ihr mit Sicherheit umgebracht werdet.«

Und er fügte hinzu:

»Natürlich könnt ihr auch hierbleiben.«

»Mein Entschluß steht fest, Segejr-ben-Scheich«, entgegnete ich.

»Schön«, sagte er und beugte sich erneut über die entrollte Karte. »Dieser Strich geht von der Öffnung des zweiten Erdwalles aus, zu der ich euch hinführen werde. Er endet in Iferuan. Ich habe die Brunnen eingetragen, aber verlaß dich nicht allzusehr darauf, denn viele sind vertrocknet. Paß auf, daß du dich von dieser Linie nicht entfernst. Denn das wäre der Tod... Jetzt steig mit der Kleinen auf das Kamel, denn zwei machen weniger Lärm als drei.«

Lange zogen wir schweigend dahin. Segejr-ben-Scheich ging voraus, und sein Mehari folgte ihm gehorsam. Nacheinander ritten wir durch einen finsteren Gang, eine enge Schlucht, wieder einen Gang... Jeder Zugang war hinter einem Gewirr von Felsen und Buschwerk versteckt.

Plötzlich spürten wir, wie uns ein heißer Luftstrom entgegenschlug. Ein dunkler, rötlicher Schimmer drang in das Ende des Ganges ein. Die Wüste lag vor uns.

Segejr-ben-Scheich war stehengeblieben.

»Steigt ab«, befahl er.

Eine Quelle sprudelte hinter einem Felsen, und der Targi näherte sich ihr. Er füllte einen Lederbecher.

»Trinkt«, sagte er, und reichte ihn erst mir und dann Tanit-Serga. Wir gehorchten. »Trinkt noch einmal«, befahl er. »Ihr spart damit das Wasser in den Schläuchen. Versucht jetzt, bis Sonnenuntergang euren Durst zu unterdrücken.«

Er prüfte noch einmal die Sattelgurte des Meharis.

»Alles in Ordnung«, murmelte er. »Auf jetzt, in zwei Stunden bricht der Tag an. Bis dahin müßt ihr außer Sicht sein.«

Ein Anflug von Rührung ergriff mich in dieser letzten Minute. Ich trat auf den Targi zu und sagte leise:

»Segejr-ben-Scheich, warum tust du das für mich?«

Er wich einen Schritt zurück. Seine großen dunklen Augen leuchteten.

»Warum?« wiederholte er nachdenklich.

»Ja, warum?«

»Der Prophet«, erwiderte er ernst, »erlaubt dem Gerechten, einmal in seinem Leben das Mitleid über das Pflichtgefühl siegen zu lassen. Segejr-ben-Scheich macht von dieser Erlaubnis für seinen Lebensretter Gebrauch.«

»Fürchtest du denn nicht, daß ich, erst einmal zu den Franzosen zurückgekehrt, alles verrate und Antineas Geheimnis enthülle?«

Er schüttelte den Kopf.

»Nein, das fürchte ich nicht«, sagte er in leicht ironischem Ton. »Du hast kein Interesse daran, Sidi Leutnant, daß deine Landsleute erfahren, wie Sidi Hauptmann gestorben ist.«

Ich erschrak über diese äußerst logische Antwort.
»Vielleicht mache ich einen Fehler«, fügte der Targi hinzu, »indem ich die Kleine am Leben lasse... Aber sie liebt dich. Sie wird nichts verraten. Jetzt macht euch auf den Weg, der Tag bricht bald an.«
Ich versuchte, meinem sonderbaren Retter die Hand zu drücken, aber er zog die seine zurück und sagte:
»Du brauchst mir nicht zu danken. Was ich tue, tue ich für mich, um mir vor meinem Gott ein Verdienst zu erwerben. Sei überzeugt, daß ich es niemals wieder tun werde, weder für einen anderen noch für dich.«
Ich suchte ihn, zumindest für mein Teil, durch eine Handbewegung zu beruhigen. Er aber erwiderte mit einer Stimme, deren Spott mir noch heute in den Ohren klingt:
»Widersprich mir nicht! Was ich tue, ist nützlich für mich, nicht für dich, glaub mir.«
Ich starrte ihn verständnislos an.
»Nicht für dich, Sidi Leutnant, nicht für dich«, wiederholte er mit ernster Stimme, »denn du wirst zurückkehren, und an diesem Tag verlaß dich nicht mehr auf Segejr-ben-Scheichs Gefälligkeit.«
»Ich zurückkehren?« murmelte ich schaudernd.
»Du wirst zurückkehren, verlaß dich drauf«, sagte der Targi. Er stand als dunkle Silhouette vor einem grauen Felsvorsprung und wiederholte eindringlich:
»Du wirst zurückkehren. Jetzt fliehst du, aber du irrst dich, wenn du glaubst, du wirst deine Welt noch mit den gleichen Augen sehen wie vorher. Ein Gedanke, immer der gleiche, wird dich von nun an überall verfolgen, und eines Tages, in einem Jahr, in fünf oder vielleicht erst in zehn Jahren wirst du wieder diesen Gang betreten, den du eben verlassen hast.«
»Sei still, Segejr-ben-Scheich«, rief Tanit-Serga mit ängstlicher Stimme.
»Wer hat dir erlaubt zu reden, du freches kleines Biest«, knurrte Segejr-ben-Scheich.
Er lachte kurz auf.
»Siehst du, die Kleine hat Angst, weil sie weiß, daß ich die Wahr-

heit sage, weil sie die Geschichte kennt, die Geschichte von Leutnant Ghiberti.«
»Von Leutnant Ghiberti?« fragte ich, und der Schweiß perlte mir auf der Stirn.
»Er war ein italienischer Offizier, den ich vor acht Jahren zwischen Ghat und Ghadames getroffen habe. Die Liebe, die er für Antinea empfand, ließ ihn offenbar die Liebe zum Leben anfangs nicht ganz vergessen. Er versuchte zu fliehen, und es gelang ihm, ich weiß nicht wie, denn ich habe ihm nicht geholfen. Er kehrte in seine Heimat zurück. Nun aber hör weiter: Auf den Tag genau zwei Jahre später, als ich selbst auf Entdeckungen ausging, fand ich vor dem nördlichen Wall, dessen Eingang er vergeblich gesucht hatte, einen vor Erschöpfung, Hunger und Durst halbtoten Mann, ein in Lumpen gehülltes Gespenst. Es war Leutnant Ghiberti, der zurückkehrte. Im roten Marmorsaal nimmt er die Nische Nummer 39 ein.«
Der Targi lachte kurz auf.
»Das ist die Geschichte von Leutnant Ghiberti. Du hast sie ja hören wollen... Aber nun genug der Worte. Steigt auf euer Kamel.«
Ich gehorchte wortlos. Tanit-Serga kletterte hinter mir auf und umschlang mich mit ihren kleinen Armen.
Segejr-ben-Scheich hielt das Tier noch am Zügel fest und sagte, indem er im Süden auf einen schwärzlichen Punkt am violetten Horizont deutete:
»Noch eins. Siehst du diese Gara * dort: Das ist eure Richtung. Sie ist dreißig Kilometer entfernt. Ihr müßt dort sein, wenn die Sonne aufgeht. Dann schaut euch die Karte an. Der nächste Ort, an dem ihr euch orientieren könnt, ist eingetragen. Wenn du nicht von der Linie abkommst, könnt ihr in acht Tagen am Oued Tilemsi sein.«
Der lange Hals des Kamels streckte sich dem Wüstenwind, der von Süden kam, entgegen.
Plötzlich ließ der Targi den Zügel des Tieres los und rief: »Los jetzt!«

* Arabisch: Anhöhe, Berg (A. d. Ü.)

»Danke für alles«, sagte ich, mich im Sattel umwendend, »danke, Segejr-ben-Scheich, und leb wohl!«
Schon ein Stück weit entfernt hörte ich noch einmal seine Stimme. Er antwortete:
»Auf Wiedersehen, Leutnant de Saint-Avit.«

XIX

Die Tanesruft

Während der ersten Stunde unserer Flucht trug uns Segejr-ben-Scheichs großes Mehari mit Windeseile davon. Wir legten mindestens fünf Meilen zurück. Fast ohne den Blick zu wenden, lenkte ich das Tier auf die von dem Targi bezeichnete Anhöhe hin, deren Umriß auf dem immer blasser werdenden Himmel beständig wuchs.

Wir ritten so rasch, daß wir sogar einen leichten Luftzug im Gesicht spürten. Hohe Retama-Büsche flogen rechts und links wie dunkle, fleischlose Skelette an uns vorüber.

Plötzlich hörte ich Tanit-Sergas dünne Stimme hinter mir: »Halt das Kamel an.«

Ich begriff zuerst gar nicht.

Ihre Hand umklammerte meinen rechten Arm.

Ich gehorchte. Nur sehr widerwillig verlangsamte das Kamel seinen Schritt.

»Horch«, sagte die Kleine.

Zuerst hörte ich nichts. Dann vernahm ich ein leichtes Geräusch, ein trockenes Rascheln am Boden hinter uns.

»Halt das Kamel an«, befahl Tanit-Serga. »Es muß aber nicht extra niederknien.«

Im gleichen Augenblick sprang ein kleines graues Geschöpf auf unser Reittier, das gleich wieder weiterlief.

»Laß es nur«, sagte Tanit. »Galee ist schon aufgesprungen.«

Ich spürte unter meiner Hand ein Büschel gesträubter Haare. Der Ichneumon war unserer Spur gefolgt und hatte uns eingeholt. Ich hörte nun auch den keuchenden Atem des braven kleinen Tiers, der allmählich ruhiger wurde.

»Ich bin glücklich«, murmelte Tanit-Serga.

Segejr-ben-Scheich hatte sich nicht geirrt. Wir ritten an der Gara vorbei, als die Sonne aufging. Ich blickte zurück: Die Atakora-Berge waren nur noch ein geisterhaftes Felsenmeer inmitten des nächtlichen Dunstes, den der anbrechende Tag vertrieb. Schon konnte man unter den zahllosen Gipfeln kaum noch den herausfinden, unter dem Antinea sich ihrer verheerenden Leidenschaft hingab.

Du weißt, was die Tanesruft ist: Eine Salztonfläche, ein verlassenes, unbewohnbares Land, das Reich des Hungers und des Durstes. Wir durchritten jetzt den Teil dieser Wüste, den Duveyrier das südliche Tassili nennt und der auf der Karte des Verkehrsministeriums mit der einladenden Bemerkung versehen ist: »Felsplateau ohne Wasser und Vegetation, für Mensch und Tier unbewohnbar.«

Nichts, abgesehen vielleicht von gewissen Teilen der Kalahari-Wüste, ist schrecklicher als diese steinerne Wildnis. Segejr-ben-Scheich hatte sich bestimmt nicht geirrt, als er sagte, hier werde uns niemand verfolgen.

Noch immer floh das Morgenlicht einige nachtdunkle Winkel. In meinem Kopf jagten sich alle möglichen Bilder ohne jeden Zusammenhang. Ein Satz fiel mir Wort für Wort wieder ein: »Es schien Dick, als habe er seit dem dunklen Urbeginn aller Zeiten nichts anderes getan, als auf dem Rücken eines Meharis die Luft zu durchschneiden.« Seit ein paar Stunden, dachte ich und mußte dabei unwillkürlich lächeln, gerate ich von einer literarischen Situation in die andere. Heute nacht noch, hundert Fuß über dem Erdboden, war ich Fabrice aus der »Kartause von Parma«* hoch oben in seinem italienischen Turmverlies gewesen. Jetzt ritt ich auf meinem Kamel wie Dick aus dem »Erlöschenden Licht«**, der auf der Suche nach seinen Waffengefährten die Wüste durchstreift.

Doch auf meine Heiterkeit folgte rasch das Entsetzen, als ich an

* Von Stendhal (A. d. Ü.)

** Von Rudyard Kipling (A. d. Ü.)

den Abend zuvor dachte und mir der Orest aus »Andromache« * einfiel, der sich bereit erklärt, Pyrrhus zu ermorden... Auch eine sehr literarische Situation...

Segejr-ben-Scheich hatte acht Tage gerechnet, bis wir die waldreichen Gebiete der Auelimmiden erreichen würden, die Ausläufer der Grassteppen des Sudans. Er wußte genau, was sein Tier zu leisten imstande war. Tanit-Serga hatte ihm auch gleich einen Namen gegeben. »El-Mellen, der Weiße«, denn dieses prächtige Mehari hatte ein fast fleckenlos weißes Fell. Es blieb einmal zwei Tage ganz ohne Futter, nur ab und zu riß es einen Zweig von einer Gummiakazie ab, deren häßliche weiße Dornen, die bis zu zehn Zentimeter lang waren, mich um die Speiseröhre unseres Freundes fürchten ließen. Die von Segejr-ben-Scheich eingetragenen Brunnen fanden sich zwar an den angegebenen Orten, aber sie enthielten nur heißen gelblichen Schlamm. Das Kamel begnügte sich damit, so daß wir nach fünf Tagen, dank seiner und unserer Enthaltsamkeit, erst den Inhalt eines der beiden Wasserschläuche aufgebraucht hatten. Damals glaubten wir uns schon gerettet.
Es gelang mir an diesem Tag, ganz in der Nähe von einer dieser verschlammten Wasserstellen, mit meinem Jagdgewehr eine jener Wüstengazellen zu erlegen, die kurze, gerade Hörner tragen. Tanit-Serga zog dem Tier das Fell ab, und zur Abwechslung gab es schöne durchgebratene Keulen. Während dessen hatte der kleine Galee, der während unserer Ruhepausen tagsüber bei der unerträglichen Hitze immer in den Felsgrotten herumstöberte, einen Uran entdeckt, ein kleines Sandkrokodil von drei Ellen Länge, und brach ihm das Genick. Er fraß sich so voll, daß er sich kaum noch rühren konnte. Wir mußten ihm ein bißchen Wasser abgeben, damit er besser verdauen konnte. Wir taten es gern, denn wir waren unbeschwert und glücklich. Tanit-Serga sagte zwar nichts, aber ich sah ihre Freude darüber, daß ich offenbar ihre Herrin

* Von Racine (A. d. Ü.)

mit dem goldenen Pschent und dem Smaragdhalsband vergessen hatte. Und sie irrte sich nicht: Ich dachte damals nur noch ganz selten an sie. Andere Dinge schienen mir viel wichtiger: Wie man die schreckliche Hitze tagsüber am besten vermied, daß man nicht vergaß, den Wasserbehälter aus Ziegenfell rechtzeitig in ein Felsloch zu legen, damit das Wasser schön kühl blieb, das unbeschreibliche Glück, das man empfand, wenn man den vollen Lederbecher mit dem rettenden Wasser zum Mund führte... Ja, ich darf es wohl offen sagen und mit mehr Recht als jeder andere: Eine große Leidenschaft, sei sie geistiger oder sinnlicher Natur, kann nur der entwickeln, der wohlgenährt, frisch und ausgeruht ist.

Es war fünf Uhr abends. Die glühende Hitze ließ langsam nach. Wir waren aus unserer Felsgrotte gekrochen, in der wir eine kleine Siesta gehalten hatten. Jetzt saßen wir auf einem großen Stein und sahen zu, wie sich der Himmel im Westen rötete. Ich entrollte das Blatt, auf dem Segejr-ben-Scheich unsere Etappen bis zur Sudanstraße eingetragen hatte, und stellte erneut voller Befriedigung fest, daß ich mich genau an die Karte gehalten hatte und seine Angaben stimmten.

»Übermorgen abend«, sagte ich, »müßten wir so weit sein, daß wir am Morgen darauf den Oued Tilemsi erreichen. Von dort an werden wir uns um Wasser nicht mehr zu sorgen brauchen.«

Tanit-Sergas Augen strahlten in ihrem schmal gewordenen Gesicht.

»Und Gao?« fragte sie.

»Bis zum Niger sind es dann nur noch sieben Tage. Und Segejr-ben-Scheich hat gesagt, vom Oued Tilemsi ab säumten Mimosen unseren Weg.«

»Ich kenne die Mimosen«, erwiderte sie. »Es sind kleine gelbe Kugeln, die in der Hand zerbröseln. Aber mir sind die Kapernblüten lieber. Du kommst mit mir nach Gao, nicht wahr? Die Auelimmiden haben zwar meinen Vater umgebracht, das hab ich dir erzählt, aber mein Stamm hat das Dorf inzwischen bestimmt wieder aufgebaut. Sie sind daran gewöhnt. Du wirst sehen, wie sie dich empfangen werden.«

»Ich werde dich nach Gao begleiten, Tanit-Serga, das verspreche ich dir. Aber du mußt mir auch etwas versprechen...«
»Was denn? Oh, ich habe es schon erraten. Hältst du mich denn für solch eine Närrin, daß du glaubst, ich könnte gewisse Dinge ausplaudern, die meinem Freund unangenehm wären?«
Sie sah mich ernst an während dieser Worte. Die große Erschöpfung und die Entbehrungen hatten ihr goldbraunes Gesicht, in dem die großen Augen leuchteten, wie gemeißelt... Ich habe seitdem oft Muße gehabt, mit Karte und Kompaß den Ort festzustellen, an dem mir zum erstenmal aufgefallen ist, wie schön Tanit-Sergas Augen waren.
Wir schwiegen eine ganze Weile. Sie brach es endlich und sagte: »Es wird bald Nacht. Wir müssen essen, um möglichst rasch aufzubrechen.«
Sie stand auf, um die Vorräte zu holen. Gleich darauf hörte ich sie rufen, und zwar in einem so erschrockenen Ton, daß ich selbst Angst bekam: »Komm! Komm rasch!«
Ich lief zu ihr.
»Das Kamel«, murmelte sie, »das Kamel«. Ich warf einen Blick auf das Tier, und ein tödlicher Schreck fuhr mir in die Glieder.
El-Mellen lag der Länge nach ausgestreckt am Felsen, die hellen Flanken von Krämpfen geschüttelt. Es war im Begriff zu verenden. Ich brauche dir wohl nicht zu schildern, mit welchem Eifer wir uns um das Tier bemühten. Ich verstand nicht, woran El-Mellen starb und habe es nie herausgebracht. Alle Meharis sind so. Sie sind die ausdauerndsten und zugleich anfälligsten Geschöpfe. Sie reiten sechs Monate lang mit nur wenig Wasser und Nahrung durch die fürchterlichsten Einöden, und es geht ihnen ausgezeichnet. Aber dann, eines Tages, wenn es ihnen an nichts mangelt, legen sie sich auf die Seite und stehlen sich still und unauffällig aus dem Leben.
Als Tanit-Serga und ich einsahen, daß nichts mehr zu machen war, standen wir auf und beobachteten stumm die schwächer werdenden Zuckungen des Tieres. Als es seinen letzten Atemzug getan hatte, spürten wir, daß auch unser Leben mit ihm entfloh.
Es war Tanit-Serga, die als erste wieder das Wort ergriff.

»Wie weit sind wir noch von der Sudanstraße entfernt?«
»Es sind noch zweihundert Kilometer bis zum Oued Tilemsi«, erwiderte ich. »Wir können dreißig Kilometer gewinnen, wenn wir den Weg über Iferuan nehmen, aber auf dieser Linie sind die Brunnen nicht angegeben.«
»Also hilft uns das nicht weiter«, sagte sie entschlossen.
»Zweihundert Kilometer, das macht wohl sieben Tage?«
»Mindestens sieben Tage, Tanit-Serga.«
»Wie weit ist es bis zum ersten Brunnen?«
»Sechzig Kilometer.«
Einen Augenblick erschrak die Kleine, aber sie faßte sich schnell und sagte:
»Wir müssen sofort aufbrechen.«
»Aufbrechen, Tanit-Serga, zu Fuß?«
Sie stampfte ungeduldig auf den Boden. Ich bewunderte ihren Mut.
»Wir müssen aufbrechen«, wiederholte sie. »Wir werden rasch essen und trinken und auch Galee etwas abgeben, denn wir können nicht alle Konservenbüchsen mitschleppen. Auch der Wasserschlauch ist so schwer, daß wir mit ihm keine zehn Kilometer weit kämen. Wir werden in eine Konservenbüchse ein Loch machen, sie ausleeren und mit etwas Wasser füllen. Für die heutige Nacht reicht das. Das sind dreißig Kilometer ohne Wasserstelle. Morgen abend müssen wir dann wieder dreißig Kilometer zurücklegen, bis wir zu dem Brunnen kommen, der auf Segejr-ben-Scheichs Karte eingezeichnet ist.«
»Ach«, seufzte ich, »wenn doch meine Schulter mir nicht so weh täte, dann hätte ich den Schlauch tragen können.«
»Daran ist nun mal nichts zu ändern«, sagte Tanit-Serga.
»Du nimmst das Jagdgewehr und zwei Konservenbüchsen. Ich trage auch noch zwei und die eine, in der das Wasser ist. Komm jetzt, wir müssen in einer Stunde fort sein, wenn wir die dreißig Kilometer hinter uns bringen wollen. Du weißt, ist erst einmal die Sonne aufgegangen, wird der Felsboden so heiß, daß man nicht mehr darauf gehen kann.«
In welch düsterem Schweigen diese Stunde endete, die so heiter

und unbeschwert begonnen hatte, kannst du dir denken. Ich glaube, ohne meine kleine Begleiterin hätte ich mich auf den Felsen gesetzt und das Schicksal abgewartet. Nur Galee war glücklich.

»Wir dürfen ihn nicht zu viel fressen lassen«, sagte Tanit-Serga. »Sonst kann er uns nicht folgen. Und morgen muß er etwas tun. Wenn er wieder einen Uran fängt, nehmen wir ihn uns.«

Du kennst die Wüste. Du weißt, wie schrecklich die ersten Nachtstunden sind. Wenn der große gelbe Mond aufgeht, scheint ein beißender Sandstaub aufzuwirbeln und einen zu ersticken. Unwillkürlich fängt man an zu kauen, wie um diesen Staub zu zermahlen, der einem im Hals brennt. Dann bringt wohl die Gewohnheit eine Art schläfriger Ruhe mit sich. Man zieht gedankenlos weiter. Man vergißt, daß man geht, bis man sich an etwas stößt – erst dann fällt es einem wieder ein. Allerdings stolpert man oft über irgend etwas. Aber dieser Zustand ist zumindest erträglich. »Die Nacht nimmt einmal ein Ende«, sagt man sich, »und damit dieser Fußmarsch. Eigentlich bin ich jetzt weniger müde als bei unserem Aufbruch.« Die Nacht endet, doch dann kommt erst die schlimmste Zeit. Man stirbt vor Durst und zittert vor Kälte. Die Müdigkeit lastet tonnenschwer auf einem. Der elende kleine Wind, der das Morgenrot ankündigt, bringt kaum Erfrischung, im Gegenteil. Bei jedem falschen Schritt denkt man: Der nächste wird der letzte sein. Das fühlen, das sagen Menschen, die immerhin wissen, daß in ein paar Stunden ein gutes Quartier, Essen und Trinken auf sie warten...

Ich litt fürchterlich. Jeder Stoß erschütterte meine arme Schulter. Einmal wäre ich am liebsten stehengeblieben und hätte mich hingesetzt. Da sah ich Tanit-Serga an. Fast mit geschlossenen Augen schritt sie vorwärts. In ihren Zügen lag eine unbeschreibliche Qual, aber auch eine ebenso große Willenskraft. Ich schloß die Augen wie sie und ging weiter.

Das war unsere erste Etappe. Bei Morgengrauen rasteten wir in einer kleinen Felshöhle. Bald zwang uns die Hitze, aufzustehen

und eine tiefere Höhle zu suchen. Tanit-Serga aß nichts, trank aber in einem Zug die Hälfte der Büchse leer. Den ganzen Tag lang döste sie vor sich hin. Galee strich mit kläglichem Gewinsel um unseren Felsen.
Von der zweiten Etappe sage ich lieber nichts. Sie übertraf an Entsetzen alles, was man sich vorstellen kann. Ich litt, was ein Mensch in der Wüste nur leiden kann. Dennoch bemerkte ich mit unendlichem Mitleid, daß meine Zähigkeit und Kraft letzten Endes der meiner kleinen Gefährtin doch überlegen waren. Das arme Kind trottete stumm vor sich hin und nagte an dem Haik, dessen einen Zipfel es über den Kopf gezogen hatte. Galee lief hinterdrein. Der Brunnen, zu dem wir uns hinschleppten, trug auf Segejr-ben-Scheichs Karte den Namen Tissaririn. Das Wort ist der Dualis von Tissarirt und bezeichnet zwei alleinstehende Bäume.
Der Tag brach gerade an, als ich endlich die beiden Bäume, zwei Gummibäume, erblickte. Kaum eine Meile trennte uns von ihnen, und ich schrie vor Freude:
»Mut, Tanit-Serga, der Brunnen ist da!«
Sie schlug ihren Stoffzipfel zurück, und ich sah ihr armes verängstigtes Gesicht.
»Endlich«, murmelte sie, »endlich, denn sonst...«
Die Stimme versagte ihr.
Den letzten Kilometer legten wir fast im Laufschritt zurück.
Schon sah man das Loch, die Öffnung des Brunnens.
Jetzt hatten wir ihn erreicht.
Er war leer.

Es ist ein merkwürdiges Gefühl, zu verdursten. Zuerst sind die Leiden schrecklich. Dann lassen sie allmählich nach. Man wird gefühllos. Lächerliche kleine Details aus unserem Leben tauchen auf und umschwirren uns wie Mücken. Ich dachte plötzlich an meine Aufnahmeprüfung für Saint-Cyr, an den Aufsatz über die Schlacht von Marengo. Hartnäckig wiederholte ich mir: »Ich habe behauptet, die von Marmont im Augenblick von Kellermanns Angriff enttarnte Batterie habe achtzehn Kanonen gehabt... Jetzt erinnere ich mich aber, daß es nur zwölf Kanonen waren. Ja, ich bin ganz sicher, es waren zwölf Kanonen.«

Ich wiederholte immer wieder:

»Zwölf Kanonen.«

Darüber verfiel ich in eine Art Halbschlaf.

Das Gefühl eines glühenden Eisens auf meiner Stirn weckte mich. Ich öffnete die Augen. Tanit-Serga beugte sich über mich. Es war ihre Hand, die so heiß war.

»Steh auf«, sagte sie, »wir müssen weiter.«

»Weiter, Tanit? Die Wüste brennt, die Sonne steht im Zenit. Es ist Mittag.«

»Wir müssen weiter«, wiederholte sie.

Jetzt sah ich, daß sie phantasierte.

Sie stand aufrecht: Ihr Haik war auf den Boden gefallen. Der kleine Galee lag zusammengerollt darauf und schlief.

Mit ungeschütztem Kopf trotz der glühenden Sonne stand sie da und wiederholte:

»Laß uns gehen.«

Ein Rest Vernunft war mir noch geblieben.

»Tu dir was auf den Kopf, Tanit-Serga. Tu dir was auf den Kopf.«

»Laß uns aufbrechen«, wiederholte sie hartnäckig, »laß uns aufbrechen. Gao ist ganz nahe, ich fühle es. Ich will Gao wiedersehen.«

Ich zwang sie, sich neben mich in den Schatten eines Felsens zu setzen. Alle Kraft hatte sie verlassen, das merkte ich. Unendliches Mitleid ergriff mich, und mit ihm kehrte auch die Vernunft zurück.

»Gao ist jetzt schon ganz nah, nicht wahr?« flüsterte sie. Und ihre glänzenden Augen sahen mich flehentlich an.

»Ja, liebste Kleine. Gao ist ganz nah. Aber leg dich um Himmels willen in den Schatten. Die Sonne ist tödlich.«

»Ach, Gao, Gao! Ich wußte es ja«, sagte sie. »Ich wußte, daß ich Gao wiedersehen werde.«

Sie hatte sich wieder aufgerichtet. Ihre heißen kleinen Hände hielten die meinen umklammert.

»Hör zu. Ich muß es dir erzählen. Damit du begreifst, warum ich wußte, daß ich Gao wiedersehen werde.«

»Tanit-Serga, beruhige dich, mein Kind, beruhige dich.«
»Nein, ich muß es dir erzählen. Es ist schon lange her, es war an dem Fluß, der Wasser hat, in Gao, wo mein Vater herrschte... Eines Tages, an einem Festtag, kam vom Land her ein alter Zauberer zu uns. Er trug Felle und Federn, eine Maske und eine spitze Mütze, hatte einen Sack mit zwei Kobraschlangen darin und ein paar Kastagnetten. Auf dem Dorfplatz, wo wir alle versammelt waren, tanzte er die Broussadilla, einen Steppentanz. Ich stand in der ersten Reihe, und weil ich ein Halsband aus rosa Turmalinen trug, sah er, daß ich die Tochter eines Songhai-Fürsten war. Da erzählte er mir von der Vergangenheit, vom großen Mandingoreich, über das meine Vorfahren geherrscht haben, von unseren Feinden, den grausamen Kuntas, und noch von vielem mehr. Zum Schluß sagte er zu mir...«
»Beruhige dich doch, Kleines.«
»Er sagte zu mir: ›Hab keine Angst. Das Leben wird zwar bald hart für dich sein, aber mach dir nichts daraus: Eines Tages wirst du am Horizont Gao leuchten sehen, nicht mehr das geknechtete, zu einem elenden Negerdorf herabgewürdigte Gao, sondern das prächtige Gao von einst, die große Hauptstadt der Schwarzen, das wiederauferstandene Gao, mit der Moschee der sieben Türme und den vierzehn Türkiskuppeln, den Häusern rings um schattige Patios, den Springbrunnen und bewässerten Gärten, in denen große rote und weiße Blumen blühen. Dann wird für dich die Stunde der Befreiung und der königlichen Herrschaft gekommen sein.«
Tanit-Serga war wieder aufgestanden. Über unseren Häuptern, rings um uns, überall brannte die Sonne auf die Hammada nieder, glühte sie aus.
Die Kleine streckte plötzlich die Arme aus und schrie laut: »Gao! Ich sehe Gao!... Oh, ich wußte es ja, da sind die Bäume, die Brunnen, die Kuppeln und Türme, die Palmen, die großen roten und weißen Blumen. Gao!...«
Und wirklich, am flammenden Horizont stieg auch für mich eine phantastische Stadt auf, türmte ihre trügerischen Regenbogen-

häuser übereinander. Vor unseren weit aufgerissenen Augen schimmerte das gleißende Trugbild in fiebrigem Glanz.
»Gao«, rief ich, »Gao!«
Fast gleichzeitig stieß ich einen anderen Schrei, einen Schrei des Schmerzes und des Entsetzens aus. Ich spürte Tanit-Sergas Hand in der meinen plötzlich erschlaffen. Ich hatte gerade noch Zeit, das Kind in meinen Armen aufzufangen. Ihr Flüstern war nur noch ein Hauch:
»Dann wird die Stunde der Befreiung und der königlichen Herrschaft gekommen sein.«
Wenige Stunden später nahm ich das Messer zur Hand, mit dem Tanit-Serga zwei Tage zuvor die Gazelle zerlegt hatte, um im Sand am Fuße des Felsens, wo sie den letzten Atemzug getan hatte, das Grab zu schaufeln, in dem Tanit-Serga ruhen sollte.
Als alles fertig war, wollte ich ihr liebes Gesicht noch einmal sehen. Die Sinne schwanden mir fast... Rasch zog ich wieder den weißen Haik über sie und legte die Leiche des Mädchens in die Gruft.
Ich hatte meine Rechnung ohne Galee gemacht.
Der Ichneumon hatte mich während der ganzen Zeit, in der ich mein trauriges Werk vollendete, nicht aus den Augen gelassen. Als er die erste Handvoll Sand auf den Körper fallen hörte, stieß er einen grellen Schrei aus. Ich sah, wie er sich, mich mit roten Augen anstarrend, zum Sprung anschickte.
»Galee!« rief ich und versuchte, ihn zu streicheln.
Er biß mich in die Hand, sprang in die Grube und begann, wütend den Sand wegzuscharren.
Dreimal versuchte ich, Galee zu entfernen. Ich sah ein, daß es mir nicht gelingen würde. Und selbst wenn – Galee würde hierbleiben und die Leiche ausgraben.
Mein Jagdgewehr lag neben mir. Ein Knall weckte das Echo in dieser unendlichen, verlassenen Wüste. Einen Augenblick später schlief auch Galee auf der Brust seiner Herrin, wo ich ihn so oft hatte liegen sehen, seinen letzten Schlaf.

Als auf der Oberfläche des Bodens nur noch ein leichter festgetretener Sandhügel zu sehen war, erhob ich mich taumelnd und wanderte auf gut Glück die Wüstenstraße weiter nach Süden.

XX

Der Kreis schließt sich

Tief im Tal des Oued Mia schrie ein Schakal. Vielleicht der gleiche, den ich auch in jener Nacht dort gehört hatte, als Saint-Avit mir gestand, er habe Morhange getötet.
Ich hatte plötzlich das Gefühl, in dieser Nacht würde etwas Entscheidendes, Endgültiges geschehen.
Wir saßen an diesem Abend wie auch an jenem auf der kahlen Veranda, die an unseren Speisesaal angebaut war: Ein festgestampfter Lehmboden, ein Geländer aus gekreuzten, unbehauenen Ästen, vier Balken, die ein Dach aus Alfastroh trugen. Über das Geländer weg hatte man einen weiten Blick über die Wüste. Als Saint-Avit geendet hatte, stand er auf und lehnte sich dagegen. Ich folgte ihm.
»Und weiter?« fragte ich.
Er sah mich erstaunt an:
»Was, weiter? Ich nehme an, du weißt, was damals alle Zeitungen geschrieben haben: Wie ich, halb tot vor Hunger und Durst, von einer Harka unter dem Befehl von Hauptmann Aymard im Land der Auelimmiden gefunden und nach Timbuktu gebracht wurde. Einen Monat lang lag ich im Delirium. Was ich in meinen Fieberanfällen alles erzählt haben mag – ich hab es niemals erfahren. Wie du dir vorstellen kannst, haben die Offiziere in Timbuktu mir gegenüber nichts davon verlauten lassen. Aber als ich ihnen meine Abenteuer so erzählte, wie es später im amtlichen Bericht über die Expedition Morhange-Saint-Avit zu lesen war, merkte ich nur allzu deutlich an der kühlen Höflichkeit, mit der sie mich anhörten, daß diese meine offizielle Version in verschiedenen Punkten von dem abweichen mußte, was ich wohl in meinem Delirium ausgeplaudert hatte.

Man gab sich damit zufrieden. Es blieb dabei, daß Hauptmann Morhange einem Hitzschlag erlegen und von mir am Ufer des Oued Tekuiat, drei Tagesreisen von Timmissao entfernt, begraben worden war. Jedem mußten die Lücken in meiner Erzählung aufgefallen war. Wahrscheinlich glaubte man an irgendeine geheimnisvolle Tragödie. Aber es gab eben keine Beweise. In Anbetracht der Unmöglichkeit, sie zu beschaffen, zog man es vor, über das, was doch nur ein unnützer Skandal geworden wäre, den Mantel des Schweigens zu breiten.«

»Und ... sie?« fragte ich zaghaft.

Er lächelte triumphierend. Offenbar spürte er, wie sehr er mich bereits mit seinen wahnwitzigen Ideen angesteckt, ja, mich schon so weit gebracht hatte, daß ich darüber sogar Morhange und sein eigenes Verbrechen vergaß.

»Sie?« sagte er. »Seit sechs Jahren weiß ich nichts mehr von ihr. Aber ich sehe sie vor mir, ich rede mit ihr. Ich denke an den Augenblick, der uns wieder zusammenführen wird ... Ich werde mich ihr zu Füßen werfen und sagen: ›Verzeih mir, ich habe mich gegen dein Gesetz aufgelehnt. Damals habe ich nichts begriffen. Jetzt weiß ich es besser und du siehst, ich bin zurückgekehrt, wie Leutnant Ghiberti.‹

›Familie, Ehre, Vaterland‹, so sagte der alte Le Mesge, ›alles werden Sie für sie vergessen.‹ Der alte Le Mesge ist ein Dummkopf, aber er sprach aus Erfahrung. Er wußte, was im Angesicht von Antinea die Willensstärke der fünfzig Männer im roten Marmorsaal wert war.

Jetzt wirst du mich wahrscheinlich fragen, wer diese Frau eigentlich ist. Weiß ich es denn selbst? Aber was liegt mir schon daran? Was liegt mir an ihrer Vergangenheit und dem Geheimnis ihrer Herkunft, was liegt mir daran, ob sie wirklich vom Gott der Meere und den erhabenen Lagiden* abstammt oder von einem polnischen Trunkenbold und einer Dirne aus dem Quartier Marbeuf.

* Die Dynastie der Lagiden oder Ptolemäer wurde von Lagos, dem Vater von Ptolemäus I., begründet (A. d. Ü.)

Solche Kleinigkeiten konnten mich vielleicht damals, als ich die Schwäche hatte, auf Morhange eifersüchtig zu sein, interessieren, mich in jener lächerlichen Eigenliebe treffen, die die zivilisierte Menschheit ständig mit dem Gefühl der Leidenschaft verquickt. Ich aber habe den Körper Antineas in meinen Armen gehalten. Ich will nichts anderes mehr wissen, weder ob die Felder Frucht tragen noch was aus den Trugbildern der Menschen schließlich wird...
Ich will es nicht wissen, oder vielmehr: Gerade weil ich ein zu genaues Bild dieser Zukunft habe, bin ich bereit, mich in dem Geschick zu vernichten, das einzig zählt: eine unerforschte, jungfräuliche Natur und eine geheimnisvolle Liebe.«

Eine unerforschte, jungfräuliche Natur. – Dazu muß ich dir etwas erklären. Ich bin einmal an einem Wintertag in einer Arbeiterstadt einem Leichenzug gefolgt. Die Luft war grau von dem Ruß, der aus den schwarzen Fabrikschloten und jenen häßlichen vorstädtischen Mietskasernen aufsteigt.
Wir wateten im Schlamm hinter dem Sarg her. Die Kirche war neu, feucht und ärmlich. Abgesehen von zwei oder drei Angehörigen, die in ihrem Schmerz dumpf vor sich hinstierten, hatten alle anderen Trauergäste ganz offensichtlich nur einen Gedanken: wie finde ich einen Vorwand, um mich davonzustehlen. Die, die bis zum Friedhof mitgingen, hatten keinen Vorwand gefunden. Noch heute sehe ich die grauen Mauern mit den schäbigen Zypressen vor mir, jenen Bäumen der Sonne und des Schattens, die sich in südlichen Landschaften auf einer kleinen Anhöhe so eindrucksvoll vom blauen Himmel abheben. Ich sehe die abscheulichen Leichenbestatter in fettfleckigen Jacketts und polierten Zylindern. Ich sehe... Nein, es ist zu widerwärtig.
Nahe der Mauer, in einem abgelegenen Eck hatte man in dem steinigen, zähen gelben Lehmboden ein Loch ausgehoben. In diesem Loch begrub man den Toten, an dessen Namen ich mich nicht mehr erinnere.
Während man ihn hinunterließ, betrachtete ich meine Hände, meine Hände, die in jener Landschaft des Lichts Antineas Hand

berührt hatten. Ein unendliches Mitleid mit meinem Körper überkam mich, eine ungeheure Furcht vor dem, was ihn in diesem lehmigen Verlies erwartete. »Ist es möglich«, dachte ich, »daß dieser Körper, dieser mir liebgewordene, unverwechselbare Körper ein solches Ende findet? Nein, ich verspreche dir, mein mir vor allen anderen Dingen teurer Körper, vor diesem erbärmlichen Schicksal werde ich dich bewahren, du wirst nicht im Schmutz irgendeines kleinen Friedhofs zwischen feuchten Brettern vermodern. Deine Brüder in der Liebe, die fünfzig Ritter aus Orichalk erwarten dich ernst und stumm in dem roten Marmorsaal. Ich werde dich zu ihnen führen.«

Eine geheimnisvolle Liebe. – Schande über den, der das Geheimnis seiner Liebe vor allen ausbreitet. Die Sahara umgibt Antinea mit ihrem unüberwindlichen Wall, und deshalb sind die ungestümsten Leidenschaften dieser Frau in Wirklichkeit keuscher und reiner als jede Hochzeit, mit ihrem obszönen Aufwand an Öffentlichkeit, den Zeitungsanzeigen, dem Aufgebot, den gedruckten Karten, die einer anzüglichen, gemeinen Menge mitteilen, an welchem Tag und zu welcher Stunde du das Vergnügen haben wirst, deine fade kleine Jungfrau zu vergewaltigen.

Ich glaube, das ist alles, was ich dir zu sagen habe. Nein, noch etwas. Ich erwähnte vorhin den roten Marmorsaal. Südlich von Cherchell, dem alten Cäsarea, westlich des kleinen Flusses Massafran, auf einem Hügel, der des Morgens aus dem rosigen Nebel der Mitidscha *emporragt, steht eine geheimnisvolle Steinpyramide. Die Bewohner des Landes nennen sie ›das Grabmal der Christin‹. Dort wurde Antineas Urahnin, Kleopatra Selene, die Tochter von Mark Anton und Kleopatra, beigesetzt. Obwohl der Weg aller feindlichen Eroberer an ihr vorüberführte, hat diese Gruft ihr Geheimnis bewahrt. Niemand hat je die bemalte Kammer entdeckt, in der der göttliche Körper in einem Glassarg ruht. Was die Urah-

* Niederung hinter einer Küstenkette des Tell-Atlas in Algerien. (A. d. Ü.)

nin sich erdacht hat, wird die Enkelin in düsterem Prunk noch überbieten. Im Mittelpunkt des roten Marmorsaals steht auf dem Felsen, wo die dunkle Quelle leise plätschert, ein Katafalk. Dort wird man auf ihrem Thron aus Orichalk, mit dem Pschent und dem goldenen Uräus auf dem Haupt, mit Neptuns Dreizack in der Hand, die Herrin von Atlantis aufstellen; und zwar an dem Tag, an dem jede der hundertzwanzig rings um den Thron eingelassenen Nischen ihr Opfer aufgenommen hat.

Als ich den Ahaggar verließ, sollte ich, wie du dich erinnerst, meinen Platz in der Nische Nummer 55 erhalten. Seither rechne ich ständig nach und bin zu dem Ergebnis gelangt, daß ich jetzt in einer Nische zwischen 80 und 85 ruhen würde. Aber all diese Berechnungen können falsch sein, weil sie auf einer so unsicheren Grundlage wie der Laune einer Frau beruhen. Deshalb werde ich von Tag zu Tag ungeduldiger. Wir müssen uns beeilen, verstehst du, wir müssen uns beeilen.«

»Wir müssen uns beeilen«, wiederholte ich wie im Traum.

Er sah mich an, und in seinem Blick stand eine unsägliche Freude. Seine Hände zitterten vor Glück, als er sie mir entgegenstreckte. »Du wirst sie sehen«, rief er wie trunken, »du wirst sie sehen.« Er schloß mich begeistert in seine Arme und hielt mich lange fest.

Ein unendliches Glücksgefühl überströmte uns beide, während wir, wie Kinder, bald lachend, bald weinend immer wieder riefen: »Laß uns aufbrechen! Laß uns aufbrechen!«

Plötzlich erhob sich ein leichter Wind. Das Alfagras auf unserem Vordach raschelte leise. Der hellviolette Horizont wurde noch blasser, und plötzlich durchschnitt ihn im Osten ein tiefer gelber Riß. Der Morgen dämmerte über der einsamen Wüste. In den Nebengebäuden wurden dumpfe Geräusche, Muhen und Kettengerassel laut. Unser Vorposten erwachte.

Eine ganze Weile lang blieben wir schweigend nebeneinander stehen, den Blick auf die Straße nach Süden gerichtet, die über Temassinin und die Egele-Hochebene in das Ahaggar-Gebirge führt. Wir zuckten zusammen, als jemand hinter uns an die Tür des Speisesaals klopfte.

»Herein!« rief André de Saint-Avit, der sich rasch gefaßt hatte.
Feldwebel Châtelain stand vor uns.
»Was wollen Sie hier so früh?« herrschte ihn Saint-Avit an.
Der Feldwebel nahm Haltung an:
»Verzeihung, Herr Hauptmann. Ein Eingeborener trieb sich vergangene Nacht hier in der Nähe herum und wurde von unseren Wachtposten entdeckt. Er versuchte sich übrigens nicht zu verstecken. Als man ihn hierher brachte, verlangte er sofort, vor den Befehlshaber geführt zu werden. Es war aber schon Mitternacht, und da wollte ich Sie nicht mehr stören.«
»Was ist das für ein Eingeborener?«
»Ein Targi, Herr Hauptmann.«
»Ein Targi? Bringen Sie ihn her.«
Châtelain trat beiseite. Der Mann stand hinter ihm, von einem unserer einheimischen Soldaten bewacht.
Beide traten auf die Terrasse.
Der Targi war ein Hüne von einem Mann, mindestens sechs Fuß groß. Er trug ein dunkelblaues Baumwollgewand, auf dem sich das Morgenlicht brach. Sein Schleier ließ nur die tiefschwarzen Augen frei.
Als er Saint-Avit gegenüberstand, bemerkte ich, wie ein Zittern die beiden Männer ergriff, das sie jedoch sofort unterdrückten.
Einen Augenblick lang sahen sie sich schweigend an.
Dann verbeugte sich der Targi und sagte sehr ruhig und beherrscht:
»Friede sei mit dir, Leutnant de Saint-Avit.«
Mit der gleichen ruhigen, beherrschten Stimme erwiderte André:
»Friede sei mit dir, Segejr-ben-Scheich.«

David Henry Wilson

Ashmadi

Ein Märchen

Aus dem Englischen von Annemarie Böll
Mit 9 Federzeichnungen von
Claus-Dietrich Hentschel
253 Seiten. Geb.

»Die folgende Geschichte wurde mir von einem Mann diktiert, der unter dem Namen Robert bekannt ist. Wie es kam, daß er sich in meiner Obhut befand, wird sich am Ende der Erzählung herausstellen... ich veröffentliche sie, weil ich sie für ein bemerkenswertes und wertvolles Dokument halte, mag sie nun wahr oder erfunden sein.« So beginnt ›Ashmadi‹, und Dr. Erasmus erzählt die phantastische Geschichte einer Ratte, die – statt zu jagen und zu fressen wie ihresgleichen – von dem Phänomen »Mensch« und »Menschenmacht« fasziniert ist. Sie will herausfinden, wie und warum der Mensch zur mächtigsten und gefürchtetsten Kreatur werden konnte. Sie will ihn studieren, seine Methoden erlernen – und ihn schließlich mit seinen eigenen Mitteln schlagen können ... Bei der Verwirklichung ihres Plans wird sie unversehens ins Aschenputteldrama mit einbezogen: Die Lichtfrau, die Ashmadi – eine Küchenmagd – mit schönen Kleidern zum Fest des Prinzen schickt, verwandelt die Ratte in Robert, den Kutscher, der sie zum Schloß des Prinzen bringt. Als Robert um Mitternacht wieder in eine Ratte verwandelt wird, kehrt sie zu ihresgleichen zurück – muß aber feststellen, daß sie die Rattensprache weder sprechen noch verstehen kann.

›Ashmadi‹ ist ein ergreifendes, spannendes und nachdenklich stimmendes Märchen über das Anderssein, über die Liebe, über Menschlichkeit und Wahrhaftigkeit.

Wolfgang Krüger Verlag

fi 519/1

Hannah Closs

Tristan

Aus dem Englischen von Manfred Ohl
und Hans Sartorius
Roman. 318 Seiten, geb.

Cornwall, Irland, die Bretagne sind die Handlungsräume dieses spannenden und mitreißenden Romans, in dem die Tristan-Sage eine überraschende und faszinierende Ausdeutung erfährt. In ihrer Neu-Erzählung des klassischen Tristan-Gedichts aus dem 13. Jahrhundert hat Hannah Closs jene psychologischen Feinheiten und Verwobenheiten herausgefühlt, die in späteren Bearbeitungen häufig verlorengingen: die vielschichtige und widersprüchliche Natur des Helden, der zum einen Ritter und Krieger, zum anderen ein Sänger – ein Träumer – ist; vor allem Tristans Kindheit und Jugend werden in einzigartiger Weise dargestellt und als grundlegend für seine spätere Handlungsweise als Ritter und Sänger sichtbar.

Wie alle großen Liebessagen nimmt die Geschichte von Tristan und Isolde die Farben eines jeden nachfolgenden Zeitalters an, und von den keltischen Balladen der Gattenflucht bis hin zu den Todesekstasen Richard Wagners berührt ihr Thema – seltsames Miteinander von Leidenschaft und Geist, von Weltlichem und Heiligem, erregender Schönheit und unbarmherziger Tragik auch heute noch zutiefst und nachhaltig.

Wolfgang Krüger Verlag

fi 458/1

CUM GRANO SALIS